KB076120

지붕 위의 신발

La chaussure sur le toit

La Chaussure sur le toit
by Vincent DELECROIX

지붕 위의 신발

뱅쌍 들르크루아 장편소설 윤진 옮김

창비

지붕 위의 신발

초판 1쇄 발행/2008년 12월 30일
초판 2쇄 발행/2009년 7월 4일

지은이/뱅쌍 들르크루아
옮긴이/윤진
펴낸이/고세현
책임편집/이상술
펴낸곳/(주)창비
등록/1986년 8월 5일 제85호
주소/413-756 경기도 파주시 교하읍 문발리 513-11
전화/031-955-3333
팩시밀리/영업 031-955-3399 · 편집 031-955-3400
홈페이지/www.changbi.com
전자우편/literat@changbi.com
인쇄/우진테크

한국어판 ⓒ (주)창비 2008
ISBN 978-89-364-7157-6 03860

진리는 아이들 입에서 나오는가?

확실하진 않다. 어쨌든 빨리 얘기해야 한다(그러고 나서 다시 자러 갈 것이다).

조금 전, 새벽 세시경, 깊은 잠에 빠져 있을 때였다. 어쩌면, 꿈을 꾸고 있었으니까, 그렇게 깊이 잠든 건 아닌지도 모르겠다. 사장이 등장하는 별로 즐겁지 않은 꿈이었다. 그러니까 내가 상당히 큰 주문을 받아놓고 망쳐버렸다. 고객은 곤충에 정신이 나간 아래층 남자였다. 난 필요한 서류를 잃어버렸고, 어디다 두었는지 기억이 나지 않았다. 뒤지고 또 뒤졌지만 다른 서류들밖에 안 보였다. 옆에서 사장이 괴롭혔다(사실 이건 그냥 꿈이 아니다. 사장은 현실에서도 정말 나를 괴롭힌다). 여전히 잠든 상태에서, 그러니까 서류뭉치를 뒤지고 있는데, 누군가가 부르는 소리에 잠이 깼다. 아빠, 아빠. 딸이었다. 또 악몽을 꾸었나보군(내가 꾸는 악몽하고 같은 종류는 아니겠지만, 딸아이의 꿈에도 거의 비슷한 괴물이 등장하는 것 같다). 다시 잠들겠지. 저애는 요즘 자주 악몽을 꾼다. 이유는 모르겠다. 잠시 기다려보았다. 그래도 계속 불러댄다. 한밤중에 자다가 일어나야 한다는 건 영 달가운 일이 아니다. 고개를 돌려 까뜨린느를 보았다. 어떻게 좀 미뤄볼까 해서였다. 하지만 까뜨린느는 깊은 잠에 빠져 있다. 게다가 지금 딸이 찾는 건 바로 나다. 어차피 잠도 깨버렸다. 결국 자리에서 일어나 가운을 걸치고 아이의 방으로 갔다. 걸음을 옮기면서 생각했다. 내일 여섯시에 일어나서 출근해야 해. 그러니까 자야 해.

아이는 내가 다가가는 소리를 듣고 있을 것이다. 하기야 이놈의 마룻바닥은 발가락만 까딱해도 온 건물 사람들이 다 깨버릴 정도다. 얼마 전부터 개 키우는 윗집 남자 때문에 신경이 쓰이는 것도 그래서이다. 윗집 마룻바닥도 마찬가지여서, 개가 바닥을 긁는 소리가 짜증날 정도로 계속 들려온다.

아들이 깨지 않도록 조용히 방으로 들어갔다. 딸은 잠옷 차림으로 창가에 서 있었다. 나는 하품을 하면서 속삭이듯 말했다. 우리 예쁜 아가씨, 왜 그래? 뭐 하는 거야? 빨리 자야 내일 학교 가지. (그리고 아빠는 일하러 가야 한단다. 까다로운 상사 밑에서 일하러 말이다.) 아이는 움직이지 않았다. 희미한 빛이 들어오는 창문 옆에 그냥 서 있었다. (원래 커튼은 닫아두지 않는다. 완전히 깜깜하면 아이가 무서워하기 때문이다. 충분히 그럴 수 있는 나이다.) 난 발끝으로 살금살금 다가갔다. 또 악몽을 꾼 거니? 아이는 꼼짝 않고 서서 고개를 저었다. 그럼 왜 그래? 자, 아빠는 좀 쉬어야 한단다. 내일 아주 할 일이 많거든(사실 나는 매일매일 할 일이 많다). 아이는 움직이지 않았다.

아이에게 다가가다가 바닥에 놓인 책가방에 걸려 넘어질 뻔했다. 난 아이의 키에 맞춰 몸을 숙였다. 아들의 규칙적인 숨소리가 들려온다. 다행히도 아들은 한번 잠들면 아무리 시끄러워도 세상모르고 잔다. 그 대신 아침이면 깨우려고 법석을 떨어야 한다. 딸은 정반대였다. 이 아이는 한밤중에 혼자서 작은 생쥐처럼 도대체 뭘 하고 있는 걸까.

왜 그래? 아이는 뭔가 할 말이 있는 것 같았다. 하지만 입을 열지 않았다. 진짜 몽유병인가. 이렇게 생각하며 아이를 안아주려 했다. 하지만 아이는 살짝 뒤로 물러서며 피했다. 우리 아가씨, 왜 그러는 건데? 내가 (하품을 하면서) 다시 물었다. 말하기 싫으니? 밤이라 어둡기는 했지만 희미한 빛이 있어서 아이가 날 보고 있다는 걸 알 수 있었다. 난 몸을 일으키며 말했다. 좋아, 아무 일도 없다면 빨리 침대로 올라가자. 안 그러면 내일 너무 피곤할 거야. 자, 아빠가 이불을 덮어주마. 아이는 살짝 멈칫하며 뒤로 물러섰다. 그러면서 중얼거리듯, 아빠? 하고 불렀다. 그래, 애야. 뭔가 할 말이 있는 게 분명했다. 하지만 왠지 얘기를 꺼내지 못했다.

아빠? 응? 내가 비밀을 말해주면, 아빤 내 말을 믿을 거야? 그래서 잠이 깬 거야? 딸은 여전히 날 쳐다보고 있다. 겁먹은 얼굴은 아니다. 비밀을 말해보렴. 그런 다음엔 자야 한다. 알겠지? 아이는 여전히 망설였다. 아무한테도 말하지 않을게. 자, 약속. 이제 말해봐. 아빠도 자야 한단다. 내 말을 믿을 거지? 물론이지. 하지만 그러려면 우선 말을 해야지. 그리고 빨리 가서 누워야지. 엄마한테도 말 안할 거지? 아무리 새벽 세시라지만 원칙은 지켜야 했다. 그건 들어봐야 말할 수 있겠는걸. 비밀이 어떤 거냐에 따라 다르니까. 아이는 한동안, 자기 발가락을 보면서, 고민에 빠졌다. 그럴 땐 제 엄마 모습 그대로이다. 난 정말 빨리 가서 눕고 싶었다. 중대한 비밀은 그냥 내일 듣고 싶었다. 차라리 까뜨린느한테 맡겨버리고도 싶었다. 좋아, 그렇다면 내일 얘기하자. 밤새 이러고 있을 수는 없으니까. 알겠지? 드디어 아이가 결심을 했다.

아이는 창문 옆을 떠나 내 쪽으로 다가왔다. 아이가 까치발로 걸어오는 동안 나는 자세를 낮추었고, 드디어 비밀을 들었다. 천사를 봤어.

좋아, 악몽도 자꾸 바뀌나보군. 그런 거야. 이렇게 생각하며 말했다. 그래? 얘야, 우리 아가씬 운이 참 좋구나. 천사는 아무 때나 볼 수 있는 게 아닌데. 그 천사가 분명 널 지켜줄 거다. 그러니까 이제 마음 푹 놓고 자면 되겠구나. 하지만 아이는 같은 말을 되풀이했다. 천사를 봤어. 그래, 무슨 말인지 알아. 천사를 봤다는 거잖아. 정말 멋지구나. 우리 아가씨한테 인사를 하러 왔나보지? 만일 아이가 어떤 것이 있다고 상상하거든 너무 단호하게 부정하지 말라. 지난주 심리학자한테 들은 말이다. 적어도 내가 이해한 바로는 그랬다. 사실 내가 보기에 심리학자들은. 그때였다. 아빠도 본 적 있어? 뭔가 곰곰 생각하는 것 같던 아이가 불쑥 물었다. 이런 식으로 계속 얘기하다간 내일 사무실에서 나의 대처능력에 문제가 생길지도 모르겠다. 아니, 천사들은 원래 꼬마 여자애들한테만 나타난단다. 자, 이제. 그때 아이가 내 말을 끊었다. 하나도 안 무서웠어. 잘됐구나. 원래 천사들은 무섭지 않아. 친절하지. 그 천사는 별로 친절해 보이지 않았던가 보구나. 그런 거야?

  나는 아무렇지도 않은 척하면서 드디어 아이를 침대에 눕혔다. 아이는 이불 속으로 파고들었고, 난 그 옆에 앉았다. 친절해 보이지 않았니? 응, 슬퍼 보였어. 이상하구나. 천사들은 슬프지 않은데. 그럼 천사가 아닌 거야? 그런 말이 아니지. 아니야, 아니야, 분명 천사였어. 날 바라봤는데, 슬픈 표정이었어. 나는 아이의 얼굴을 쓰다듬어주었다. 천사가 바라봤다고? 응, 한참 동안. 그런 다음 날아갔고? 아이는 기다렸다는 듯 대답했다. 날개가 없었어.

  신기하구나. 보통 천사들은 날개가 있는데. 혹시 잘못 본 게 아닐까? 밤이었잖니. 아니야, 아니야, 정말 날개가 없었어. 확실해. 창문에 서서 똑바로 봤단 말이야. 한동안 침묵이 흘렀다. 난 결국 이렇게 말했다. 자, 아빠 말 듣자. 내일 얘기하는 게 좋겠다. 이제 자야지. 천사를 봤다니 우리 아가씬 참 운이 좋구나. 정말 좋은 거야. 딸이 본 건 천사고, 슬픈 표정을 짓고 있었고, 날개가 없었다. 내일 사장이 이 설명을 듣고 나서 어떤 얼굴을 할지 생각하니 한숨이 나왔다. 딸아이가 어젯밤에 천사를 보는 바람에 제가 좀 피곤합니다. 이해해주십시오. 흔한 일은 아니잖습니까?

아이는 좀처럼 잠이 들 것 같지 않았다. 좋아, 천사를 어디서 봤는데? 저기, 지붕 위에. 창문에서 봤어. 지붕 끝에 있었어. 맞은편 지붕 말이야? 응. 거기서 뭘 했는데? 아무것도 안 했어. 그냥 지붕 위에 서 있었어. 슬픈 얼굴로 날 바라보면서. 아빠, 나도 슬퍼. 난 아이의 손을 잡으며 말했다. 그럴 이유가 없는데 뭣 땜에 슬퍼? 천사를 본다는 건 멋진 일인데. 알아, 아빠. 그런데 그 천사는 슬픈 표정이었어. 네 눈에 그렇게 보였던 거지. 아니면 침대가 멀리 있어서 제대로 못 본 것일 수도 있고. 침대에서 본 게 아니라니까. 창문에 서서 봤단 말이야. 옷차림도 다 봤어. 셔츠랑 바지, 신발도. 천사가 바지를 입고 있었다고? 정말이야, 아빠. 날개는 없고 바지를 입고 있었어. 신발도 신었다고? (아무리 생각해도 거추장스러운 신발을 신고 하늘을 나는 건 좀 불편할 것 같다.) 그렇다면 아마 천사가 시내에서 약속이 있던 모양이구나. 그래도 넥타이까지 하고 있었던 건 아니겠지? 안 했어. 하기야 설마 천사가 넥타이까지 했겠는가. 나는 아이의 손을 꼭 잡았다. 정말 뿌듯하겠구나. 바지 입고 신발 신고 셔츠 입은 천사를 본 건 아마 우리 딸이 처음일걸? 내일 친구들에게 얘기해주렴. 안돼, 이건 비밀이야. 그래, 그렇게 하자. 비밀로 하자. 너랑 나랑 둘이서만 아는 거야. 엄마한테도 말하지 않을게. 지금은 일단 자자.

천사가 슬프지 않으면 좋겠어, 아빠.

그 순간 난 정말 너무 피곤했다. 자, 내 말 들어보렴. 별일 아닐 거야. 좀 있으면 다시 기분 좋아지겠지. 아이는 내 말을 믿지 않았다. (어쩌면 천사들도 상사하고 문제가 있을지도 모른다는 생각이 들었다.) 아니야, 떠날 때까지 계속 슬픈 얼굴이었어. 나는 아이의 이불을 끌어올렸다. 다음번 만날 때 다시 보렴. 분명히 기분이 좋아졌을 거다. 아이는 입을 살짝 삐죽거렸다. 또 올지 안 올지 어떻게 알아. 정말이야. 슬퍼 보였어.

나는 머리카락을 쓰다듬어주면서 아이를 달랬다. 올 거야. 즐거운 얼굴로 올 거야. 네가 잠들어 있으면 좋아할걸? 신발을 찾으러 올까? 난 당황한 얼굴로 아이를 바라보았다. 신발을 찾으러 온다고? 응, 천사가 신발을 놓고 갔거든. 그래? (역시 내 생각이 맞다. 신발을 신고 나는 것은 불편한 일이다.) 저기, 지붕 위에, 아까 천사가 있던 자리에. 그 순간 기가 막히게 멋진 생각이 떠올랐다. 그래, 그래서 슬펐구나. 신발이 안 맞아서 발이 아팠던 거야. 아빠도 새 신을 처음 신으면 발이 좀 아프고, 그러면 슬퍼진단다. 그래도 별로 큰일은 아닌걸. 아이가 조금 진정되는 것 같았다. 하지만 바로 다시 시작했다. 새 신발이 아니었어. 아주 낡은 신발이었단 말이야. 일단 잠부터 자자. 신발 얘기는 내일 하면 안될까? 아이는 또 고개를 저었다. 잠이 안 와.

이 정도에서는 목소리를 바꿔야 했다. 나도 잘 안다. 하지만 너무 피곤해서인지 화도 나지 않았다. 마치 꿈속에서 얘기를 하고 있는 기분이었다. 그렇다면, 그냥 신발을 벗고 싶었나보지. 신발이 별로 마음에 들지 않았든가. 그럼 왜 한 짝만 두고 갔어? 마땅히 설명할 말이 떠오르지 않았다. 잠시 아무 말도 하지 않았다. 잠깐 생각한 다음에 결국 이렇게 대답했다. 잊어버렸나보네. 그리고 다시 깊이 생각하는 척하다가 고개를 끄덕이며 말했다. 그래, 우리 딸 말이 맞다. 그냥 잊어버린 거야. 천사가 날 바라봤어. 팔을 이만큼 벌리고. 그러고는 가버렸는데, 신발 한 짝이 있었어. 그럴 수도 있지. 천사들도 급하면 신발 신는 걸 잊을 수 있는 거야. 자, 이제 어떻게 된 건지 다 알겠지?

그런데 왜 슬픈 표정이었을까? 이렇게 돌고 도는 얘기를 하다보니 문득 내가 매일같이 고객들과 주고받는 얘기가 떠올랐다. 그야 모르지. 하여튼 내일 아침에 일어나보면 천사가 밤에 와서 신발을 찾아갔는지 아닌지 알 수 있겠네. 천사는 분명 네가 잠들기를 기다릴 거야. 살짝 신발을 찾아가려고 말이야. 아침에도 신발이 그대로 있으면? 그럼 내일 밤에 오려나보지. 네가 잠―자―는 동안에.

드디어 아이의 얼굴에 졸음이 내리기 시작했다. 그래도 신발이 한 짝밖에 없으면 불편할 것 같아. 양쪽 다 신는 것보다 더 편하단다. 자, 이제 자라. 우리가 찾아서 천사한테 가져다줘도 돼? 잘 들어봐. 우린 천사가 어디 사는지도 모르지만, 천사는 자기 신발이 있는 자리를 잘 알잖니. 그러니까 천사가 찾으러 오는 게 낫지. 아이의 목소리엔 어느새 졸음이 가득해서 잘 들리지도 않았다. 아빠, 그럼, 내일까지 신발이 그대로 있으면 우리가 천사한테 가져다주는 거야. 약속할 거지? 아이가 주저없이 물었다. 그래, 그렇게 하자. 주소를 한번 찾아보자. 전화번호부를 뒤지면 되겠지. 자, 이제 자자. 아이는 겨우 잠이 들었다.

나는 까치발로 방에서 나왔다. 깊은 한숨이 새어나왔다. 젠장, 다시 잠자기는 글렀군. 나는 물을 마시기 위해 부엌으로 갔다. 불은 켜지 않았다. 내일 까뜨린느한테 얘기를 해야 할까? 아이가 아직도 헛것을 본다고. 바지를 입은 천사를 보았고, 그 천사가 신발 한 짝을 놓고 갔다고. 내일 해야 할 일을 생각해보았다. 어차피 할 일이라면, 하루종일 복사기를 파는 것보다는 차라리 바지 입은 천사의 주소를 찾는 게 나을 것도 같았다.

나는 물을 마시며 다시 잠을 청해보려고 애썼다. 나도 어릴 때는 저런 꿈을 꿨나? 그럴지도 모른다. 내 딸아이가 뭐 그렇게 유별나겠는가. 헛것을 본다고 걱정해야 하는 걸까? 다른 애들보다 더 많이 본다고? 더 많은 걸 믿는다고? 나라고 해서 그런 걸 믿지 말란 법은 없지 않은가. 물을 마셨다. 살며시 웃음이 나왔다. 신발을 신고 바지와 셔츠를 입은 천사 꿈을 꾸다니, 귀엽지 않은가? 하지만 천사는 슬픈 얼굴이었다. 나도 알고 있다.

물컵을 개수대에 내려놓았다. 그 순간이었다. 부엌 창문으로, 맞은편 지붕 위에, 신발 한 짝이 보였다.

복수심

문이 열렸다. 당혹스러울 정도로 쉽게 열렸다. 처음으로, 그러니까 석 달 만에 처음으로, 기분이 좋아졌다. 그저 문이 열렸기 때문이 아니라, 생각보다 쉽게 열렸기 때문이다. 나는 마음속으로 중얼거렸다. 직업적으로 하는 것도 아닌데 꽤 잘하고 있어. 밤에 불법으로 남의 집에 들어가고 억지로 문을 여는 건(사실 난 절대 억지로 열지 않았다. 문은 정말 쉽게 열렸다) 내 직업이 아니다(적어도 아직은 아니다). 역시 난 가르쳐주지 않은 것도 알아서 배우는 데(더구나 어려운 걸 배우는 데) 소질이 있어. 정말로 그 어느 누구도 나한테 문을 따고 들어가는 법을 가르쳐준 적이 없다. 그저 텔레비전에서 영화를 보면서 혼자 배웠을 뿐이다.

하지만 좋은 기분은 오래 가지 않았다. 문을 여는 순간 한 시간 전에 보았던 가슴 아픈 장면이 떠올랐기 때문이다. 그러니까 이 아파트, 이 문을 향해 오는 길에, 다리 하나가 없는 젊은 남자가 목발을 짚고 걷는 딱한 장면을 본 것이다. 오른쪽 다리가 잘려나간 곳엔 청바지 자락이 묶여 있었다. 정말 힘겹고 슬픈 광경이었다. 그 남자의 얼굴이 전혀 불행해 보이지 않았기 때문에 더욱 그랬다. 남자는 참혹한 불구인 다리만 제외하면 건장한 체구였고, 겉으로만 보자면 오히려 편안해 보였다. 너무도 부당한 이 상황에 무심한 듯한 그의 모습이 나를 가장 슬프게 했다. (이런 불구는 능력 있고 미래가 있는 스무살 젊은이가 아니라 늙은 사람들에게, 차라리 병든 사람들에게, 그러니까 어차피 살날이 얼마 남지 않은 사람들에게 닥쳐야 하는 게 아닐까. 한쪽 발로 걸음을 옮기면서 미래를 맞이해야 하는 불행이 어째서 저런 젊은이의 몫이 되어야 한단 말인가.) 남자는 이제 자신의 삶이 돌이킬 수 없이 망가졌다는 생각조차 사라진 상태, 체념의 상태에 이른 것 같았다. 사람들이 던졌을 동정의 시선 앞에서, 짐짓 다정한 듯 건넸을 가증스러운 말들 앞에서 아무렇지도 않게 되기까지, 실로 수없이 많은 인내가 필요했으리라. 하지만 이 모든 것은 겉으로 보이는 모습일 뿐이다. 이런 일을 겪으면서 **실제로** 체념한다는 것은 불가능하다. 에픽테토스[*]라

---

* 고대 그리스의 스토아주의 철학자. 피할 수 없는 일을 원망하지 말고 있는 그대로 받아들여야 한다고 가르쳤다.

면, 내 다리를 부러뜨려도 나는 아무렇지도 않다,라고 했을 지도 모르겠지만, 모두 헛소리다. 남자는 분명 쉬지 않고, 지칠 때까지, 힘겨운 노력을 쏟아부었을 것이다. 그래봤자 결국 감추고 안으로 숨기는 것일 뿐, 절대 없앨 수는 없다. 불행은 여전히 남아 있고, 안에서 움직인다. 고통을 외부가 아니라 내면으로 끌고 가는 것은 그 고통이 우리를 갉아먹게 만드는 가장 확실한 방법이다. 대책없이 그대로 갉아먹히는 것이다. 어차피 대책이라는 건 존재하지 않는다.

나는 남자를 앞질러 지나갔다. 등 뒤로 절룩거리는 발소리가 점점 작아졌다. 나는 어느새 나 자신의 상황을 생각하고 있었다. 사실 조금 전 본 장면에 비하면 내 처지는 아무것도 아니다. 창피했다. 계속 걷기도 힘들었다. 하지만 그래도 공통점은 있다. 나 역시, 물론 감내해야 하는 것은 달랐지만, 저 남자와 마찬가지로 처음엔 소리지르고 미친 듯이 날뛰면서 고통을 겉으로 드러냈다. 아마도 투정부리는 아이가 겪는 고통 같은 것이었으리라. 어쨌든 이제 난 더이상 소리를 내지 않는다. 하지만 고통은 끝나지 않았다. 단지 방향이 내 안쪽으로 바뀌었을 뿐이다. 그때부터 나는 (해질녘 버려진 듯한 고독감이 엄습할 때를 제외하고는) 얼굴을 찌푸리지 않는다. 투정부리는 아이 같은 내 상황과 저 불쌍한 남자의 상황이 비슷하다고 생각하는 것과, 때로 사람들에게 닥쳐오는 진짜 불행에 비하면 나는 별로 할 말이 없다고 생각하는 것, 둘 중 어느 것이 더 불쾌한가? 나는 문을 열면서 마음속으로 이런 질문을 했고(정말로, 어느 쪽이 더 불쾌한가?) 심지어 좀더 심오한 문제에 대해서도 생각했다. (고통을 비교하는 게 옳은 일인가? 각자 느끼는 고통들을 일반적인 잣대로 잴 수는 없지 않은가?)

아주 조심스럽게 문을 열었다. 영화에서 본 대로 한 것이기도 하지만, 안에 사람이 있다는 걸 알고 있었기 때문이다. 아파트에 사람이 없는 때를 기다려 털고 싶지는 않았다. 우선 언제 그런 상황이 올지 알 수 없고, 무작정 기다리고 싶지도 않았다. 사실 이럴 때 벌벌 떨면서 조심하다가 오히려 소리를 내는 일이 많은데(영화에서도 본 적이 있다), 난 별로 긴장하지 않았기 때문에 무사히 들어갈 수 있었다. 그저 아무 생각 없이 이 시간이면(새벽 세시였다) 그들이 분명 깊은 잠에 빠져 있을 것 같았다.

나는 욕실을 한번 훑어보고는 바로 부엌으로 갔다. 그러면서 다리 하나가 없는 스무살 남자가 이 시간에 길에서 무엇을 하고 있는 걸까 생각했다. 사실 좀 특이한 경우였다. 물론 다리가 하나 없다고 해서 한밤중에 길거리를 돌아다닐 권리가 없는 건 아니지만, 어쨌든 이 시간에는 보기 드문 일이다. 무심코 부엌장 하나를 열어 컵을 꺼냈다. 씽크대 위에는 3분의 2쯤 남은 마티니 병이 굴러다니고 있었다. 나는 그 술을 따랐다. 그런 다음 주위를 둘러보았다.

그들은 설거지를 하지 않고 그냥 잠이 들었다. 개수대 안에 적어도 접시 두 개, 식기들, 그리고 냄비 몇개가 들어 있는 게 보였다. 냉장고 돌아가는 소리 외에는 사방이 고요했다. 나는 벽에 기대서서 마티니를 한 모금씩 들이켰다. 부엌 창문으로 옆 건물들의 지붕이 보였고, 멀리서 비치는 어슴푸레한 불빛에 주변 집들이 희미하게 보였다. 오래전 어린 시절의 나처럼 몽유병 증세가 있는 아이들, 혹은 몽상에 빠져 있거나 사랑에 빠진 아가씨들이라면 모를까, 이 시간에 창가에 서 있는 사람은 없을 것이다. 마음이 차분해지는 것 같았다. 뭐부터 시작할까?

아무것도 생각나지 않았다. 마치 아파트 안으로 들어오는 게 유일한 목표였던 것 같았다. 잘 봐, 너보다 더 불행한 사람들도 있잖아. 사실 세상 사람 모두가 너보다 불행해. 그러니까 이제 좀 냉정해져봐. 다리를 잃은 사람도 있는데 뭘 그래? 하지만, 나도, 내 일부가 잘려나가지 않았는가.

잔을 든 채로 거실로 갔다. 둘은 나란히 누워 있을 것이다. 자기들이 잠든 방 코앞에 누군가 와서 이렇게 마티니를 마시고 있는 것도 모르고 말이다. 아마도 평화로운 잠에 빠져 있으리라. 어쩌면 부둥켜안고 있을지도 모른다. 아니다. 그렇진 않을 것이다. 여자는 분명 등을 돌리고 모로 누워 있을 것이다. 깊은 잠에 빠지면 어떤 자세로 눕든 탓할 수 없는 일 아닌가. 남자는 똑바로 누워 있을 것이다. 발 하나를 이불 밖으로 내놓고 웃통을 벗은 채로 말이다. 나는 두 사람이 있는 쪽으로 잔을 들어올리면서 그들을 위해 건배를 했다.

오늘 저녁엔 뭘 먹은 걸까? 거실에는 어떤 음식인지 알 수 없는 냄새가 남아 있고, 담배냄새도 섞여 있었다. 거실 테이블 위에 (빈) 병이 놓여 있어서, 무슨 포도주를 마셨는지는 금방 알 수 있었다. 그럭저럭 괜찮은 부르고뉴 포도주였다. 빵찌꺼기가 남아 있는 식탁 위를 손으로 훑었다. 잘 부스러지는 빵이었다. 그렇다. 그들은 여기서 저녁을 먹었다. 하루 종일 일하고 돌아왔으니 피곤하기도 했을 거고 오늘 특별히 신나는 일도 없었을 것이다. 그러니 그다지 오래 얘기를 나누지도 않았을 것이다. 여자가 말한다. 월급이 안 오른대. 하지만 남자는 다른 생각을 한다. (어쩌면 남자도 돌아오는 길에 다리 하나가 없는 젊은이와 마주치는 바람에 마음이 흔들렸을지도 모른다. 하지만 어떻게 여자에게 그 얘길 하겠는가? 굳이 말할 필요도 없지 않은가?) 괜찮아. 언젠가는 노력의 댓가가 주어질 거야. 이렇게 대답하고 만다. (여자는 이미 동료들한테도 같은 말을 들었다. 그러니까, 내심 남자한테선 다른 말을 듣고 싶었을 것이다.) 여자가 말한다. 내 얘기에 별로 관심 없잖아. 아니야, 왜 관심이 없어. 사실은 없다. 남자는 그 일에 관심이 없다. 그의 마음은 다른 생각으로 가득 차 있다. 스무살에 한쪽 다리를 잃는다는 것이 어떤 의미인지, 두 다리를 가진 사람들이라면 수많은 계획을 세워야 할 나머지 삶을 어떻게 살아가게 될지, 이런 것 말이다. 난 문득 의아해졌다. 그는 왜 의족을 하지 않는 걸까? 너무 비싸기 때문일 것이다. 여자는 아무도 관심을 가져주지 않는 월급 인상 얘기는 이미 잊어버렸다. 이제 좀더 일반적인 문제들, 그러니까 자신의 삶이 어떤 모습인지, 미래의 삶이 지금의 삶과 비슷할지, 이런 것을 생각한다. 여자는 아직 젊고 두 다리가 다 있지 않은가. 하지만 그것이 완전한 행복을 보장해주는 충분조건은 아니다. 나는 문득 이런 생각이 들었다. 그 남자는 의족을 살 여유조차 없을지도 모르는데 넌 운명만 탓하면서 울고 있구나. 여자는 무거운 눈길, 뭘 보고 있는지 알 수 없는 눈길로 말했었다. 내가 다른 사람을 좋아하면 어떨 것 같아? 말해놓고도 너무 진부해서 스스로 속상했으리라. 디저트 뭐 먹을 거야? 나는 여전히 마티니를 마시고 있었다.

회미한 빛 속에서 나는 식탁 주위를 한 바퀴 돌아 벽난로 쪽으로 갔다. 잔을 살짝 내려놓다가 나도 모르게 마음속으로 말했다. 대리석에 얼룩 안 남게 조심해. 방에서 무슨 소리가 나는 것 같았다. 이번엔 남자가 돌아누웠을 것이다. 하지만 여자와는 반대방향으로 말이다. 그러니까 두 사람은 등을 대고 눕는 거다. 이런 자세에 의미를 부여하는 사람도 있지만, 별 설득력이 없어 보인다. 커플이 어떤 모습으로 누워 자는지는 그들의 관계와 아무 상관이 없다.

벽에 그림이 두세 점 걸려 있다. 저중에 어느 걸 가져갈까? 시간은 넉넉했다. 하지만 바로 그 순간 내 계획에 중대한 결함이 있다는 것을 깨달았다. 가방을 가져오지 않은 것이다. 멍청이 같으니라구. 영화에서 보면 강도들은 늘 운동가방이나 여행가방을 들고 다니지 않는가. 검은색에(좀더 전문적으로 보인다) 아주 얇지만 튼튼한 가방 말이다. 가방을 잊었다는 사실이 무척 당혹스러웠다. 이렇게 멍청한 실수를 하다니. 영화를 아무리 많이 봐도 소용이 없잖아. 여기서 모노프리* 비닐봉투를 찾아 담아갈 수밖에 없군. 하지만 비닐봉투는 소리가 난다. 전문가라면 다 아는 사실이 아닌가. 멍청이. 나는 의자 하나를 꺼내 자리에 앉았다.

남자는 바로 이 자리에서 여자와 마주 앉아 저녁식사를 했다. 다 먹고 나선 냅킨을 테이블 끝에 올려놓으며, 아주 맛있었어,라고 했을 것이다. 여자는 웃으면서 대답한다. 고마워. 오늘은 정말 피곤하네. 그냥 자야 할 것 같아. 남자는 그러자고 한다. 어차피 얘기도 다 끝났다. 그들은 식탁만 대충 치우기로 한다. 나는 자리에서 일어나서 다시 거실을 지나 복도와 부엌이 있는 쪽으로 갔다. 설거지는 내일 하면 돼. 남은 건 개수대 옆 쓰레기통에 넣어줘. 그동안 여자는 욕실에 들어가 화장을 지우고 양치질을 한다.

그런 경우는 어떻게 할까? 두 다리가 있어야만 할 수 있는 일, 앞으로는 포기해야 하는 일이 어떤 건지 일일이 확인해야 하는 걸까? 끔찍하다. 사람의 몸이 잘려나간 게 아니라 삶 자체가 잘려나간 것이다. 삶이 전체가 아니고 부분만 남은 셈이다. 부족한 부분이 있고, 그러니까 가능성 자체가 잘려나간 것이다. 나는 컵을 부엌에 가져다두려다 마티니 한

* 의류, 잡화 등을 판매하는 프랑스의 대형 슈퍼마켓 체인.

잔을 더 따랐다. 결국 나도 마찬가지 아닌가. 내 삶도 일부가 잘려나갔다. 조리대 위 강력자석에 붙어 있는 칼을 손가락으로 만져보았다(사실 칼을 이렇게 두는 건 위험하다. 손을 베이기 쉽다). 크기가 다른 칼들이 걸려 있다. 각기 용도가 다르지만 대부분 상관없이 사용된다. 그러니까 이 칼들은 뭐든 벨 수 있다.

칼을 쓰고 싶은 마음이 들지 않았다는 것이 나를 기분 좋게 만든 둘째 이유였다. 잠시 강도의 길로 들어서긴 했지만, 무사히 성공한 다음에도 파렴치한 죄의 길에 빠지진 않을 수 있었던 것이다. 사실 이 연장들 중 아무거나 들고 살금살금 방으로 들어가 연달아 찔러대기만 하면 끝이다. 다정한 연인이 되어 즐기는 꿈, 스키장에서 휴가를 보내는 꿈을 꾸고 있을 그들을 말이다. 처벌이 두려워서, 도덕적인 비난이 두려워서가 아니라, 그저 그러고 싶은 마음이 없기 때문에 하지 않았다는 게 기뻤다. 내 마음 깊은 곳에 선함이, 그 어떤 경우에도 무너지지 않는 도덕심이 남아 있다는 것을 말해주는 눈부신 증거가 아닌가. 사실 이런 경우 사람들은 자기 자신에 대한 믿음이 필요하다. 스스로 어떤 일을 할 수 있는지 알지 못하는 때가 많기 때문이다. 나는 안도의 숨을 내쉬며 부엌에서 나와 욕실로 갔다. 여자는 여기서 양치질을 마치고 화장을 지운 다음 열렬한 사랑을 누리는 꿈을, 혹은 월급이 대폭 인상되는 꿈을 꿀 준비를 했으리라.

세면대 끝에는 핸드크림, 귀고리, 아스피린 알약들이 흩어져 있다. 여자는 피곤하기만 한 게 아니라 두통도 있었나 보다. 물건에 손을 대선 안된다는 사실이 떠올랐다. 잘못하면 지문을 남기게 된다는 건 허접한 영화에 등장하는 인물들도 다 아는 사실이다. 흐뭇했다. 이렇게 신중하게 행동하는 동안(이미 마티니 잔에 지문을 남겼다는 사실은 잠시 잊어버렸다) 나 자신이 무사히 다른 쪽으로 옮겨간 느낌이었다. 진짜 삶으로, 진정한 강도의 삶으로 말이다. 세면대 위의 거울을 쳐다보았다. 여자가 자기 얼굴을 비춰보았을 바로 그 자리에 내 얼굴이 보이게 했다. 그리고 생각했다. 왜 나는 꼭 그런 인간들만 만나게 되는 걸까? 왜 내가 지나는 길엔 늘 비참한 인간들밖에 없는 걸까? 목발을 짚고 한쪽 바지통을 묶어버린 그런 불쌍한 인간 말고, 차라리 두 아이를 데리고 가면무도회에서 돌아오는 아버지를 만났으면 좋지 않은가? 하기야 새벽 세시에 그런 사람을 만날 수는 없을 것이다. 하지만 그렇다고 해서 모든 게 설명되는 건 아니지 않은가? 절대 아니다. 난 언제나, 마치 나의 운명인 듯, 이 세상의 비참함과 만났다. 내 마음과 관계없이 늘 세상의 비참함에 대해 생각할 수밖에 없는 상황에 놓였고, 결국 그것을 내 어깨에 짊어져야 했다. 그래서 친구들은 언제나 내가 슬프다고 했다. 아, 걔는(내 이름을 밝히고 싶지 않다) 언제나 슬퍼. 친구들은 늘 이렇게 말했다. 하지만 그들은 내가 만난 사람들을 만난 적이 없기 때문에 그렇게 말할 수 있는 것이다. 나는 수없이, 너무 자주 그런 사람들을 보아왔고, 결국 그들의 슬픔에 짓눌려버렸다. 울고 있는 얼굴을 보지 않은 날이 없고 추한 모습을 보지 않은 날이 없다. 경멸스러운 행동을, 낡아빠진 옷을, 목덜미가 구부정한 사람을 만나지 않은 날이 없다. 내가 무슨 괴물이라도 된다면 모를까, 그런 모습을 보고서 어떻게 고통스럽지 않을 수 있단 말인가. 어떻게 괴로움에 짓눌린 고통스럽고 피곤한 얼굴로 돌아오지 않을 수 있겠는가. 또 어떻게 나의 그런 얼굴이 다시 모든 사람을 지치게 하지 않을 수 있겠는가. 저녁에 욕실에서 양치질을 하며 거울을 바라볼 때조차 나아지는 것은 없었다. 거울에 비친 내 얼굴이 바로 하루 중 마지막으로 만나는 불행한 얼굴이었으니까 말이다. 제일 끔찍한 얼굴은 아니지만 분명 가장 지치게 만드는, 가장 음침한 절망을 불어넣는 얼굴이었다.

  욕실에서 나오는데 고양이가 있었다. 놈은 반짝거리지만 멍청해 보이는 눈으로 나를 쳐다보고 있었다. 저리 가, 케르베로스. 나는 아주 작은 목소리로 말했다. (케르베로스*라니, 고양이 이름으론 참으로 멍청하지 않은가.) 고양이는 그다지 적의를 드러내지 않았다. 문득, 강도들이 그야말로 조심조심 움직이다가도 실수로 고양이 꼬리를 밟는 바람에 들통이 나는 경우가 있다는 게 떠올랐다(그렇게 되면 고양이는 비명을 지르고 집 안 사람 모두를 깨우고 만다). 우리는

---

* 그리스 신화에서 지옥의 문을 지키는 머리 셋 달린 개.

잠시 서로를 관찰했다. 놈은 이내 나른한 자태로 몸을 돌리더니 먹이그릇에 담긴 크로께뜨를 먹으러 갔다. 고양이는 사실 사람들이 생각하는 것처럼 밤에 많이 돌아다니지는 않는다. 좋아, 이대로 끝낼 순 없지. 뭔가 해야 해.

잠자리에 들기 전에 여자는 어디다 옷을 벗어두었을까. 남자는 거실 의자 위에 바지와 셔츠, 재킷을 벗어놓았다. 의자다리 밑에 구두가 있고, 그 안엔 돌돌 말린 양말이 들어 있다. 아마도 여자는 옷을 잘 챙겨서 옷장에 넣은 것 같다. 내 손으로 직접 만든 옷장에 말이다. 여자는 별로 고마워하지 않았었다. 물론 그다지 잘 만들지 못한 건 사실이다. 아주 가끔씩 만지작거리는 사람의 솜씨라는 걸 한눈에 알 수 있었으니까. 하지만 아무리 그래도 여자가 보여준 것보다는 고마움을 더 표해야 할 만한 작품이었다. 어느새 따라와 있는 고양이에게 물었다. 아무리 그래도, 좀더 고마워해야 하는 것 아니니? 여자는 전혀 그러지 않았었다. 결국 아무런 효과도 없었다. 나는 주변을 좀더 아름답게 만들려고 노력했지만, 그럼에도 불구하고 여전히 슬픈 남자였고 앞으로도 슬픈 남자가 될 수밖에 없었다(그녀가 직접 나에게 했던 말이다).

그래도 하나만 물어보자. (난 고양이에게 말했다.) 솔직히 말해봐. 그래서 저 여자가 나보다 나은 사람을 찾은 것 같니? 나하고 똑같이, 아주 맛있었어,라고 말하면서(어쩌면 그 말끝에, 자기,라는 말을 덧붙였을 수도 있다) 식탁 끝에 냅킨을 내려놓는 남자일 뿐이잖아? 뭐가 더 나은데? 어차피 둘

다 식탁 끝에 냅킨을 내려놓으면서, 아주 맛있었어,라고 말하지 않느냐고. 다른 점이라곤 그렇게 될 때까지 얼마나 시간이 걸리느냐, 그것뿐이지. 그런 다음엔 결국 자러 가고. 낯선 사람과 사랑에 빠지는 꿈, 냅킨이 등장하지 않는 꿈을 꾸러 말이야. 여자는 나랑 헤어지기 전에는 몰랐을 것이다. 다음번 남자도 결국 나랑 **똑같이** 의자 위에 물건들을 내려놓으리라는 걸. 양말을 돌돌 말아서 신발 안에 벗어두리라는 걸. 저자는 정말 나보다 덜 슬픈가? 만일 내가 좀더 일찍 찾아왔다면 거실 구석구석에 저자의 옷이 널려 있었을지도 모른다. 어쩌면 두 사람의 옷이 뒤엉켜 널브러져 있었을지도 모르겠다. 정신없이, 옆에 있던 고양이가 겁을 집어먹을 정도로 격렬하게, 침실로 뛰어들어야 했을 테니까 말이다. 하지만 이미 한 사람의 옷은 옷장에, 그것도 내가 만든, 이 굼뜬 손으로 만든 옷장에 걸려 있고, 또 한 사람의 옷은 거실 의자 위에 놓여 있다. 더이상 참지 못할 것 같았다.

나를 쫓아내기 위해 여자가 찾아낸 구실은 내가 슬프다는 것이었다(하지만 자기도 그 사람들을 만났더라면 분명 나처럼 슬퍼졌을 것이다). 그렇게 나를 떨쳐내고서 찾은 게 결국, 나보다 조금 덜 슬프다 해도, 어차피 똑같은 남자인 것이다. 이제 내가 왔다. 내가 돌아왔다. 저 멍청한 놈은, 어쨌든 지금은, 평화롭게 잠들어 있다. 그러니까 슬픈 사람들을 만날 위험이 없다. 새벽 세시에 다리 하나가 없는 남자를 만나면서 우리 삶이 얼마나 잔인하고 부조리한지를 깨닫게 될

위험이 없단 말이다. 그는 자기보다 먼저 여기 살던 남자가
코앞에 와 있는 것도 모르고 잠들어 있다. 여자가 복사된 열
쇠를 돌려받지 않았기 때문에 이 빌어먹을 아파트에 쉽게
들어온 것도 모른다. 솔직히 내가 열려고 애쓰지도 않았는
데 문이 쉽게 열렸던 건 그 때문이다. 석달 동안 뚫어져라 텔
레비전을 봤어도 난 아직 머리핀을 사용해서 문을 여는 것
도 할 줄 모른다. 아까 문이 잘 열려 기분이 좋았다고 말한
건 그냥 덮어두자. 어쨌든 어떻게 내 여자와 내 아파트를 차
지하고서도 아무 탈이 없을 거라 생각할 수 있는지, 정말 멍
청한 놈이다. 어떻게 자기가 잠자는 동안 창문 밑으로 한쪽
다리가 잘려나간 젊은이가 지나가는 것도 모른 채 곯아떨어
질 수 있단 말인가. 저자는 분명 자기 자신의 몸에서 무언가
를 빼앗긴다는 게 어떤 건지 알지 못할 것이다. 그녀는 내 몸
의 일부였는데.

　이 말도 안되는 상황을 바로잡기 위해서 뭐라도 해야 했
다. 나는 남자가 옷을 벗어놓은 의자로 다가갔다. 그리고 바
지를 주워들어 오른쪽 무릎 부분을 묶어버렸다. 그래도 성
에 차지 않았다. 나는 그의 오른쪽 신발을 주워들어 창문을
조금 열고 밖으로 던져버렸다. 맞은편 지붕 위로, 보이기는
하지만 절대 손이 닿을 수 없는 곳에 말이다. 그런 다음 창문
을 닫고 아파트에서 나왔다. 내일 아침 일어난 멍청이가 바
지를 풀면서, 그리고 신발이 왼쪽밖에 없는 것을 보면서 어
떤 표정을 지을지 궁금했다.

기다림의 노래

오, 내 사랑. 지금 네가 가 있는 그곳에서는 더이상 괴롭지 않았으면 좋겠어. 차라리 나를 잊어버렸으면 할 때도 있어. 그러면 적어도 나 때문에 고통받는 일은 없을 테니까. 하지만 바로 다음 순간 마음이 바뀌는걸. 절대 날 잊으면 안돼. 설마 나 혼자만 이렇게 창가에서, 팔을 늘어뜨리고 아무것도 못하면서, 바보같이 울고 있는 건 아니겠지. 내 몸은 이제 아무것도 할 수 없어. 내 웃음을 봐줄 사람도 없고. 내 하얀 이는 아무것도 씹을 수가 없어. 내 앞에는 그저 텅 빈 나날들만 놓여 있는걸.

너를 빼앗기던 그 순간 난 알 수 있었어. 끔찍한 고통이 닥쳐오리라는 걸. 막 눈물이 나오고, 소리를 지르기 시작하면서, 바로 그 순간에 깨달았지. 하지만 한 가지는 몰랐어. 지독하게 권태로워지리라는 것 말이야. 사랑 때문에, 옳지 못한 현실 때문에 고통스러우리라는 건 알았지만, 권태 때문에 고통스러울 줄은 미처 몰랐어. 어쩌면 권태의 고통이 다른 고통들을 들쑤시고 파내고 찔러대는 것도 같아. 이 공허한 현재, 이 상처를 도대체 어떻게 해야 할까. 모르겠어. 이런 상황에서 권태로울 수 있다니, 나 스스로 무척이나 비루하게 느껴져. 창피해. 세상 물정 모르는 철부지의 사치스러운 투정 같잖아. 네가 겪는 고통은 좀더 순수하고 좀더 고결할 텐데. 내 고통은 멍청하고, 끔찍할 정도로 밋밋해. 네 모습이 떠올라. 몸을 곧게 세운 모습, 벽에 기댄 모습, 근육에 힘을 준 모습, 혹은 고개를 숙인 모습. 언제나 서 있는 모습으로. 나? 난 앉아 있어. 내 몸은 아무것도 아니야. 팔다리도 없고, 근육도 없고, 형체도 없어. 견딜 수 없는 권태에 짓눌려서 납작해져버렸거든.

가끔씩 엄마가 방에 와서 괜찮으냐고 물어봐. 때로는 아무 말 없이 머리칼을 쓰다듬어주다가 그냥 나가고. 하지만 난 느낄 수 있어. 방 건너편에서 엄마가 소리를 내지 않으려고 애쓰고 있다는 걸. 어린 동생도 조용히 놀아. 집안에 무슨 초상이라도 났거나, 내가 죽을병에라도 걸린 것처럼. 그렇지만 난 죽지 않았어. 그냥 창밖을 쳐다보고 있을 뿐이야. 뭔가 기다리는 사람처럼. 아무것도 기다리지 않으면서. 그렇잖아? 어떨 땐 엄마가 다가와서 침대에 앉아서는 작은 소리로 말해. 뭐라도 좀 먹어야지. 하지만 뭘 하려고? 도대체 음식이 왜 필요한데? 엄마는 나한테 몸이 있는 줄 알아. 살도 조금 남아 있고 영혼도 조금 남아 있으니까 양식이 필요하다고 생각하나봐. 한동안 이러다가는 괜찮아질 거라고, 내 나이엔 이런 일들이 지나가기 마련이라고 생각하는 것 같아. 아직도 내가 프랑스 신분증에 기록되어 있는 그 나이라고 생각하는 거지. 그 사진하고 똑같은 얼굴이니까. 내가 이미 두 번이나 훌쩍 나이를 먹어버렸다는 걸 애써 무시하는 거야. 그러니까 처음은 네가 날 안았을 때, 그리고 두번째는 사람들이 내게서 널 앗아갔을 때. 그러니까 처음은 내가 여자가 되었을 때, 두번째는 내가 죽었을 때 말이야. 난 엄마보다 더 늙었고, 이 세상 누구보다 더 늙어버렸는걸.

넌 어때? 아직 살아 있어? 사람들이 거짓말한 게 맞지? 널 집으로 돌려보낸다고 했잖아. 네 집은 바로 여기인데. 아무리 자그마한 왕국이었지만, 그래서 그렇게 쉽게 널 쫓아낼 수 있었지만, 분명 너의 왕국이었는데. 부드럽고 다정한 손으로 이끌어가던 너의 작은 왕국 말이야. 나도 지금 낯선 곳에 쫓겨온 기분이야. 이제 나한텐 아무런 시간도 남아 있지 않고, 땅이란 것도 없어. 그래, 난 프랑스 사람이 맞지. 여기서 태어났으니까. 그게 바로 우리 식구를 이곳에 데려다놓고 사라져버린 아버지가 해준 유일한 일이었어. 나에게 프랑스 국적을 갖게 해준 것. 하지만 내가 살아가던 그 얼마 되지 않은 터전은 네가 떠나는 순간 다 사라져버렸어.

그래, 우리의 작은 왕국은 위태위태했지. 만나지 말아야
하는 사람도 있었고, 사람들의 시선도 감내해야 했고. 때론
수모도 당해야 했잖아. 세상 사람들 눈에 흑인은 왕자가 될
수 없는 거니까. 하지만 사람들이 널 데리러 오기 전까지, 난
정말로 우리의 삶이 그렇게 쉽게 무너지리라고는 단 한번도
생각하지 못했어. 넌 이미 얘기했었는데 말이야. 넌 내가 책
을 너무 많이 읽는다고도 했어. 그래, 난 삶이라는 게 책에
나오는 것과 똑같은 줄 알았어. 경찰들은 언제나 정중하게
말하는 줄 알았고, 절대 무너지지 않는 게 있는 줄 알았어.
그리고 아무도 너한테 손을 대지 못할 줄 알았어. 도대체 누
가 널 잡아갈 수 있는데? 잘못한 게 있어야 치를 게 있는 것
아니야? 네 말이 맞아. 난 책을 너무 많이 읽었고, 책에 나오
는 대로 얘기해. 다른 방법은 몰라. 언제나 이렇지. 이제는
책 속의 세상이 진짜 세상과 상관없다는 걸 잘 알면서도 마
찬가지야. 경찰들은 조금도 정중하지 않고, 오히려 욕설을
해대고 모욕을 주는 데 이골이 나 있지. 사정없이 팔을 휘두
르고 야비한 손을 능숙하게 놀리고. 네 손은 길고 가늘고, 주
먹을 쥐는 법이 없는데. 우리가 처음 만난 날, 그 결혼식 날,
넌 그 손으로 나한테 접시를 내밀었어. 네 모습이 기억나.
넌 가진 것을 내주는 사람이었어. 날 보면서 미소지었지. 나
한테 먹을 것을 권했는데, 그 모습이 조금도 진부해 보이지
않았어. 이제 난 먹을 게 하나도 없어. 배도 고프지 않고.
　　그래, 그날 그 자리에서 널 사랑하게 된 건 아니야. 책 속

의 세계에 빠져서 첫눈에, 첫 몸짓에 반한 건 아니란 말이야. 내가 그렇게 쉬운 여자는 아니잖아. 그리고 넌 어떤 물건이 혹은 어떤 사람이 자기 거라고 생각하는 부류가 아니야. 뭐든 손에 넣어야 직성이 풀리는 그런 사람이 아닌 거지. 우리가 그렇게 신나게 웃던 그 밤, 생각만 해도 눈물이 흐르는 그 밤에도 그랬어.

엄마가 이런 말도 했어. 이제 생각하지 않도록 해보라고. 난 엄마가 무슨 얘기를 하는지 잘 모르겠어. 내가 잊어야 하는 게 너인지, 우리의 그 짧은 이야기인지, 아니면 옳지 못한 이 세상인지, 정말 모르겠어. 널 잡아간 사람들, 그들이 너한테 함부로 내뱉은 말들을 난 도저히 잊을 수 없어. 네 나라로 돌아가. 여긴 네 나라가 아니야. 말썽 피우면 팔을 작살내버리겠어. 아가씨 좀 조용히 해요. 진정해요. 그렇게 소리지르지 말고. 일을 어렵게 만들지 마요. 세상에. 자기들이 일하기 쉽게 도와달라니. 괜히 상황을 어렵게 만들지 말라고요. 네가 손을 뒤로 묶인 채로 떠밀려가는 걸 보는 것보다 참기 어려운 게 어디 있다고. 넌 고개를 돌려 날 쳐다봤어. 난 계속 소리를 질러댔고. 넌 팔이 뒤로 묶여 있었지. 그 불독 같은 경찰이 날 방 안에 밀어넣었어. 소리 좀 그만 질러요. 같이 배에 실어버리기 전에. 좋아요. 나도 배에 태워줘요. 같이 갈래요. 네 모습이 보이지 않을 때까지 그 경찰이 날 붙잡고 있었어. 네 머리를 눌러 고개를 숙이게 해서는 차에 태우고, 그렇게 해서 내 눈앞에서 완전히 사라질 때까지 말이야. 결국 난 울음을 멈추고 침대 위에 주저앉았어. 그런 다음 앞에 서 있는 경찰만 쳐다봤지. 더이상 아무 말도 할 수 없었고, 숨을 쉴 수도 없었어. 그저 어린 계집애처럼 훌쩍거리기만 했어. 경찰은 그런 날 쳐다보고 있었고.

이웃사람들이 찾아와서 조심스레 고개를 내밀기도 했어. 이렇게 사방에 경찰이 깔려 있을 때는 마음놓고 다닐 수 없는 사람들도 있으니까. 기다리고 있던 경찰이 물었어. 어디다 연락해서 데리러 오라고 할까요? 부모님? 그 사람은 나한테는 말을 놓지 않았어. 그래, 그 어떤 경찰도 나한테 말을 놓지 않은 건, 나 역시 흑인이었지만, 신분증이 있었기 때문이야. 프랑스 신분증 말이야. 비닐커버 씌운 이 종이 한 장이 주머니에 들어 있기 때문에 반말을 듣지 않아도 되는 권리가 생기는 거지. 신분증이 없는 흑인은 모두 그냥 너라고 불리는데.

이웃사람 하나가 와서 말했어. 우리 엄마를 알고 있다고, 전화를 하겠다고. 그렇게 경찰이 떠났어. 사람들이 문 앞에 모여들었는데, 그때 내 머릿속에 떠오른 생각은 단 한 가지뿐이었어. 저중에 분명 널 밀고한 자가 끼여 있을 거라는 것. 나는 계속 울면서 사람들이 수군거리는 소리를 들었어. 경찰들이 단속을 계속하는지 아래쪽 어느 층에선가 시끄러운 고함소리가 들려왔지. 너의 대모가 되어주었던 마음씨 좋은 할머니도 오셨어. 핏기 없는 얼굴에 주름이 가득한, 온 얼굴이 쭈글쭈글한 그 할머니 말이야. 모두가 떠난 다음 그

작은 방에 들어온 유일한 사람이었지. 할머닌 아무 말 없이 내 손을 잡아주면서 옅은 웃음을 지으셨어. 뼈가 만져질 듯 마른 팔로 날 안아주고, 머리칼을 쓰다듬어주셨어. 엄마가 올 때까지 계속 그러고 있었어. 말 한마디 없이, 할머니의 어깨가 온통 내 눈물로 흥건해지도록. 내 삶이 온통 그 어깨 위에 눈물로 고여버렸어.

난 결국 그곳을 떠나왔어. 지금은 다른 사람이 살고 있겠지. 한 남자와 여자, 한 가족이. 몇달 후면 또 찾아와서 쫓아낼 테지만. 네 나라로 돌아가. 여긴 네 나라가 아니야. 이렇게 말하면서.

난 누가 널 밀고했는지 알아. 우리와 같은 건물에 살던 그애, 내 환심을 사려고 애쓰던 애일 거야. 네가 살던 나라 옆의 어느 나라에선가 왔고, 하지만 합법적인 체류증을 가지고 있지. 내가 널 찾아갈 때마다 질투가 났을 거야. 내 발걸음 소리가 들릴 때마다, 그 소리가 자기가 기다리는 곳에서 멈추지 않고 지나가버릴 때마다 말이야. 그애가 분명해. 분명 자기가 나에 대해 권리가 있다고 생각했을 거야. 그애를 처음 안 것도 바로 그날, 그러니까 우리가 처음 만난 그 결혼식에서였으니까. 하지만 그애는 나에게 아무것도 건네지 않았는걸. 그애의 손은 뭐든 자기 것으로 가지려는 손이야. 가리키며 밀고하는 손이고. 내가 남자였다면 그 손을 마디마디 다 부러뜨려버렸을 텐데. 더이상 아무것도 쥐지 못하고, 아무것도 가리키지 못하게 말이야. 그렇게 뒤틀린 손가락으로 평생 살아가야 자기가 얼마나 파렴치한 짓을 했는지 두 고두고 확인할 수 있지. 난 너처럼 고상하지 못해. 넌 그애 가 질투한다는 걸 알면서도 미워하기는커녕 웃기만 했잖아. 이렇게 고운 여자에게 손대고 싶지 않은 사람이 어디 있겠 어,라고 말하기도 했지. 넌 다른 사람의 손이 모두 너와 같다 고 생각한 거야.

엄마는 마치 짐꾸러미를 옮겨놓듯 날 이 방에 데려다놓았 어. 오는 길에 아래층 할머니를 만났어. 아니 얘야, 우리 꼬 마아가씨, 무슨 안 좋은 일이 있니? 꼬마아가씨라니. 이제는 할머니보다 내가 더 늙었는데. 그게 안 보이나?

엄마는 아무 말도 안해. 내 생각에 엄만 분명 널 좋아했 어. 너로 인해 내가 행복하다는 걸 알고 있었으니까. 우리가 같이 공부한다고 했을 때, 프랑스어를 읽지도 못하는 너하 고 그냥 복습만 하는 건 아니라는 걸 눈치챘을 거야. 걱정이 되기도 했겠지만, 엄만 분명 네가 얼마나 고결한 사람인지 를 첫눈에 알아본 거야. 하지만 그건 그 어떤 카드에도, 그 어떤 서류에도 기록되어 있지 않은걸. 경찰서의 허가도장도 받을 수 없고, 주머니에 넣어 다닐 수도 없는 거잖아.

네가 정말로 불법신분이어야 하던 때는 밤에 날 찾아올 때였지. 그 나머지 시간엔, 글쎄, 뭐라고 해야 할까, 그다지 기분좋은 말은 아니고 황당하기도 하지만, 결국 널 빼앗기 는 이유가 된 바로 그 상황으로 인해서 넌 이 세상 누구보다 자유로웠어. 그러니까 넌 다른 사람들이 가지고 다니는 체류중이 없었던 거야. 천식환자들이 언제나 흡입기를 들고 다니듯이 사람들이 주머니 속에 넣어 다니는 그 체류증 말이야. 넌 그냥 내 방식대로 편안히 숨을 쉬었어. 깊이깊이 들이쉬면서. 네가 잠이 들면 내 머리카락 위로 그 자유로운 숨결이 느껴졌어. 내 얼굴로, 내 입으로 들어와서 날 부풀어 오르게 했어. 마치 바람을 안은 돛처럼. 그 숨결로 인해 난 살아 있을 수 있고 서 있을 수 있었어. 그런데 지금은 그 숨결이 없어서, 난, 늙은 여자처럼, 숨쉬기가 힘들어. 침대에 걸터앉아 계속 창밖으로 같은 것만 바라보면서 시들어가고 있어.

결국 글을 읽는 것도 다 가르쳐주지 못했네. 하기야 뭣 때문에 글을 읽게 하려고 한 걸까? 차 위에 적힌 '경찰'이라는 글씨를 알아볼 수 있게 하려고? '추방' '승선' 같은 말을 읽을 수 있게 하려고? 이제는 뭘 읽을 건데? 난 절대로 편지를 보내지 않을 건데. 편지지에 입을 맞추기만 하는 일도 이젠 없을 거야. 절대로 편지를 보내지 않을 거니까. 그래야 네가, 널 사랑하는 내가 쓴 글씨 위쪽에, 우표에 찍힌 프랑스 공화국이라는 소인을 보는 일이 없지. 너에게 그토록 관대하던 프랑스 공화국 말이야. 혹시 기운이 나서 뭔가를 쓴다 해도 절대 부치지 않고 가지고 있을 거야. 순결하게, 아무도 손대지 못하게. 그 어떤 기관의 소인도 찍히지 않게 할 거야. 그리고, 언젠가 그런 날이 온다면, 내가 직접 가서 건네줄 거야. 하나씩 읽을 수 있게 해줄 거고. 알 수 없는 글자들을 하나씩 손가락으로 가리키면서 말해줄 거야. 이건 내가 널 사랑한다는, 영원히 사랑한다는 말이고, 또 이건 네가 너무나 보고 싶어서 숨을 쉴 수가 없다는 말이야. 아, 지루해.

한 가지 생각이 떠나질 않아. 그때는 그렇게 짧던 시간이 지금은 왜 이렇게 긴 걸까. 우리가 그토록 부족해하던 시간인데. 사람들이 널 데려가면서 모두 다 나한테 주고 갔나봐. 그러니까 널 잡아가는 댓가로 나에게 이 끔찍한 선물을 준 거지. 시간이 필요했니? 자, 꼬마아가씨, 그렇다면 드리지. 마음대로 써보렴. 이제 시간은 텅 비었고, 한없이 길겠구나. 맘대로 채워보렴. 부족하다면 더 줄 수도 있단다. 어차피 넌 아무것도 안할 거니까. 그렇게 마음 좋은 사람들이니, 너한테도 똑같은 선물을 했겠지? 단지 프랑스의 시간이 아니라는 조건이 붙어 있지만. 우리의 시간은 각기 다른 조건이 딸려 있고, 그래서 사랑의 시간이 될 수 없어. 어떤 사람들한테는 아무 말 없이 시간을 주면서. 체류허가증이 있다는 한 가지 이유로 말이야. 모든 게 증명서에 표시되어 있는 걸까? 정말로 성명, 생년월일 밑에 시간을 가질 권리가 기록되어 있는 걸까? 체류허가증이 없으면? 당연히 시간도 없어. 아름다운 사랑이야기는 사치일 뿐이야.

우리 이 생각은 미처 못했지? 그날 결혼식 만찬에서 네가 다가와 춤추겠냐고 물었을 때, 빨리, 어서 춤춰요, 음악보다 먼저 춰요,라고 대답해야 했어. 어느새 날이 밝아오는 걸까? 아니면 밤이 시작되는 걸까? 꾀꼬리 소리인가? 종달새인가?

아니면 다른 싸이렌 소리인가? 우리의 밤이 끝나는 걸 경고하는 싸이렌 소리 말이야.

그날 만찬에서 이미 유다의 눈길을 받으며 식사를 하고 있었다는 걸 어떻게 알 수 있었겠어? 그애가 아니라 너와 춤을 추었기 때문에, 단지 그 이유 때문에 우리의 시간이 이미 끝이 정해져 있었다는 걸 어떻게 알 수 있었겠냐고. 그냥 말하지 그랬어. 손가락을 뻗어 가리키지 그랬어. 저자가 우릴 배반할 것이다. 저자의 눈에는 이미 은화 삼십냥이 들어 있다. 저자는 결국 스스로 목매달게 될 것이다. 난 정말 몰랐어. 그래, 이제는 알아. 고결한 사람도 있고 파렴치한 사람들도 있다는 걸. 은화 삼십냥의 가치도 없는 사람이 있고, 또 이 세상의 금을 다 주어도 살 수 없는 사람이 있다는 것도. 시간이 있다는 것도, 하지만 시간을 갖지 못하는 사람도 있다는 것도 알아. 손바닥을 벌린 손도 있고, 반대로 움켜쥔 손도 있다는 것도. 생명을 꽃피우는 숨결도 있고, 헐떡거리는 숨결도 있다는 것도. 운명을 결정하는 밤이 있고, 거짓말할 줄 모르는 몸짓이 있다는 것도 알아. 순결한 말이 있다는 것도, 하지만 말이란 건 자기 혼자만의 것일 수 없기에 그 순결은 너무 쉽게 깨져버린다는 것도 알아. 지금 이 순간 우리를 행복하게 하는 것이 불과 며칠 후 우리를 불행하게 만들 수 있다는 것도, 우리는 희생 제물이 될 수밖에 없다는 것도 알아. 절대 넘을 수 없는 거리가 있다는 것도. 진실된 것은 박해를 받는다는 것도. 우리 것은 아무것도 없다는 것도. 언제든 우리 걸 다 빼앗길 수 있다는 것도. 지붕, 밤, 삐걱거리는 소리, 소스라침, 전구, 이런 것이 운명을, 누구는 웃고 또 누구는 평생 울게 되는지를 결정한다는 것도 알아. 그리고 프랑스 경찰이 있다는 것도 알아. 아직도 알아야 할 것이 뭐가 또 있을까?

오, 내 사랑. 생각해보니 우리 얘기는 별로 할 게 없네. 다른 사람들은 이것저것 많이 겪고 만들어내고 그러던데. 정작 네 기억을 담고 있는 것은 별로 없어.

그날 밤 넌 고양이처럼 살금살금 걸었지. 내 귀는 깨어 있었는데. 약속도 없었지만 네가 올 줄 알고 있었거든. 방의 커튼을 여는 순간 네가 와 있는 걸 알 수 있었어. 그날 결혼식에서 헤어질 때 인사하면서 던진 네 눈길, 그래, 난 그 눈길을 보고 알 수 있었어. 며칠 밤을 기다렸지. 그리고 그날 밤, 네가, 마치 꿈속에서처럼, 갑자기, 안마당 건너편의 지붕 위에 나타난 거야. 어쩌나 신기하던지. 넌 날 바라보았고, 몸을 웅크린 네 모습이 꼭 이쪽으로 뛰어넘어오려는 것 같았어. 허공을 건너서 살며시 내 방으로 내려앉으려는 것처럼 말이야. 난 살짝 창문을 열었지. 정말 기뻤어. 무한한, 그러면서도 어린애 같은, 아주 진한 기쁨이었어. 내가 서둘러 손짓했잖아. 숨어, 숨어. 미쳤어. 하지만 내 마음은 이렇게 말하고 싶었어. 가지 마, 영원히 거기 있어.

혹시 날 납치하려고 했던 거야? 우리가 무슨 말을 나눴는지도 기억이 안 나. 무척이나 오랫동안 말이 없었던 것만 생각나. 들킬까봐 그랬던 게 아니라, 서로 얼굴을 바라보느라 그랬지. 그때 내가 했던 말이 갑자기 생각나. 날 데려갈래?

그건 동화 속 세상이 아니라 현실이었어. 언젠가 곤충을 모으는 이웃집 남자가 들려준 그런 얘기가 아니었단 말이야. 그 남잔 그런 멍청한 이야기를 '동화 증후군'이라고 불렀지. 우리 얘긴 그것하고 달랐어. 사람들이 널 데리러 왔을 때, 바로 그때부터, 모든 게 더이상 현실이 아니었던 거야. 그러니까 지금 내가 사는 세상이 바로 꿈인 거지. 너도 마찬가지야. 지금 꿈을 꾸고 있는 거야.

갑자기 엄마 방에 불이 켜졌고, 우린 나쁜 짓 하다 들킨 애들처럼 화들짝 놀랐지. 그때 네가 휘청거리는 바람에, 한순간, 정말 아주 잠깐 동안, 네가 미끄러질까봐, 네가 떨어질까봐 겁이 났어. 엄마 방 창문이 열리는 소리가 들렸고, 내가 아주 작은 소리로 말했잖아. 가, 이제 가. 도망가. 우리 엄마야. 엄마한테 들킨단 말이야. 넌 웃었어. 정말 재미있었지. 나한테 입맞춤의 손짓을 보내고는 독 오른 고양이처럼 도망가기 시작하는데, 정말 얼마나 웃겼는지 몰라. 그리고, 기억나? 급하게 도망가다가 신발 한 짝이 빗물받이 홈통에 끼여버렸잖아. 아이들이 봤으면 아주 신이 났을 광경이었는데. 신발 한 짝을 두고 도망가버렸으니까. 엄마가 화를 내며 들어올 때까지 난 웃고 있었어. 날 보더니 엄마는 할 말이 없었나봐. 난 계속해서 웃고, 또 웃었고. 어둠 속으로 도망가던 네 웃음소리가 아직도 들리는 것 같아. 아, 엄마, 정말 너무

웃겨. 엄마는 어깨를 으쓱하더니 그냥 문을 닫고 나갔지.

신발은 아직 그대로 있어. 며칠 전부터 난 그것만 쳐다보고 있는걸. 너에게서 남은 것, 저 우스꽝스러운 신발을 말이야. 꼭 하늘에서 내려와 널 데려가면서 흔적을 남겨둔 것 같아. 저 신발 한 짝을. 네가 저기 서 있었다는 걸, 내가 꿈을 꾼 게 아니라는 것을 확인시켜주려고. 우리의 이야기가 끝나지 않았던 동안에는, 아침에 커튼을 열면 신발이 보였고, 나도 모르게 웃음이 나왔어. 하지만 이젠 신발이 날 비웃는 것 같아. 너에게서 남은 유일한 것이, 미련할 정도로 고집불통으로, 매일같이, 한 뼘도 안되는 가죽 주제에, 그래, 내 손이 닿을 수 없는 곳에서, 하지만 절대 사라지지 않으면서, 나에게 말해. 넌 그를 잃었어. 넌 그를 잃었어. 넌 그를 잃었다니까.

엄마가 눈치를 챈 것 같아. 이사를 가자고 해. 하지만 난 싫어. 너도 알지? 네가 저 신발을 찾으러 올 때까지 기다릴 거야.

이제 밤이네. 조금 전 엄마가 와서 뭣 좀 먹지 않겠느냐고 물었어. 그냥 고개를 저었더니 더이상 권하지 않았어. 엄마가 식탁을 치우는 소리, 동생을 재우러 가는 소리가 들렸고. 이제 집 안에는 아무 소리도 안 나. 난 여전히 창문 앞에 앉아 있어. 건물 전체가 쥐죽은 듯 조용해. 맞은편 건물에서 어린 계집애가 아주 작은 소리로 우는 소리만 들려. 저애는 매일 밤 악몽을 꾸나봐. 어젯밤엔 나처럼 창문 앞에 서 있었어. 나처럼 뭔가를 기다리는지, 눈을 크게 뜨고 있었어.

　부탁이야. 바다를 건너와. 온 세상을 다 헤치고 와. 앞을 가로막는 건 다 손으로 치워버려. 부드럽게 밀어내든 거칠게 밀어젖히든 상관없어. 어쨌든, 신발을 찾으러 와. 여기다 놓고 간 걸 찾으러 오란 말이야. 내 사랑, 난 꼼짝하지 않을 거야. 약속할게. 언제든 창문을 열 준비를 하고 있을게. 제발 부탁이야.

나는 왜 사라졌는가

1

인터뷰 하나가 내 삶을 구원했다.

이 사실은 그동안 내 삶에 일어난 일을 설명해줄 수 있는 것이기에 꼭 말해야 한다. 사실 나를 아는 사람들 대부분이 그날 이후의 일을 알지 못한다. 이제 이 얘기가 내가 사라지기 전 몇주 동안 일어난 일을 처음으로 밝혀줄 것이다. 그러니까 처음이자 마지막으로 하는 설명이 될 것이다.

정작 그때는 나 역시 인터뷰 하나로 인해 내 삶이 구원되리라는 걸 알지 못했기 때문에 무척 당황스러웠다. 지금 와서 보면 차라리 잘된 일이다. 당시 나는, 뭐랄까, 삶의 정점에 이른 듯했다. 모두 알고 있겠지만, 혹은 기억하고 있겠지만, 그때 나는 텔레비전에서 내 프로그램을 진행하고 있었다. 원하는 사람을 마음대로 초대하고, 입고 싶은 옷을 마음대로 입을 수 있었다는 뜻이다. 내가 진행한 건 58분짜리 상당히 비중있는 문학 프로그램으로, 모르는 사람이 없었다는 걸 굳이 강조할 필요도 없을 것이다. 특히 어니스트 헤밍웨이 인터뷰는 안 본 사람이 없었다(적어도 얘기는 다 들었을 것이다). 헤밍웨이 사망 40주기를 기념하여 기획한 그날의 방송으로 나는 일약 문학 프로그램의 최정상에 섰다. 그러니까 헤밍웨이가 여러가지 문제에 대해 의견을 피력한 장면들을 인터뷰 식으로 편집한 것이었다. 그렇게 해서 나는 헤밍웨이에게 유전자변형작물의 위험성에 대해, 1차 걸프전이 갖는 식민주의적 측면에 대해 질문했다. 심지어, 그날 인터뷰에서 가장 중요한 순간으로, 그룹 너바나의 씽어이던 커트 코베인이 유행시킨 자살법, 즉 사냥총으로 머리를 쏘는 것에 대해 어떻게 생각하는지도 물었다. 그렇게 해서 나는, 영화배우 찰턴 헤스턴이 「벤허」를 찍고 나서 고대 로마 전문가가 된 것처럼, 하루아침에 20세기 산문을 전공한 문학 비평가가 되어버렸다. 죽은 헤밍웨이가, 그렇게 훌륭한 인물이 등장해서 나 같은 신출내기에게 속내를 털어놓았다는 사실, 헤밍웨이 같은 인물이 인터뷰어로 (일요일 오후 스포츠 중계 가운데 「아이스하키」를 담당하다가 월요일 아침방송인 「유명한 작가들의 패션스타일」이라는 프로그램으로 옮겨온 지 얼마 되지 않은) 나를 선택했다는 사실은 그야말로 모든 학위를 다 합친 것만큼 가치가 있었다. 사실상 대학에서 받은 학위증이 하나도 없던 나로서는 금상첨화였다.

하지만 내가 지금 얘기하려는 건 이 인터뷰가 아니다. 헤밍웨이 인터뷰는 내 삶을 구원하지 않았다. 그저 엄청나게 바꿔놓았을 뿐이다. 언젠가 살 수 있으리라 꿈조차 꿔본 적이 없는 옷들을 입을 수 있게 해주었고, 타이타닉 호의 창고를 가득 채울 만큼의 샴페인을 비울 수 있게 해주었다. 모든 선택사양이 딸린 볼보 자동차도 샀다.

그다음엔 오히려 조심스러워서 사망한 사람들에 대한 인터뷰는 더이상 기획하지 않았다. 하지만 어느샌가 나의 말은 학자연하는 근엄한 어조를 띠기 시작했다. 예를 들어 『씨르뜨의 바닷가』*는 부분적으로 실패한 작품이라고 약간 경멸조로 말하기도 했다. 여러 강연과 방송에도 초대되기 시작했다. 결국 난 모든 분야에 능력있는 사람이 되었다.

전문 스크립터들도 거느리게 되었는데, 난 그들을 그냥, 예를 들면 머리가 덥수룩하고 튀는 옷을 입는 게 맘에 들어서, 아무렇게나 선택했다. 당연히 문학적 역량은 나와 비슷한 사람들이었다. 모두들 책을 출간한 적은 있지만, 별볼일 없고 추잡하기까지 해서 읽은 사람이 없었다. 그들은 나와 마찬가지로 방송에서 다루어야 하는 책도 미처 다 읽지 못

* 프랑스 소설가 쥘리앵 그라끄의 소설.

했다. 책을 선별하는 기준은(언제나 연애이야기였다) 차라리 나처럼 우연으로 결정하는 게 아니었기 때문에 더 멋대로였다. (나 평 하나 써야 해. 당신은 무슨 책 읽고 있어? 이거 쓴 여자 정말 멍청하지?) 난 그들이 좋았다. 그중 한명을 내 볼보 오픈카에 태우고 바닷가에 다녀온 적도 있다. 더이상 바랄 것이 없는 흡족한 삶이었다.

세계문학에 대한 생각을 책으로 묶어낼 계획도 있었다. 제라르 드빠르디외도 알고 지냈고, 나의 성생활에 대한 소문이 도는 것을 알면서도 개의치 않고 오히려 즐겼다. 고양이 한 마리를 살까 망설였다. 존 로브 가죽구두를 세 켤레 가지고 있었고, 포스트모던 문학에 사망선고를 내렸다.

자화자찬 같지만 나는 시대의 분위기를 감지해내는 특별한 재주가 있다(기분에 따라 구역질나는 재주라고 할 때도 있고, 가벼운 재주라고 말하기도 하고, 또 희귀한 재주가 되기도 한다). 예를 들면 나는 일찌감치 이 시대에 대해 진단을 내렸다. 즉, 윤리학과 종교에 기반을 둔 낡은 기준들이 공중분해되어버린 이 시대에는('윤리적·종교적 기준의 붕괴'는 내가 최근 진행한 프로그램 이름이기도 하다) 여분의 사유가 필요하다는 것이다. 나는 작가나 문학비평가 말고도 사상가를, 그러니까 2분 45초에서 3분 사이에 현대성에 대해 분명한 견해를 밝힐 수 있는 사람들을 초대하자고 했다. 사유능력이 텔레비전이라는 매체의 형식에 적합하게 맞춰져 있는 사람들이 꽤 많았다. 물론 실패도 있었다. 예를 들면 자끄 데리다는 무책임하게도 현전성의 철학이란 무엇인가를 설명하려고 했다. 또 나이가 들고 쇠약해서 길게 대답할 수 없을 거라 생각했던 레비스트로스가 구조주의를 언급하려 했을 때도 그랬다. 짜증나는 순간들이었다. 하지만 내 프로그램에 초대되는 손님들을 어느 수준으로 할 것인가를 결정할 때, 그리고 현대 사상가 중 누구를 초대할 것인가를 결정할 때, 이 일을 계기로 더욱 까다롭게 따지게 되었다. 학위가 있는 비평가들의 도움을 받아 신속하게 기획을 재편했다. 그들은 진정한 사상가를 어디서 찾아야 하는지 알고 있었다. 바로 경쟁 프로그램에서였다.

나 역시 서방세계의 앞날에 점점 더 관심을 갖게 되었고, 허무주의, 성평등, 지구온난화 같은 용어를 사용하기 시작했다.

그 시기에 찍은 것 중에 책이 가득 쌓인 사무실에 앉아 있는 사진이 있다. 대부분은 출판사에서 방송 홍보용으로 증정한 책들이다. 이미 파이프도 피우고 있었다. 확실하진 않지만, 그게 나의 마지막 사진일 것이다.

2

그런 다음, 바로 그 인터뷰가 있었다.

그날 난 완벽한 정장 차림에 브라이어 파이프를 물고 있었다. 저녁엔 스크립터 일을 하고 싶어하는 여자와 약속도 되어 있었다. 느낌이 좋았다.

이번 방송은 신(神)을 주제로 하는 것이었다. 근엄한 박학다식이나 전문가들의 잡설 없이 그야말로 제대로 된 대화를 할 생각이었다. 그 점에서 출연자도 이상적이었다. 이미 알고 있는 인물인데다가 자주 가는 식당에서 종종 마주쳐 그 철학적 능력도 가늠하고 있었으니까 말이다. 그는 신에 대해서, 신의 죽음에 대해서, 종교의 미래에 대해서 분명하고 깊은 생각을 지닌 사람이었다. 채널마다 등장해서 스스로 주장하듯이, 자유로운 사상가였다. 타협을 모르고 종교의 치명적인 선입견을 벗어던졌으며, 그 어떤 위험이 닥칠지라도 사도 바울에 대해서도 거침없이 생각을 밝힐 수 있는 사람이었다. 게다가 철학적으로 시시콜콜하게 얘기하느라 옆으로 새는 일도 없을 터였다. 괜히 그런 무의미한 얘기들을 듣다보면 철학자들마다 사상이 다르다고 믿게 된다. 하지만 잘 관찰해보면 좋은 철학자와 나쁜 철학자, 진보를 믿는 자와 계몽이 불가능하다고 믿는 자, 우리가 잘되기를 바라는 자와 짜증나게 하는 자, 이렇게 두 부류가 있을 뿐이다. 그는 평소와 마찬가지로 여러 가지 일에 분개했다. 그는 새 책을 홍보하러 나왔다.

어떤 질문을 하고 어떻게 대답할 건지 역시 미리 말을 맞춰놓은 상태였기 때문에, 인터뷰가 시작된 후 이내 그의 말에는 흥미가 느껴지지 않았다. 차라리 셔츠를 어디서 샀는지가 궁금했다. (얼마 전 식당에서 나한테 털어놓은 말이 있기 때문이다. 여자들이 보면 한눈에 반해버릴 셔츠를 살 수 있다는 게 내가 철학에 소명을 갖는 첫째 이유야. 둘째 이유는 거짓에 짓눌린 인류를 구해내는 거고.) 바로 그때였다. 엄청난 충격이 느껴졌다. 전혀 예기치 못한 일이 일어난 것이다. 목소리가 들려왔다.

그 목소리는 아주 분명하게 말했다. 여기서 뭘 하고 있는가?

나는 너무 놀라서 벌떡 일어섰다. 손에 들고 있던 종이를 다 떨어트렸다. 출연자 쪽을 쳐다보았다. 한참 말하는 중에 내가 갑자기 일어서는 바람에 얘기가 끊긴 것이다. (그러니까, 우리는 진리를 말해야 합니다, 물론 마음에 들지 않아하는,에서 끊겼다.) 그는 어리둥절해하며 날 쳐다보고 있었다. 이번엔 스크립터들을 한명씩 쳐다보았다. 모두 망연자실한 표정으로 얼어붙어 있었다.

모든 것이 멈추었다.

몇초 동안 그야말로 참기 어려운 침묵이 흘렀다. 나는 다시 출연자 쪽을 바라보면서 물었다. 방송중이라는 것도 까맣게 잊었다. 좀 전에 뭐라고 했죠?

상대는 깜짝 놀라 아주 잠시 동안 스크립터들의 눈치를 살피더니 이내 가볍게 웃으며 잔기침을 했다. 그러면서 다시 말을 이었다. 그러니까 진리를 말해야 한다는 겁니다. 물론 마음에 들지 않아하는. 아니, 아니. 그 말 전에요.

다시 한번 모든 것이 멈추었다.

이번엔 스크립터들이 주위를 살폈다. 모두 제정신이 아니었다(다들 기억하겠지만, 관객도 있는 생방송이었다). 바로 그 순간 난 깨달았다. 조금 전 그건 출연자가 한 말이 아니다. 관객이 말한 것도 아니고, 분명 다른 곳에서 나온 목소리다. 잠시였지만 덜컥 겁이 났다. 아주 짧은 순간이었다. 난 다시 자리에 앉았다. 됐습니다. 계속하세요. 그는 난감해하며 간신히 말을 잇기 시작했다. 그래요, 아마도 진리를 마음에 들지 않아하는. 하지만, 다시 한번, 바로 그 순간에, 정말로 계시가 일어났다. 눈에서 비늘조각들이 떨어져내렸고, 내 존재 자체가 정신없이 흔들렸다. 그래요, 아마도 진리를. 그가 말하는 걸 보고 있는데, 갑자기 확신이 솟아올랐다. 저자는 얼간이다. 이 공허의 시대가 만들어낸 가장 불길하고 비장한 사기꾼이며, 과대망상과 자기도취에 빠진 조무래기일 뿐이다. 그것은 절대적이고 명백한, 범우주적인 확신이었다. 난 저런 자에게 몇달 전부터 명예로운 잠자리와 식사를 제공한 것이다. 나, 그리고 나와 비슷한 사람들이 나서서 자기만족에 빠져 건방을 떠는 저런 자들을 먹여살린 것이다. (하물며 그 수도 점점 많아지고 있다.) 일순간, 마치 벼락치듯, 모든 걸 깨달았다. 그리고 내가 큰소리로 말하고 있다는 느낌이 들었다. 내가 여기서 뭘 하고 있지? (정말로 말을 했는지는 잘 모르겠다.) 방송은 엉망진창으로 끝났다.

3

누가 말한 걸까? 도대체 누가 시켜서 그토록 당혹스러운 말을 내뱉은 걸까? 나는 몽유병 환자처럼 멍한 상태로 무대에서 내려왔다. 옆에서 무슨 일이 일어나고 있는지 관심도 없었다. 출연자에게 인사도 하지 않았다. 어차피 그날 이후 그자는 내 마음속에선 그저 얼간이일 뿐이다. 모든 게 뒤죽박죽인 상태로 집으로 돌아왔다. 저녁에 스크립터를 지망하는 여자와 약속이 있다는 것도 까맣게 잊었다. 저녁은 정어리 통조림 하나로 때웠다. 그렇게 해서 역사에 기록될 만한 나의 고행이 시작되었다.

처음엔 그 신비로운 목소리가 어니스트 헤밍웨이의 것이라고 생각했다. 외국어 억양도 있는 것 같았다. 하지만 설득력이 없는 가설이다. 어떻게 헤밍웨이가 나에게 그런 비난을 할 수 있단 말인가? (분명 그 말은 비난이었다.) 나한테 그렇게 빚진 게 많은데. (물론 나도 그에게 빚진 게 많다.)

그것은 경고였다. 말하자면 예수의 목소리와 말에서 떨어진 사도 바울, 그 둘 사이에 존재하는 것과 비슷했다. 간단한 한마디였음에도 불구하고 그 말은 현재의 내 삶을 총체적으로 문제삼았고, 아예 송두리째 뒤집어버렸다. 그리고 내 삶이 새롭게 바뀌어야 한다고 말했다. 결국 내 생각은 신을 향하게 되었다.

신에 관해 이야기하는 방송중에 신이 나에게 말을 건넸다는 사실은 이 가설에 든든한 근거를 제공했다. 더구나 그 말이 나의 내면에서 얼음장처럼 차가운 공허를 찾아냈다는 점에서 더욱 믿을 만한 가설임이 분명했다. 그 말은 진정 내 삶이 송두리째 부질없음을 적나라하게 드러내지 않았는가. 나는 정어리를 씹으면서 곰곰 생각했다. 넌 지금 신을 찾고 있는가? 신의 부재를 느끼는가? 하지만 바로 그 순간 대답이 떠올랐다. 분명한 대답이었다. 그렇지 않다. 그래서 나는 잠을 자기로 했다. 신기하게도 아주 평화로운 잠이었다.

그후 며칠 동안 나는 누가 말을 했는가 하는 질문은 별로 중요하지 않다는 걸 깨달았다. 중요한 건 오히려 내가 무엇을 간절히 바라고 있는가 하는 것이다. 이런 깨달음이 어느 정도 부정적인 결과로 나타난 건 사실이다. 하지만 동시에 상당히 고무적인 결과이기도 했다. 그러니까 일주일 후 나는 볼보 오픈카를 팔아버렸다. 이것이 바로 나의 첫번째 승리였고, 영적으로 완전히 변해버렸음을 말해주는 첫번째 징표였다. 이그나시오 데 로욜라* 외에는 비길 데가 없는 변화가 아닌가. (얼마 후 나는 종교적 소명을 깨닫고 바로 이 로욜라의 책을 읽었다.) 나는 방송국에 사표를 냈고, 그 소식

---

* 예수회를 창립한 16세기 에스빠냐 성직자. 원래 군인이었으나 전쟁에서 중상을 당한 후 병상에서 영적인 깨달음을 얻고 수도사가 되었다.

은 한참동안(한 달 동안) 프랑스의(그리고 내 프로가 널리 시청되던 벨기에의) 문화계에 커다란 파문을 일으켰다. 사실 사직을 하면서 방송사와 얘기가 잘돼서 금전적으로 그다지 큰 손해를 보지는 않았다. 내 자리는 나와 같이 일하던 전문 스크립터 중 한명에게 넘어갔다. 『잃어버린 시간을 찾아서』를 뮤지컬로 번안한 씨나리오로 방송계 밖에서는 어느 정도 명성이 있던 사람이다. 어쨌든 난 방송국을 그만두면서 그런대로 돈을 마련할 수 있었고, 이제부터 소명을 가지고 살아가야 할 금욕의 삶을 준비하는 데 별 문제가 없었다. 그런 다음, 모두들 알고 있겠지만, 아파트를 팔았다. 이름도 바꿨다. 그리고 허름한 동네로 이사를 왔다. 빠리 북역의 철길에서 멀지 않은 곳이었다. 바로 그 아파트에서 지금 글을 쓰고 있다.

그런데 문제는, 내적 회심이 일어난 건 분명한데 그것이 어디로 향한 회심인지를 알 수 없었다는 것이다. 좀전에 얘기한 것처럼 종교적 소명이라고 생각했던 적도 있다. 솔직히 확신은 없었지만(또한 신앙도 없었지만, 그 정도는 얼마든지 해결할 수 있었을 것이다) 한동안 그 방향으로 밀고 가려고 했다. 그런데, 바로 그때, 두번째 계시가 일어났다.

이미 말한 대로 나는 조금씩 더 금욕적인 삶을 살기로 했다. 대부분의 시간을 아파트 안에 머물렀고 책을 읽기 시작했다. 진정 많은 것을 발견했고, 사람들에게 해줄 말이 무척 많았다. 세상을 떠나 완전히 칩거하기로 결심하지만 않았다면 난 분명 책에서 무엇을 얻을 수 있는지 알지 못하는 사람들을 위해서 공공장소마다 돌아다녔을 것이다. 나는 우선 헤밍웨이의 소설 두 편을 처음부터 끝까지 다 읽었다. 헤밍웨이는 내 경력에 결정적인 방향을 제시해준 사람이고, 이제 새로운 목소리의 힘에 이끌려 그 경력을 던져버리는 순간에 그에게 경의를 표하고 싶었기 때문이다. 이제 뭘 해야 할까? 차를 팔아버리는 것으로는 충분하지 않았다. 이런 초라한 동네에 옮겨온 것으로도 부족했다.

독서의 매력과 함께 이름 붙이기 어려운 영적인 욕구를 발견한 터라, 나는 이그나시오 데 로욜라와 십자가의 성 요한을 읽기 시작했다.

실패였다. 심지어 막 시작된 독서 열기에 찬물을 끼얹는 실패였다. 하지만 그렇게 별다른 열정 없이 책을 읽고 있을 때, 다시 두번째 계시가 찾아왔다. 또 목소리가 들려온 것이다.

『영혼의 어두운 밤』을 손에 들고서 지붕이 보이는 창문 앞 낡은 안락의자에 앉아 있을 때였다. 거기서 찾으면 안된다. 똑똑히 들었다. 결국 나는, 내가 생각하기에 아주 엄숙하고 지극히 적절한 동작으로, 손에 들고 있던 십자가의 성 요한의 책을 멀리 던져버렸다. 나의 종교적 소명은 그렇게 끝났다.

지난번과 마찬가지로 아주 짧게 뭔가를 하지 말라고 하는 명령이었지만(제일 처음 들었던 말 역시 결국은 그 자리에 있지 말라는 것이 아닌가), 이번엔 바로 이해할 수 있었다. 자기가 철학자라고 주장하던 광대와 인터뷰하던 날 처음 들은 것과 같은 목소리였다는 걸 깨닫는 순간, 이번엔 분명히 알 수 있었다. 그것은 종교를 멀리하라는 경고였다. 나의 소명은 철학이었던 것이다. 틀림없이 그랬다.

모든 것이 분명해졌다. 나는 창문 앞에 앉아서 심호흡을 했다. 철학의 소명이 나를 불렀다. 이 세상에 홀로 선 것 같았다. 내 앞에 펼쳐진 길을 보면서 한순간 마음속에서 뒷걸음질치기도 했다. 철학자가 될 때는 누구나 그런 법 아닌가.

그리고 나를 아는 사람과 마지막으로 통화를 했다. 아버지에게 전화를 한 것이다. 아버지는 이날 내가 전화한 사실을 사람들에게 다 이야기했다. 나중에 텔레비전에서 내가 갑자기 사라져버린 사건을 다루면서 이날의 전화 얘기가 나오는 걸 보고 알았다. 어쨌든 그 방송이 내 이야기가 텔레비전에 등장한 마지막이었을 것이다. 아버지는 어머니와 헤어진 이후 도무지 마음을 잡지 못했다. 그래서인지 나와 관련된 뭔가가 있으면 (과거 일이든 현재 일이든) 사람들에게 다 말해버렸다. 내게는 절대 그러지 않겠다고 약속했지만, 정작 약속에 대해서는 신경도 쓰지 않았다. 하기야 어차피 지키지 않을 약속이라는 걸 나도 잘 알고 있었다. 더구나 그날 난 아버지에게 내가 어디에 살고 있는지, 어떤 이름을 쓰고 있는지도 말하지 않았다. 솔직히 말하면, 그 어느 것도 제대로 설명하지 않았다. 그냥 잘 지내니까 걱정할 것 없다고만 했다. (물론 아버지는 별로 신경쓰지 않는다. 아버지에게 중요한 건 단 한 가지, 언젠가 어머니가 다시 돌아올까 하는 것뿐이다. 전화를 건 그날도 아버지의 첫마디는, 그래, 엄마가 아직 돌아오지 않는구나,였다. 내가 잘 지내고 있는지, 어떻게 되었는지 묻기도 전에 말이다. 그러니까 내 목소리를 듣는 걸 기뻐하기도 전에 어머니 얘기부터 한 것이다.) 난 텔레비전에 복귀할 생각이 없다고 말했다.

전화를 왜 했는지 나도 잘 모르겠다. 아마도 나의 지나간 삶에 속하는 목소리를 마지막으로 듣고 싶었던 것 같다. 나를 붙잡고 있는 마지막 실을 잘라내기 위해서 말이다. 말하자면 그것은 그동안 내가 소속되어 있던 사회를 향해 보내는 마지막 신호였다. 나는 마치 방학 캠프를 떠나는 아이처럼 아주 예의바르게 말했다. 아버지, 안녕히 계세요. 바로 그 순간 절실하게 느낄 수 있었다. 난 이제 더이상 저들의 세계에 속하지 않는다. 지금 같은 건물에 살고 있는 사람들만으로도 너무 많다. 철학자란 원래 돌이킬 수 없는 완전한 고독을 필요로 하지 않는가.

그 순간부터 나의 삶은 철학과, 즉 책과 하나가 되었다. 그래서 나는 마지막으로 나의 삶을 설명하는 이 자리에서 그동안 내가 읽은 책의 목록을 써보려 한다(물론 읽은 책을 전부 다 적을 건 아니다). 이후 나의 삶은 모두 이 안에 들어 있다. 나는 이 책들을 모두 샀고, 그런 다음 세상과 완전히 관계를 끊었다. 이제부터 내가 어떻게 사라졌는지 이야기하겠다.

4

몽떼뉴 『수상록』. 인간들과의 왕래를 다 끊어버리고 완벽한 고독에 파묻혔을 때 나에게 제일 처음 말을 건넨 것은 몽떼뉴였다. 지금까지도 나는 몽떼뉴하고만 이야기한다. 그는 진정 많은 것을, 서로 모순되기까지 하는 여러가지를 가르쳐주었다. 난 그와 일주일에 세 번(화요일, 목요일, 토요일) 자유로운 대화를 나누었고, 바로 그 대화를 통해 내가 죽게 될 것임을 깨우쳤다. 마흔 해 동안 살아오면서 단 한번도 생각해본 적이 없는 문제였다. 무척 고통스러운 깨우침이었지만, 결국 난 '십오분의 열정을 누리는 데는 특별한 능력이 필요하지 않다'는 걸 이해하게 되었다.

앞에서 내 삶이 구원받았다고 말했는데, 보다 정확히 말하자면 내 삶을 돌이킬 수 없음을, 다 끝났음을 공표하는 인장이 어느날 갑자기 찍히면서 구원받은 것이다. 일단 그러고 나니 이전의 삶은 너무나 무의미해 보였다. 나는 더없이 끔찍한 두려움에 시달렸고, 그런 나 자신이 불쌍하게 느껴졌다. 당시는 무지했기 때문에 그 두려움이 뭔지도 몰랐다. 이제는 알고 있다. 물론 안다고 해서 의미가 더 많아진 것은 아니다. 하지만 지금은 적어도 삶은 아무 의미가 없다는 걸 알고 있다.

몽떼뉴의 영향으로 아파트 천장을 새로 칠하기도 했다.[*]

칸트 『순수이성비판』. 나의 새로운 철학적 소명은 부침을 겪었다. 칸트를 읽던 때가 가장 힘든 시간이었다. 사실 선험적 종합판단이 가능한가 하는 문제를 생각하느라 골치가 아팠던 건 이때가 처음이었다.

공간과 시간은 물자체에 속하지 않으며 우리의 지각능력의 문제라는 것을 알게 되면서 내 마음속엔 현기증이 몰려왔다. 기분이 나빴다. 사물이 나와 똑같이 움직이니 아파트 안에서 걸음을 옮기는 것도 힘들게 느껴지기 시작했다. 어쩌면 내 영양상태에 문제가 있어서 그랬는지도 모르겠다.

그럼에도 불구하고 나는 계속 칸트를 읽었다(물론 다 이해하지는 못했다). 그리고 무엇보다 신의 존재에 대해 확실하게 말할 수 없다는 것도 알게 됐다. 이러한(결정적인 불확실성 상태에 머물러야만 한다는) 확신은 마침내 마음속에 남아 있던 모든 희망을, 미래의 삶에 대한 희망을 모두 쓸어내버렸다. 나름 괜찮은 일이었다. 생각해야 할 게 줄어들었으니 말이다.

칸트를 읽는 것은 엄청난 시련이었다. 그로 인한 나의 변화를 코페르니쿠스적 전환이라는 이름을 붙여 기리고 싶다. 물론 당시엔 미처 생각하지 못했지만, 분명 그렇게 불릴 만한 변화가 있었다. 사실 이전의 삶은, 어떤 의미로는, 모든

* 몽페뉴는 자신의 서재 천장 들보를 여러 잠언과 고전 인용으로 채웠다.

게 너무 복잡했다. 주위에 있는 사람들의 움직임도 복잡했고, 돈과 인기가 움직이는 주전원(周轉圓)*은 더욱 복잡해서 원을 닫을 수도 없고 계측하기도 어려웠다. 모든 것이 내 주위를 돌면서 춤을 추었다. 내가 제자리를 잡지 못하니 모든 게 복잡해진 것이다. 그러므로 (코페르니쿠스가 지구가 아니라 태양을 중심에 놓은 것처럼) 시점을 완전히 바꾸는 전환이 필요했다. 전격적으로 바꾸고 나니 역시 모든 움직임이 (여전히 낯설긴 했지만) 좀더 쉽게 설명됐다. (사물, 사람, 말, 희망, 모욕, 그리고 돈의) 움직임이 그리던 주전원들은 규칙적이고 조화로운 타원궤도가 되었다. 하지만 새로운 궤도는 내가 있는 곳에서 무한히 먼 곳에서 돌아갔다. 세계는 아주 단순해졌지만, 정말로, 아주 멀어졌다.

플라톤 『파이드로스』. 나는 혼자 말하기 시작했다. 나쁘지 않았다. 책장을 넘길 때마다 사람들이 나타나 내 안에서 우글댔고, 나는 그들과 대화를 했다. 심지어 내가 묻지도 않은 것에 그들이 먼저 대답을 하기도 했다. 그러던 어느날 나는 마침내 가장 중요한 발견에 이르렀다. 두 번에 걸쳐 나에게 말을 건넸던 문제의 목소리에 대해 생각하던 중, 한순간 결론이 떠오른 것이다. 문득, 마치 섬광처럼, 깨달음이 찾아왔다. 그 목소리는 바로 소크라테스의 다이모니온이었던

* 코페르니쿠스의 지동설 이전에 행성의 운동궤도를 설명한 개념.

것이다.

이천오백년 전의 다이모니온이 다시 나타났다. 그리고 모습을 드러내기 위해 나를 선택했다. 『파이드로스』에서 소크라테스가 말한 것만 봐도 내 말이 옳다는 걸 알 수 있다. 즉, 소크라테스는 사고의 방향을 결정하고 영감을 주는 그 정령이 언제나 부정적인 방식으로 모습을 드러낸다고 했다. 무언가를 하지 말라고 금지하고, 하지 말아야 할 것을 일러줄 수밖에 없다는 것이다. 나에게 두 번 말을 건넸던 목소리도 그랬다. 외국어 억양이 두드러지던 것도 기억난다. 그리스어였다. 물론 심리학적 유형의 설명에 근거하는 어리석은 가설도 있다. 그때 내가 들은 건 다름아닌 나 자신의 목소리라는 것이다. 너무나 가소롭고 분명 잘못된 가설이다. 그럼에도 불구하고 지극히 빈약한 이런 유의 해석이 가장 널리 퍼져 있기 때문에, 다시 한번 정확히 말하겠다. 나에게 말을 건넨 건 나 자신이 아니다. 바로 소크라테스의 다이모니온이 직접 나에게 말했다. 그 목소리를 듣자마자 내가 철학을 하게 되었다는 것만 봐도 충분히 이해할 수 있는 일이 아닌가. 어째서 이 모든 것이 미친 생각이라는 건지 난 도저히 알수가 없다. 사망과 부활 이후 이천년이 흘러 예수가 이 땅에 다시 왔다고 철석같이 믿는 사람들도 많은데 말이다. 비단 도스또예프스끼뿐이 아니지 않은가. 살아 있는 사람을 만난것 자체가 드문 일이었지만, 어쨌든 살아 있는 사람과 마지막으로 대화를 나누면서 내가 이런 얘길 했을 때 상대 역시 바로 수긍했다. 이 정도면 내 설명이 옳다고 말할 수 있지 않은가. 그러니까 아파트 문에 빗장을 달고 있을 때였다(이유는 나중에 설명하겠다). 같은 층에 사는 남자가 개 플록을 데리고 장에서 돌아오는 걸 보았다. 만난 김에 내가 단호한 어조로 조금 전의 설명을 들려주었더니 그는 바로 문제의 핵심을 파악하고 내 말에 수긍했다. 잠시 망설이지도 않았다. (물론 말도 하지 않았다. 그저 날 바라보았을 뿐이다. 하지만 그가 내 말에 동의하고 있다는 걸 알 수 있었다.)

바로 이 시기에, 이 책을 읽는 동안, 나는 더이상 글을 쓰지 않기로 했다. 소크라테스가 그랬던 것과 마찬가지로, 철학적으로 아무리 심오한 발견을 한다 하더라도 글을 쓰지 않기로 했다. 무언가를 설명하는 것도 이번이 끝이다. 앞으로 난 무의미한 것들에 대해서만 쓸 것이다. 그러니까 나의 철학적 삶이 아니라 그저 사소한 일화적 삶에 관한 것만, 나의 삶에서 지극히 우발적으로 이루어지는 부분들에 대해서만 쓸 것이다. 내가 알게 된(나는 스피노자도 읽었다) 관념들로 이루어진 필연적이고 영원한 부분은 쓰지 않을 것이다.

라이프니츠 『단자론』. 라이프니츠의 『단자론』에 관한 새로운 해석만은 예외이다. 우선은 한 가지 예가 필요하다는 생각 때문이고, 또한 이 새로운 해석이 나의 삶 중에서 일화적인 부분과 어느정도 관계가 있기 때문이다. 특히 나의 옛날 직업과 관계가 있다.

1714년 라이프니츠는 단자(單子)란 실재를 이루는 궁극적 요소라고 정의했다. (모든 단자는 각자의 관점에 따라 무한한 세계를, 다시 말하면 무한히 많은 서로 다른 관점을, 가장 분명한 것부터 가장 모호한 것까지 연속적 등급으로 나타낸다는 점에서 이것은 과거, 현재, 미래의 움직임 모두를 내부에 포함하는, 폐쇄적이고 독특한 관점이다.) 이는 결국 텔레비전에 대한 정의가 아닌가. 텔레비전의 세계 안에는 세상 전체가 반영되어 있으며, 그 명료한 정도는 매번 다르다. 이 논리대로라면 텔레비전이 실재의 궁극적 구조를 이룬다는 결론에 이르게 된다. 이건 그냥 앞에서 말한 이유 때문에 가벼운 마음으로 해보는 얘기다. 무거운 논문은 쓰고 싶지 않다(그런 일은 다른 사람들을 위해 남겨두겠다). 단지 모든 사람이 쉽게 이해할 수 있을 만한 것 한 가지만 얘기해보겠다. 그러니까 내가 코페르니쿠스적 전환을 겪었고, 또 소크라테스의 다이모니온, 즉 철학이 다른 사람이 아니라 바로 나를 선택한 것은 당시 내가 이 세계에서 차지하고 있던 특별한 위치와 직접 관련된다. 내가 텔레비전에 종사하고 있고, 실재의 (텔레비전적인) 궁극적 구조와 직접 접촉하고 있다는 데서 비롯된 것이다.

세상 사람들은 내가 현대사회에 대한 격렬하고 극단적인 저항을 표시하기 위해서 사라졌다고 말하고 싶어했다. 볼보 자동차와 화려한 아파트를 팔아버린 게 그런 의미로 해석된 것 같다. 하지만 그건 사실이 아니다. 흔히들 우리 문명은 쇠락하고 있다고 말한다. 소비사회, 황금만능주의, 어리석음, 속임수가 판치고 있고, 개인주의는 재앙의 수준에 이르렀다고도 한다. 또 이 시대는 아무런 깊이가 없고 가치는 몰락했다고 한다. 그렇지만 나의 새로운 철학적 소명은 그런 것에 대한 반동적 저항과는 관계가 없다. 텔레비전이 보편화되면서 발생한 나쁜 영향 역시 마찬가지다. 오히려 그 반대다. 철학자로서 현대사회에 대해 어떤 식으로든 판단을 내려야 한다면, 내가 할 말 중 가장 중요한 것은 바로 지금 우리가 살아가는 시대는 그 어느 때보다 진리에 가까이 있다는 것, 그리고 지금의 인류는 그 어느 때보다 운명을 실현할 가능성이 많다는 것이다. 내가 이 세상을 떠나 완전한 은둔생활을 선택한 것은, 그런 식으로 세상을 완전하게 이해하기로 한 것은(나에게는 그럴 방도가 있지 않은가) 오직 한 가지 이유 때문이다. 즉, 나 자신의 삶을 희생하는 한이 있더라도 이 세계를 생각해야 했고, '새로운 인간'의 도래를 생각해야 했기 때문이다.

니체『짜라투스트라는 이렇게 말했다』. 결국 나의 운명은 외지고(내 아파트는 철길 가까이에 있다) 높은 곳에(맞은편 지붕이 내려다보이는 높은 층이다) 칩거하면서 완전히 새로운 사상을 정립하는 것이었다. 그러니까 이곳은 단순한 은둔처가 아니라 가장 높은 정상이며 또한 신비한 동굴이다. 그동안 유혹이 없었던 것은 아니다. 생각을 끝까지 밀고 가겠다는 애초의 계획을 포기하고 싶을 때도 있었다. 사람들이 사는 세상으로 돌아가서, 그냥 완성되지 않은 상태로 보여줄까 하는 마음도 들었다. 무엇보다 새롭게 발견한 것을 하루라도 빨리 알려주고 싶었고, 처음엔 칩거의 고독이 심리적으로 굉장히 고통스럽기도 했다. 자꾸 신경이 곤두섰다. 좀더 간단히 말하자면, 가끔 길모퉁이 까페에서 맥주 한 잔 마시고 싶을 때가 있었다.

유혹을 이겨내기 위해서, 짜라투스트라처럼 꼭대기에서 내려오지 않고 버티기 위해서, 나는 다음과 같은 조치를 취했다. 그러니까 인터넷을 통해 식품을 많이 구입한 다음, 필요한 시간 동안 엄격한 규칙에 맞춰 생활하면서 버티기로 한 것이다. 문에 걸 빗장도 직접 만들었다. 안쪽이 아니라 대문 바깥쪽에 말이다. 그러곤 이웃사람에게 부탁해서 내가 나갈 수 없도록 잠가버렸다. 곤충과 관계된 일, 뭐 그와 비슷한 일을 하는 사람이었다(사람들은 철학을 하지 않을 수 있다면 무슨 일이든 다 한다). 은둔생활을 마치고 사람들 사이로 내려가고 싶어질 때 신호를 보내기로 했다. 그 신호는 단 한번, 정말로 확신이 섰을 때 사용될 것이다. 적어도 몇년 동안은 이사가지 않도록 하고 내가 매달 계좌에 돈을 보내주기로 했다. 언제가 될지 모르지만 신호를 보내면 즉시 응답해야 한다는 것도 말해두었다. 그렇게 밖에서 빗장이 잠겼다. 이런 생각이 날 파괴할지도 모른다는 두려움이 들기도 했다. 하지만 때가 왔다.

쇼펜하우어 『의지와 표상으로서의 세계』. 건강이 급속도로 악화되기 시작했다. 오랫동안 영양상태가 좋지 않았기 때문일 테고, 운동 부족 역시 이유가 되었을 것이다. 두통, 현기증, 지속적인 저혈압, 환각, 욕창이 생겼다. 내 안에서 무언가가 꺼져가고 있었다. 그와 동시에 나의 사고는 점점 더 넓게 퍼져나갔다. 그 윤곽이 무한히 커지면서, 불연속적 외관으로 총체성의 단일성을 가리고 있던 환상의 베일을 뚫고 나가는 것을 느낄 수 있었다. 나는 움직임이 점점 줄어들었고 동작도 가능한한 적게 했다. 그렇게 해서 사물의 저항이, 나와의 차이점이 점점 줄어들었다. 누가 봤다면 환각에 가까운 신비주의에 빠졌다고, 그럴 줄 알았다고 했을지도 모른다. 하지만 그건 정확한 말이 아니다. 우선 내가 발견한 것은 신비주의적 환상과는 전혀 다른 것이었다. 또 몸이 극도로 쇠약해지고 있었던 건 사실이지만 그래도 소멸에 다가간 그 상태를 나 스스로 떠났기 때문이다. 마지막 결정적인 순간이 온 것이다.

니체 『우상의 황혼』. 첫번째 경고. 니체는 걸어다닐 때 생각이 떠오른다고 했고, '무거운 엉덩이'들, 그러니까 의자에 앉아 꼼짝하지 않는 사람들을(특히 플로베르를) 비난했다. 난 더이상 의자에 앉지 않았다.

디오게네스 라에르티오스 『저명한 철학자들의 삶』. 소크라테스의 다이모니온은 더이상 나타나지 않았다. 이미 그럴 필요도 없었다. 먼 옛날 시작된 것을 이천오백년 후 인류가 그 최후의 단계에 이른 지금 내 손으로 완성했기 때문이다. 난 그렇게 확신했다. (헤겔은 자기가 완성했다고 착각했다. 하지만 모든 정황으로 미루어볼 때 전혀 아니다. 헤겔 이후에도 소크라테스의 다이모니온이 나타나지 않았는가. 바로 나에게 말이다.) 나는 바로 내가 새로운 소크라테스가 되어야 한다는 것을 깨달았다. 그러니 이렇게 꼼짝 않고 있을 게 아니라 움직이기 시작해야 한다. 철학하는 것과 산책하는 것이 결국 같은 것임을 소크라테스가 잘 보여주지 않았는가. 이제 다시 사람들에게 다가가야 한다. 다시 내려가야 한다.

이웃 남자에게 신호를 보낼 때가 된 것이다. 그런데 마지막 순간에, 이제부터 맡아야 하는 역할에 적응하기 위해 소크라테스의 삶에 깊이 빠지면서, 그동안 무심코 지나쳤던 사실이 한 가지 떠올랐다. 소크라테스는 그냥 걸어다닌 것이 아니라 맨발로 걸어다닌 것이다. 어쩌면 건강을 더 해칠지도 모르지만 나 역시 신발을 신지 않고 인간들 틈으로 돌아가야 했다.

엄숙하게 신발을 벗었다. 세상을 떠나기 위해서가 아니라 반대로 세상으로 돌아가기 위해서였다. 신발을 벗고, 완전히 달라진 모습으로 맨발로 돌아갈 것이다. 이것은 훌륭한 철학적 행동이다. 뉴에이지나 히피의 객기와는 다른 것이다.

마지막으로 남아 있던 존 로브 구두를 집어들었다. 그리고 팔을 크게 휘둘러 창문으로 내던졌다. 그것은 내 인생을 (그리고 이 시대의 운명을) 결정짓는 동작이었다. 잠시 후 살펴보니 한 짝은 안마당 구석에 떨어졌고, 다른 한 짝은 건너편 지붕 위에 놓여 있었다. 그런 다음 나는 약속대로 이웃 남자에게 빗장을 열어달라고 신호를 보냈다.

대답이 없다.

다시 해봤다. 대답이 없다.

엠페도클레스, 디오게네스 라에르티오스, 앞의 책 중에서. 그가 약속을 어겼다. 말도 안하고 이곳을 떠난 것 같다 (매달 계좌에 넣어주는 돈은 받아 챙기면서 말이다). 일주일 동안 계속 신호를 보냈지만 응답이 없다(삼초 간격으로 벽을 세 번 두드리기를 다시 세 번 반복했다).

차라리 몇층 위 복사기 파는 남자에게 부탁하는 편이 나을 뻔했다. 부인과 아이 둘을 데리고는 빨리 사라지기가 어려울 테니 좀더 믿을 만했을 것이다. (그 사람의 딸은 좀 이상하다. 어쩌면 그 아이에게도 철학의 영이 찾아온 건지 모르겠다.)

이렇게 해서 나는 다시 세상으로 나가야 하는 순간에 아파트 안에 갇히고 말았다. 오래전에 이미 전화선도 끊어달라고 했기 때문에 열쇠장이를 부를 수도 없었다.

말도 안되는, 지극히 당혹스러운 상황이었다. 하지만 그러면서도 우스꽝스럽게 느껴졌다. 당연한 일이다. 잠시 냉정을 잃었다. 이젠 먹을 것도 없다. 곰곰이 따져보았다. 좀더 정확히 말하자면, 이런 순간이 어떤 필연성을 갖는지 생각해보았다. 대답은 분명했다. 나는 왜 멍청하게 들어올 때와 똑같이, 그러니까 들어온 곳으로 다시 나갈 생각을 한 걸까. 너무나 바보 같은 생각이다. 들어온 곳으로 그대로 나가서는 안된다.

그렇다면, 창문 외에 다른 출구가 없지 않은가.

그래서, 힘이 많이 빠진 상태였지만, 창문으로 나가 새로운 여행을 시작하기로 했다. 아파트의 높이와 나의 건강상태를 고려해볼 때 살아서 나갈 확률은 거의 없다. 하지만 나에게 준비된 운명이 그렇게 바보같이 끝나리라고는 생각할수 없다. 일단 처음이자 마지막으로 내 삶을 설명하는 이 글을 쓰기로 했다. 내가 같은 시대를 살아가는 사람들의 눈에서 완전히 사라지게 된다면, 적어도 그 연유는 알려주어야하지 않겠는가. 물론 나는 어쨌든 사라질 것이다. 혹시 사람들 앞에 다시 나타난다 하더라도 그땐 이미 그들이 알던 사람이 아닌 다른 사람이 되어 있을 테니 말이다. 그러니까 어떤 경우에든 결국 나는 사라지는 셈이다.

사람들 손에 남겨질 이 몇장의 글 말고도 나의 흔적이 한가지 더 있다. 동시대인들에게 신으로 추앙받던 엠페도클레스는 분출하는 에트나 화산의 분화구 속으로 사라졌다는데,[*] 그때 그가 마주한 심연이 지금 내 창문 밑에 열린 심연과 비슷했으리라. 그때 화산은 신으로 추앙받던 철학자의 황금 샌들을 뱉어냈다. 그런데 지금 이 글을 마치는 내 눈에, 앞쪽으로, 마당 건너편 지붕 위에 내 구두가 보인다. 내가 몸을 기울이고 있는 이 분화구가, 그러니까 아파트 안마당이 미리 뱉어낸 것이다. 의심의 여지가 없지 않은가?

나는 만년필을 내려놓고 창문을 활짝 열어젖혔다. 그리고 아파트를 떠났다.

* 엠페도클레스는 자기가 신이라는 것을 증명하기 위해 에트나 화산의 분화구에 스스로 몸을 던졌다고 전한다.

비극적 요소

아, 지독해. 정말 냄새 심하네. 둘 중 더 젊어 보이는 남자가 말했다. 나이 든 다른 남자가 조용히 하라고 손짓을 했다. 두 사람은 머뭇머뭇 함석지붕 위를 걷고 있었다. 지붕은 별로 튼튼하지 않았고, 얼마 전 소나기가 내렸기 때문에 상당히 미끄러워 보였다. 젊은 남자는 현기증을 느꼈고, 불안한 눈길로 자꾸 아래쪽을 내려다보았다. 하지만 현기증이 날 때 그런 행동은 금물이다. 빗물받이 홈통 위로 작은 안마당이 아득하게 내려다보였다. 오층 아래, 녹색과 노란색 쓰레기통이 있고, 자전거, 등받이 없는 작은 의자, 그리고 누군가 갖다버린 고장난 온수기가 보였다.

도대체 뭐야. 쥐새끼 시체라도 있는 건가. 왜 이렇게 냄새가 나지? 젊은 남자가 중얼거렸다. 이 동네 사람들은 이러고 어떻게 사는지. 우리 동네서 이랬다간. 닥쳐. 다른 남자가 나지막하게 말했다. 그는 지붕마루를 따라서, 굴뚝이 나타날 때마다 붙잡고 의지해가면서 계속 앞장서서 걸었다. 그리고 젊은 남자가 더이상 입을 열지 못하도록 못을 박았다. 냄새가 지독하다는 건 다 와간다는 뜻이야.

소나기가 하늘을 씻어내려 구름 한 점 보이지 않았다. 앞쪽으로 지붕이 어디까지 이어져 있는지 쉽게 가늠할 수 있었다. 끝에 다가갈수록 저절로 걸음이 느려졌다. 몸도 더욱 낮게 숙여졌다. 균형을 잡기 위해서라기보다는, 말이 안되는 이유지만, 본능적으로 몸을 숨기고 싶었기 때문이다. 젊은 남자가 말했다. 아무것도 없는 게 좀 이상하지 않아요? 지붕 끝까지 다 보이는데도 아무것도 없잖아요. 헛짚은 게 아닐까요? 그럼 이 냄새는? 이게 정상이라고 생각해? 쥐 시체일지도 모르잖아요. 어쩜 비둘기가 죽었거나요. 잘 모르겠어요. 지붕 위엔 처음 올라와봐요. 지붕엔 언제나 쓰레기가 넘치지 않나요? 잠시 침묵이 흘렀다. 나이 든 남자가 손짓을 했고, 두 사람은 걸음을 멈췄다.

그들은 숨을 멈추고 잔뜩 긴장하며 주위의 침묵에 귀를 기울였다. 잠시 후 젊은 남자가 앞에 있는 나이 든 남자의 어깨를 치면서 말했다. 무슨 소리 들려요? 정말, 입 좀 다물지 않을래? 두 사람은 다시 귀를 기울였다. 하지만 거리에서 들려오는 웅성거리는 소리, 멀리 인도에서 아이들이 소리지르며 공놀이하는 소리, 열린 창문에서 들려오는 식기 부딪치는 소리뿐이었다. 결국 젊은 남자가 다시 입을 열었다. 이러다가 여기 사는 어떤 멍청한 인간이 창밖을 내다보기라도 하면 어떻게 해요? 눈에 띄면 정말 곤란하잖아요. 밤중에 올걸 그랬나봐요. 나이 든 남자가 돌아보면서 화를 냈다. 입좀 안 닥칠래? 정말 들키고 싶은 거야? 나이 든 남자는, 아주 작은 소리였지만, 마치 고함을 지른 것처럼 숨을 가다듬었다. 잘 들어. 낮에 오는 게 나아. 밤엔 아무것도 안 보여서 여기저기 부딪힌단 말이야. 차라리 낮에 오는 게 눈에 안 띌 수 있어. 젊은 남자는 동의할 수 없다는 듯 시큰둥한 얼굴이었고, 여전히 의혹을 풀지 않은 눈길이었다. 잠시 쉬자. 생각도 좀 해보고. 지붕 끝에 거의 다 왔어. 두 사람은 굴뚝으로 다가갔다. 잠시 멈춰서 어떻게 할지 궁리해볼 요량이었다. 직사각형 모양의 굴뚝이 지붕 끝에서 이쪽이 보이지 않도록 가려주었다. 두 사람은 굴뚝에 등을 기대면서 다리를 구부리고 잠시 기다렸다. 젊은 남자는 더이상 입을 열지 못했고, 나이 든 남자는 허공을 쳐다보았다. 몇분이 흘렀다.

젊은 남자가 먼저 말을 꺼냈다. 아파트 창문들이 참 신기하네요. 안에는 뭐가 있을까요? 유리창 너머엔 각기 다른 삶이 숨어 있겠죠? 안에서 어떤 일이 일어나고 있는지 알고 싶어요. 두 사람은 별 생각 없이 고개를 돌려 앞쪽으로 이어진 창문들, 그러니까 안마당 건너편의 창문들을 살폈다. 어떤 집은 발코니에 꽃을 내다놓았다. 제라늄도 있고 조화도 있었는데, 조화는 며칠 동안 소나기가 내리면서 색이 바래버렸다. 빨래를 널어놓은 집도 있고, 용도를 알 수 없는 줄들이 이 집 저 집으로 연결되어 있는 것도 보였다. 봤어요? 저 집은 자전거 바퀴를 창문 받침에 끼워놓았네요. 도대체 뭣 때문에 저렇게 끼워놓은 걸까요? 대답이 없었다. 나이 든 남자는 창문을 하나씩 훑어보았다. 살짝 열린 창문 틈으로 젊은 흑인 여자가 설거지를 하느라 개수대 위로 고개를 숙이고 있는 게 보였다. 젊은 남자가 다시 말했다. 창문들이 다 작네요. 형사는 정말 없을 것 같은데요. 나이 든 남자가 돌아보며 지친 듯 한숨을 쉬었다. 그래, 아직 모르는가본데, 여긴 뇌이*가 아니야. 여긴 그나마 좋게 얘기해서 '서민적인 구역'이라고 부르는 곳이라고. 빨랫줄에 에르메스 체크무늬가 걸려 있을 줄 알았어? 두 사람은 결국 사회학적 관점에서 관찰하기를 포기했다.

자, 어쨌든 가보자. 나이 든 남자가 말했다. 하지만 젊은 남자는 계속 건물 입구 쪽을 내려다보며 말했다. 내가 꼬마일 때 말이에요, 우리집에도 저렇게 안마당 쪽으로 난 창문이 있었어요. 부엌 창문이었죠. 거기서 내려다보면 안마당에서 친구들이 놀고 있는 게 다 보였어요. 애들이 집으로 올라가려고 하는 것도 보였고, 여자애들도 보였어요. 이 얘기한 적 없었죠? 젊은 남자가 허공을 보면서 말했다. 사실 그

* 빠리 교외의 고급주택지.

76

때 난 여자애 셋을 동시에 사랑하고 있었거든요. 셋 다 맘에 들었어요. 셋이 서로 조금도 비슷한 데가 없었는데도요. 하나가 금발이고 나머지 둘은 갈색머리였고, 또 하나가 나이가 많았어요. 매일 아침 세 명 중에 하나만 골라서 하루종일 그애만 생각했죠. 마치 약혼이라도 한 것처럼요. (물론 여자애들은 전혀 몰랐어요. 내가 있는지도 몰랐을걸요.) 그런데 저녁에 학교에서 돌아오는 길에 보면, 언제나 그 셋이 나란히 계단에 앉아서 조잘거리고 있는 거예요. (분명 내가 친구들하고 하는 얘기와는 다른, 뭔가 중요한 얘기를 하고 있었을 거예요.) 그러면 다시 마음이 흔들리죠. 마음속으로 생각해요. 아니야, 저애가 아니야, 딴 애 앞머리가 더 쎅시해, 아니면 신발이 더 여성적이야, 등등 말이에요. 그러다보면 결국 뒤죽박죽이 돼버려요. 그리고 다음날 아침이 되면 순식간에 다시 시작하는 거죠. 좋았어, 마음을 정했어. 그렇게 되풀이되는 거예요. 정말 멍청하죠?

나이 든 남자가 눈썹을 씰룩거렸다. 도덕적 판단 따위가 무슨 상관이냐고 말하려는 것 같았다. 하기야 그에게는 어차피 관심도 없는 얘기였다. 알아요? 나이 든 남자의 심드렁한 태도에도 전혀 기가 죽지 않은 듯, 젊은 남자가 다시 물었다. 그 때문에 꿈도 자주 꿨는걸요. 그러니까 꿈속에 세 명이 같이 내 앞에 나타나는 거예요. 그것도, 실오라기 하나 걸치지 않고서 말이에요. 그런 다음 어떻게 됐겠어요?

나이 든 남자는 하나도 궁금하지 않았다. 그보다는 굴뚝

너머를 살피느라 여념이 없었다. 그렇지만 젊은 남자는 포기하지 않았다. 글쎄 말이에요, 그애들이 날더러 선택을 하라는 거예요. 웃기지 않아요? 옷을 벗고 내 앞에 서서 누가 제일 좋은지 고르라니요. 믿기 어렵죠? 그럼 난 온몸이 마비된 것처럼 꼼짝 못하고 그냥 서 있는 거예요. 한명씩 쳐다봐도 정말 다 굉장했거든요. 다 갖고 싶었죠. 정확히는 기억나지 않는데, 아마 열살 아니면 열한살 때였을 거예요. 상상이 가요? 누굴 고를까? 누굴? 만일 내가 셋 중에서 누구 하나를 고르면 나머지 둘이 불행해질 거라는 생각도 들었어요. 내 꿈속에선 셋이 모두 날 사랑하고 있었으니까요. 그런 상황에서 누굴 골랐을 것 같아요?

나이 든 남자가 젊은 남자 쪽으로 고개를 돌렸다. 잘 들어. 아주 감동적인 얘기야. 솔직히 말해서 네가 누구를 골랐는지 나도 알고 싶어. 하지만 지금은 해야 할 일이 있잖아. 안 그래? 이렇게 말하며 화가 나서 얼굴을 붉히기 시작했다. 내 말 알겠어? 네가 어릴 적에 꾼 꿈 얘기 들으려고 이 빌어먹을 지붕 위에 올라온 게 아니란 말이야. 자, 살살 일어나서 조심조심 저 굴뚝을 돌아서 지붕 끝으로 가는 거야. 그 프로이트 나부랭이가 좋아할 미친짓에 빠지기 전에 계획했던 대로 말이야. 지붕 끝까지 가서 이 문제부터 해결해야 한다고. 네 얘기는 그런 다음에 수첩에 적어줘. 긴긴 겨울밤 동안 내가 읽어보지. 알겠어? 젊은 남자는 고개를 끄덕거렸다. 두 사람은 조심조심 거의 기다시피 하면서 잠시 몸을 숨기던 곳에서 나왔다.

잠시 후 젊은 남자가 말했다. 아무도 아니에요. 나이 든 남자가 깜짝 놀라 걸음을 멈추었다. (그들은 사실상 기어가는 중이었다. 손바닥 아래로 물에 젖은 함석의 축축하고 불쾌한 냉기가 느껴졌다.) 그리고 젊은 남자 쪽으로 고개를 돌렸다. 아무도 아니라고? 네. 셋 중에 아무도 안 골랐어요.

나이 든 남자의 눈길엔 표정이 없었다. 거의 멍한 얼굴이었다. 맹세하는데, 당장 제대로 하지 않으면 지붕에서 밀어버리겠어. 알아들어? 네 주둥이에 주먹을 날리고 지붕에서 떨어뜨려버릴 거라고. 알았어?

그때였다. 그들 앞에, 지붕 제일 끝 쪽에, 뭔가가 나타났다. 얼핏 봐서는 뭔지 알기 어려웠다. 시커먼, 별로 크지 않은 물건이었다. 신발이네. 젊은 남자가 말했다. 두 사람은 신발이 있는 쪽으로 다가갔다. 나이 든 남자가 다시 고쳐 말했다. 그냥 신발이 아니야. 그의 신발이야. 신발은 빗물받이 홈통에 끼여 있었다. 아주 오래전부터 온갖 비바람을 받아낸 듯 색이 바랬고 일그러지고 군데군데 갈라진, 그야말로 기괴한 모습이었다. 마치 분노로 찌푸린 얼굴 같았다. 젊은 남자가 다시 말했다. 정말 웃기네. 저 신발 꼭 인상 쓰고 있는 것 같지 않아요?

두 사람은 잠시 멍하니 서서 신발을 바라보았다. 지붕에 올라온 이후 계속 느껴지던 구역질나는 냄새가 더욱 짙어졌다. 젊은 남자가 말했다. 정말 미치겠군. 숨을 쉴 수가 없잖

아. 나이 든 남자는 계속 신발을 관찰했다. 그의 신발이야. 맞아, 분명해. 언제나 멋진 신발만 신고 다녔거든. 비싼 명품 구두 말이야.

그때였다. 커다란 목소리가 분명하게 들려왔다. 굵고 낮은 소리였다. 한 놈이라도 움직여봐. 그대로 날려버린다.

조금 전 두 남자가 기댔던 굴뚝과 똑같은 직사각형 모양의 굴뚝이 반대편 끝 쪽에도 있었고, 목소리는 분명 그곳에서 나왔다. 두 남자는 꼼짝할 수 없었다. 굳이 명령 때문이 아니라도 너무나 놀라서 움직일 수 없었다. 잠시 침묵이 흐른 뒤 다시 목소리가 들렸다. 아주 간단해. 한 놈이라도 움직여봐. 다 날려버릴 거야. 알아들어? 나이 든 남자가 먼저 냉정을 되찾고는 굴뚝 쪽을 향해 소리를 질렀다. 바보 같은 짓 하지 마, 필록테테스.* 우리야.

필록테테스의 머리가 굴뚝 옆으로 나타났다. 알고 있어. 이 나쁜 자식들아. 한 시간 전부터 네놈들이 오는 걸 보고 있었으니까. 바퀴벌레들처럼 지붕 위로 올라오더군. 율리씨즈, 넌 몇킬로미터 떨어진 곳에서도 다 보여. 벌써 수도 없이 쐈어버릴 수 있었다구. 그러면서 필록테테스는 남자들을 향해 거대한 연발총을 겨누었다. 제대로 작동되는 것 같았다. 나

* 필록테테스는 원래 그리스 신화에서 헤라클레스의 활과 화살을 물려받은 영웅의 이름이다. 필록테테스는 트로이로 가던 도중 뱀에 물려 상처로 인한 악취와 비명 때문에 렘노스 섬에 버려지지만, 헤라클레스의 활과 화살이 있어야 트로이를 정복할 수 있다는 예언에 따라 율리씨즈가 필록테테스를 찾아가 설득한 끝에 결국 상처를 치료하고 전쟁에 참가한다.

이 든 남자, 율리씨즈가 긴장된 분위기를 가라앉히기 위해 말을 던졌다. 영감의 무기를 아직 가지고 있군. 그 멋진 다연발 장총 말이야. 필록테테스는 여전히 긴장을 풀지 않은 채로 대답했다. 그래, 장전되어 있어. 병마개 날리듯 네놈 머리통을 날려버릴 수 있지. 너, 그리고 널 따라온 저 얼간이도 말이야. 움직이기만 해봐. 문제의 얼간이는 움직일 마음이 없었다. 율리씨즈도 마찬가지였다. 사냥개처럼 꼼짝 않고 서 있었다. 드디어 율리씨즈가 입을 열었다. 일단 좀 앉아도 되겠지? 움직이지 않을게. 그냥 앉기만 하자고. 필록테테스가 고개를 끄덕였다. 두 남자는 함석지붕 위에 책상다리를 하고 앉았다. 그리고 필록테테스가 계속 총을 겨누면서 은신처에서 나오는 것을 잔뜩 경계하며 바라보았다.

필록테테스는 몸을 질질 끌면서 움직였다. 그때였다. 필록테테스의 다리를 본 순간 젊은 남자는 자기도 모르게 손을 들어 입을 가렸다. 제기랄, 제기랄. 다리는 온통 곪아터져 악취를 풍기고 있었다. 보라색에서 노란색, 다시 녹색이 된 상처는 썩어 문드러진 가지처럼 잔뜩 부어 있었다. 그리고 정말 끔찍한 냄새가 났다. 세상에, 다리가 왜. 율리씨즈는 목이 메어 말을 맺지 못했다. 썩어가는 다리에서 나는 냄새 때문에 손은 저절로 코를 가리고 있었다. 필록테테스는 끔찍한 통증을 참아가며 몸을 움직여서 몇미터 떨어진 곳에 앉았다. 그래, 내 다리. 그럼 저절로 나을 줄 알았어? 율리씨즈는 젊은 남자 쪽을 돌아보았다. 젊은 남자는 퉁퉁 부어올라 진물이 흐르는 다리에서 눈을 떼지 못하고 있었다. 이게 저절로 나을 거라고 믿었으니까, 그렇게 생각했으니까 날 여기 버려둔 거겠지? 비열한 놈들. 필록테테스가 빈정거렸다. 그래, 그냥 편하게 생각했겠지. 괜찮아, 하느님이 내려와서 머큐로크롬을 발라줄 거야. 그러니까 우린 그냥 가도 돼. 상황이 좀 좋아지면 데리러 오지, 뭐. 그래, 진정한 친구들은 원래 그런 거지. 궁지에 빠진 친구쯤이야 그냥 버려둬도 되는 거야. 그렇게 막 말하지 말아요. 알아들을 수가 없잖아요. 젊은 남자가 끼어들었다. 닥쳐. 필록테테스가 위협적인 자세를 취하며 총을 겨누었다. 맞아. 넌 좀 닥치고 있어. 율리씨즈가 지친 목소리로 말했다. 그런 다음 필록테테스를 바라보며 말을 이었다. 이 애 말에 신경쓸 것 없어. 아직 젊은 애잖아. 되는대로 떠들어대니까.

저 멍청인 누군데? 필록테테스가 물었다. 율리씨즈는 상황이 조금씩 바뀌는 것을 느낄 수 있었다. 네오프톨레모스. 아킬레우스의 아들이지. 아킬레우스의 아들? 한순간 필록테테스의 얼굴은 마치 꿈을 꾸는 것 같았다. 자기도 모르게 총을 옆에 내려놓으면서 굴뚝에 등을 기댔다. 아킬레우스는 내가 존경하는 사람이지. 위선자 같은 네 낯짝 말고 아킬레우스를 봤으면 좋았을걸. 헌데 저 아이가 어떻게 이 일에 끼어든 거야? 그게, 아킬레우스가, 그러니까, 총에 맞았어. 율리씨즈는 당황하는 기색이었다. 그래서 아들이 대신 끼게된 거고. 총에 맞았다고? 필록테테스의 얼굴에 고통스러운 표정이 스쳤다. 하지만 슬픈 소식 때문인지 상처의 통증 때문인지는 알 수 없었다. 많이 아파요? 네오프톨레모스가 참지 못하고 물었다. 상대는 그를 뚫어져라 바라보았다. 아니, 오히려 즐거워. 모르겠어? 올림픽에라도 나갈 수 있을 것 같아. 무거운 침묵이 흘렀다. 네오프톨레모스는 구토를 참기 위해 온힘을 다했다. 썩은 다리의 모습과 냄새가 그의 속을 뒤집어놓았다.

  그동안 계속 여기 있었던 거야? 율리씨즈가 물었다. 그러면 어떻게 할 거라고 생각했어? 어디 소풍이라도 갈까? 그래, 너희는 멋진 생각을 했지. 너, 그리고 일당들 전부 말이야. 그냥 여기서 썩어 문드러지도록 날 버려두기로 한 거잖아, 그렇지? 우릴 이해해야 해. 율리씨즈가 대답했다. 다른 방법이 없었어. 시간이 급했잖아. 넌 걸을 수 없었고. 네 상태로는 같이 갈 수 없었어. 위험했을 테니까. 우리만 그런 게 아니라 너도 위험했을 거라고. 그 상태로는 도망을 칠 수가 없잖아. 절뚝거리면서 어떻게 은행을 털 수 있겠어.

  필록테테스가 신경질적인 웃음을 터뜨렸다. 율리씨즈, 넌 정말 위선덩어리야. 절대 변하지 않는군. 언제나 같은 얘기지. 그러니까 날 이 지붕 위에 죽게 버려둔 게 바로 날 위해서였다는 거지? 죽지 않게 하려고 그냥 죽게 내버려두었다는 거잖아. 날 완전히 멍청이 취급하는군. 정말 그랬다면 왜 날 다른 안전한 곳으로 데려다놓지 않은 거지? 우린 모두 한편이라고 생각했는데. 그래, 죽어서도 살아서도, 어쩌구저

쩌구, 이게 다 네놈들이 한 말 아니었어? 너, 메넬라오스, 아가멤논(죽어버려라), 모두 우릴 새 일에 끌어들이려고 번드레하게 떠들어댔잖아. 그래놓고 사소한 장애물이 나타나니까 바로 안녕이라고? 그런 다음엔, 아무도 없고. 다리가 이 모양이 된 날 여기에 버려두고 모두 떠나버렸지. 정 어쩔 수 없었다면 차라리 날 죽이고 갔어야 해.

너무 아프겠어요. 네오프톨레모스가 다시 한번 참지 못하고 말했다. 필록테테스가 당혹스러움과 경멸이 동시에 담긴 시선을 던졌다. 그리고 율리씨즈에게 물었다. 정말 아킬레우스의 아들 맞아? 아버지하고는 다르군. 필록테테스는 슬픈 얼굴로 자기 다리를 보았다. 너무 부어오르기에 신발을 버렸어. 자그마치 삼천 프랑이나 주고 산 건데.

참, 그놈의 개 때문에. 율리씨즈가 한숨을 쉬었다. 필록테테스가 엉거주춤 몸을 일으키며 말했다. 그래, 그놈의 개가 내 다리를 반쯤 뜯어먹어버렸지. 그건 사실이야. 하지만 그건 네놈들이 날 버려두고 간 거하고는 상관없는 일이야. 그렇게 대충 뒤섞어버리지 말라고. 조금 더 빨리 가보겠다고 그 공원을 지나가느라 울타리를 넘지만 않았어도 괜찮았을 거 아냐. 내가 반대했는데. 그 개는 사람 다리 같은 건 관심도 없이 그냥 평화롭게 잠을 잤을 텐데. 하지만 그 멍청한 놈 말을 따라서.

필록테테스가 갑자기 말을 멈추며 고통스러운 듯 찡그렸다. 비명을 지르지 않으려고 간신히 참고 있는 것 같았다.

네오프톨레모스는 말없이 그를 바라보았다. 가련한 남자의 모습이 혐오스러웠지만 또한 그의 용기에 마음이 흔들렸다. 젊은 남자는 더이상 할 말을 찾지 못하고, 마치 불가사의한 무언가를 마주한 사람처럼, 멍하니 필록테테스를 쳐다보았다. 이미 시체나 다름없는 이 사람에 대한 연민이 밀려왔지만, 말할 수 없이 낯선 이질감도 섞여 있었다. 아파하는 사람들, 심지어 죽어가는 사람도 본 적이 있다. 하지만 이번엔 다르다. 이번엔 전혀 다른 얘기다. 이것은 도저히 이름 붙일 수 없는 것이다. 마음이 격렬히 흔들렸다.

세 사람은 따사로운 햇빛을 받으며 말없이 지붕 위에 앉아 있었다. 필록테테스는 신음소리를 내지 않으려고 애썼다. 악취에 어느정도 이력이 난 네오프톨레모스는 필록테테스를 바라보고 있었고, 율리씨즈는 생각에 빠져 있었다. 안마당에서 발걸음 소리가 들려오고, 덜컥하며 문이 닫히는 소리도 들렸다. 마침내 입을 연 필록테테스가 중얼거리듯 말했다. 내가 거지 같고 쓰레기 같지? 어떻게 계속 여기 있었어요? 네오프톨레모스가 조심스럽게 물었다. 그를 보는 필록테테스의 눈에는 더이상 적의가 담겨 있지 않았다. 필록테테스의 얼굴은 모든 희망을 잃어버린 사람의 모습이었다. 비가 오면 굴뚝 차양 밑으로 몸을 숨겼지. 먹는 건요? 필록테테스가 내려놓았던 총을 다시 잡아 세웠다. 이게 그냥 목발로만 쓰이는 줄 알아? 총알이 가득 들어 있거든. 네 친구인 율리씨즈가 얘기해주지 않았어? 저 '용의주도한 율리씨즈'가 이미 말해주었을 텐데. 조심해야 한다고 얘기 안해? 혹시라도 필록테테스가 아직 살아 있다면 무기를 가지고 있고 날뛸지도 모른다고. 그렇지? 율리씨즈는 고개를 숙였다. 필록테테스가 말을 이었다. 그래, 적어도 비둘기는 잡을 수 있지. 비둘기요? 그래, 비둘기. 넌 알지 모르겠는데, 빠리엔 비둘기가 있지. 가끔씩 지붕에 와서 앉을 때가 있고. 조준경으로 정확히 겨눠야 해. 머리를 맞혀야 하니까. 다른 곳에 맞혔다간 깃털만 뽑고 있어야 하거든. 비둘기 먹어봤나? 아뇨. 그냥 재미삼아 박제를 해서 집 안에 장식용으로 두긴 해요. 멍청이 같은 놈. 난 먹어. 라이터가 있으니까 그걸로 불을 피워서 말이야. 빠리의 지붕 위엔 별게 다 있지. 필록테테스는 잠시 말을 멈췄다가 다시 이야기를 시작했다. 정말 힘든 건 비둘기를 가지러 가는 거야. 또 어떨 땐 총에 맞아 그냥 땅으로 떨어져버리기도 하고. 그러면 괜히 총알만 하나 날리는 거지.

빠리 지붕 위에서 그렇게 총을 쏘다가 사람들 눈에 띄면 어떻게 하려고? 율리씨즈가 물었다. 그게 겁나나보군. 필록테테스가 빈정거렸다. 그러니까 넌 내가 아무 소리 내지 말고 굶어죽는 게 더 낫단 말이지? 비열한 자식, 야비한 놈. 그럼 넌 정말 내가 이곳에서, 그러니까 지붕 위에 버려진 채로 한 달 동안을 지내는데도 사람들이 몰랐을 거라고 생각하는 거야?

율리씨즈와 네오프톨레모스의 눈이 마주쳤다. 네오프톨

레모스는 율리씨즈가 초조해하기 시작했다는 걸 알 수 있었다. 율리씨즈가 눈을 감으며 말했다. 잠깐만, 그럼 사람들이 네가 여기 있는 걸 안단 말이야? 널 봤냐고. 필록테테스가 폭소를 터뜨렸다. 그 웃음소리가 아래 마당까지 진동했고 주위 건물들 입구에 부딪히면서 반사되어 울려퍼졌다. 필록테테스는 분노로 이글거리는 눈빛으로 율리씨즈를 쳐다보다가, 마침내 입을 악문 채로 말했다. 불쌍한 놈. 넌 정말 불쌍한 놈이야. 고개 돌려서 한번 주위를 살펴봐.

율리씨즈와 네오프톨레모스는 동시에 필록테테스에게서 시선을 떼고 지붕을 따라 늘어선 창문들을 바라보았다. 이미 거의 모든 창문에 사람들이 서서 이쪽을 바라보고 있었다. 두세 명이 있는 곳도 있었다. 조금 전 설거지를 하던 흑인 여자를 포함해서 동네 사람 모두가 나온 것 같았다.

율리씨즈의 목에 식은땀이 흘렀다. 네오프톨레모스는 창문 하나하나를 살폈다. 분명 조금 전까지 아무도 없던 그곳에 마치 유령처럼 신비하게 나타나서 창가에 모인 사람들 역시 이쪽을 살피고 있었다. 뭐야, 구경이라도 난 거야? 율리씨즈가 중얼거렸다.

맞아, 저들은 지금 구경중이야. 조금 전에 시작된 공연을 보는 중이지. 초조해진 율리씨즈가 필록테테스에게 물었다. 그런데 지금껏 아무도 경찰에 신고를 안했단 말이야? 공연 구경하고 있는 거라니까. 다른 건 안해. 어떤 일이 일어날지, 그것만 기다리고 있는 거야. 내가 죽어가는 걸, 또 내가 신음하는 걸 지켜보면서. 어떨 땐 내가 총으로 겁을 주기도 해. 또 어떨 땐 저들이 날 동정하기도 하고. 마음씨 좋은 사람들은 가끔 먹을 걸 던져주기도 하지. 빵조각이나 과일, 물병 같은 것 말이야. 너희가 오는 걸 보고 좋아했을걸. 뭔가 새로운 일이 일어날 테니까. 율리씨즈는 약간 얼이 빠진 사람 같았다. 조용히 처리할 생각이었다면 틀린 것 같은데. 넌 이미 무대 위에 올라와 있거든.

저 사람들한테 도움을 청해본 적 없어요? 이번엔 네오프톨레모스가 물었다. 도움은 필요 없어. 난 그 누구의 도움도 필요 없어. 필록테테스는 다시 한번 고통으로 얼굴을 찌푸리며 말을 멈췄다. 제길, 또 통증이 오는군. 그는 성한 다리를 끌어당기면서 주먹을 움켜쥐었고, 헉헉거리며 힘들게 말을 이었다. 난 그 누구의 도움도 필요 없어. 알아들어? 신도 인간도 다 필요 없어. 아무도 필요 없어. 하지만 결국 통증을 이기지 못하고 찢어질 듯한 비명을 질렀다. 그 소리를 듣는 네오프톨레모스의 몸에 전율이 일었다.

율리씨즈는 마치 꿈에서 깨어난 사람처럼 정신을 가다듬었다. 필록테테스의 상태를 본 그는 네오프톨레모스를 쳐다보며 작은 소리로 말했다. 지금이 마지막 기회야. 필록테테스는 몸을 구부린 채 썩어가는 다리 윗부분을 손으로 움켜쥐고 있었다. 하지만 네오프톨레모스는 움직이지 않았다. 필록테테스가 고통에 절규하는 광경을 지켜보면서, 마치 몸이 굳어버린 듯, 아무것도 할 수 없었다. 지금 눈앞에서 벌어지는 이 끔찍한 고통이 바로 자기 자신의 몸에서 일어나기라도 하는 듯 얼굴을 조금 찡그리기까지 했다. 네오프톨레모스, 야, 네오프톨레모스, 그냥 있을 거야? 율리씨즈의 목소리가 조금 커졌다. 하지만 네오프톨레모스는 멍한 눈으로 율리씨즈를 쳐다보기만 했다. 이런 젠장. 어서 뺏으란 말이야. 율리씨즈가 이를 악물었다. 할 거야, 안할 거야? 바로 지금이라니까.

마침내 네오프톨레모스가 몸을 움직였다. 그는 멈칫거리면서 필록테테스 쪽으로 기어갔다. 일 미터도 채 떨어지지 않은 곳까지 다가갔을 때 갑자기 필록테테스가 몸을 일으켰다. 네오프톨레모스가 손 닿을 만한 곳까지 다가온 것을 본 필록테테스는 총을 들어 젊은이의 머리를 겨누었다. 한 발자국만 더 다가와봐. 네 머리통을 날려주지. 통증이 지나간 것 같았다. 필록테테스가 몸을 일으켰다. 총은 계속 네오프톨레모스의 머리를 겨누고 있었지만, 증오로 가득 찬 눈길은 율리씨즈를 향하고 있었다. 나쁜 놈, 무슨 짓을 하러 온 거야. 필록테테스가 이를 갈며 말했다. 꼼짝 못하고 서 있던 네오프톨레모스는 다시 자리에 앉았고, 여전히 필록테테스에게서 눈을 떼지 못했다. 총이 무서워서가 아니었다. 다른 그 무엇이 있었다. 필록테테스와 이렇게 가까이 있는데도 이제는 상처에서 나는 냄새가 역겹지 않았다. 네오프톨레모스는 자기도 모르게 죽어가는 사람에 대한 연민에 휩싸였다. 걱정 마요, 움직이지 않을게요. 약속해요. 총 내려요. 필록테테스는 네오프톨레모스를 보았다. 그리고 총을 내렸다.

　필록테테스가 다시 율리씨즈 쪽을 보았다. 그러니까 날 도와주러 온 게 아니군. 그렇지? 갑자기 후회가 돼서 찾아온 게 아니야. 그래, 후회 같은 걸 할 인간이 아니지. 율리씨즈는 말이 없었다. 곤혹스러워하는 기색이 역력했다. 하지만 필록테테스는 예상외로 부드러운 목소리로 한숨을 쉬며 말했다. 됐어, 이제 그만 해. 어서 꺼져. 네놈들하고 할 말 없어. 아무하고도 말하고 싶지 않아.

　필록테테스가 지쳐버린 것을 본 율리씨즈는 이 기회를 이용해야 한다고 생각했다. 이봐, 그렇게 말하지 마. 널 찾으러 온 거야. 우선, 그래, 널 버려두고 간 건 정말 추한 일이었어. 나도 인정해. 하지만 겁에 질리면 제대로 생각을 할 수 없는 거잖아. 정말이야, 곧 데리러 오려고 했어. 맹세해. 하지만 일이 잘 풀리지 않았단 말이야. 필록테테스는 입가에 웃음을 띠었고, 율리씨즈는 입술을 깨물었다. 은행을 제대로 털지 못했단 뜻이야? 그런 거야? 율리씨즈는 고개를 떨어뜨리고 중얼거리듯 말했다. 내 말 좀 들어봐. 사람들이 저렇게 지켜보고 있는데 어떻게 여기서 그 얘길 하라는 거야. 일단 널 데리고 빠져나가겠어. 여길 벗어난 다음에 얘기해줄게. 저 사람들한테 신경쓸 것 없어. 필록테테스가 창문에 모여 있는 사람들을 가리키면서 말했다. 저들은 그냥 버려진 남자가 자기 운명을 저주하며 욕을 내뱉는 걸 구경하고, 그렇게 죽어가는 걸 구경하는 거야. 덕분에 뭔가 생각할 계기도 됐겠지. 얻은 것도 있을 거야. 솔직히 말하면, 난 저들을 원망하지 않아. 관심 없어. 아마 내가 죽고 나면 저들이 사람을 불러 내 시체를 거둘걸? 그는 다시 입을 다물었다. 얼굴을 찌푸리게 했던 통증이 지나간 필록테테스의 얼굴에는 증오도 분노도 남아 있지 않았다. 그런 모습이 네오프톨레모스에게는 너무나 충격적이었다.

세 사람은 한동안 아무 말도 하지 않았다. 해가 기울기 시작했다. 몇미터 저쪽에 비둘기가 내려앉아 함석지붕을 쪼아대고 있었다. 필록테테스는 언제부턴가 깊은 몽상에 빠져든 것 같았다. 율리씨즈는 문득 상대가 잠이 들었다고 생각했다. 하지만 필록테테스는 다시 고개를 들었고, 이렇게 말했다. 그래, 그 은행털이가 어땠는데? 율리씨즈가 마른기침을 했다. 큰 문제가 있었어. 무슨 말이야? 그러니까, 사실은, 놈들이 우릴 기다리고 있었어. 우리가 오는 걸 보고 있었다고. 그래서? 그래서 우리가 당한 거지, 뭐. 그래, 사방에서 총질을 해대더군. 들어가지도 못했어. 꼴좋군! 필록테테스가 빈정거렸다. 영웅이나 된 것처럼 그렇게 잘난 척하고 건방을 떨더니. 단숨에 해치울 수 있다며? 빨리 출동해서 눈 깜빡할 사이에 날려버리고 전리품을 긁어 나올 거라며? 그게, 놈들은 무기가 좋았어. 율리씨즈가 고개를 떨어뜨리며 작은 목소리로 대답했다. 그런데 우린 구경이 작은 것밖에 없었잖아.

그 순간, 마치 섬광처럼, 필록테테스는 모든 것을 알아차렸다. 그의 얼굴이 빛났다. 그렇군, 역시 난 멍청이야. 필록테테스가 흥분하며 자기 이마를 쳤다. 네놈들이 그냥 왔을 리가 없지. 후회가 돼서 온 것도 아니고, 날 도와주러 온 것도 아니야. 그러니까 이걸 빼앗으려고 온 거로군. 필록테테스가 총을 들어올렸다. 이것 때문이야. 그렇지? 이게 없으면, 그러니까 그 장난감 같은 총만 가지고는 힘이 들겠지. 하지만 영감의 총은 다르니까. 안 그래? 총이 나한테 있다니, 네놈들도 참 운이 없는 거지. 그래서 생각한 거야. 다시 가보자. 잘하면 그놈은 우리가 왔다 간 것도 모를 수도 있어. 보는 사람도 없고 아는 사람도 없으니, 너만 잘 처리하면 총은 우리 거다 이거지. 야비한 놈들. 네놈들은 내가 생각했던 것보다 훨씬 더 악질이야. 율리씨즈, 이 악당 같은 놈. 잘 들어. 당장 꺼져버려.

내 말 좀 들어봐. 진정하라고. 율리씨즈가 말했다. 얘기 좀 하잔 말이야. 응? 너하고 얘기를 하자고? 멍청한 놈들 속여먹을 때처럼 하면 내가 넘어갈 것 같아? 이 총이 무사히 네 손으로 넘어갈 것 같냐고. 헛소리 집어치워. 이미 너무 오래 얘기했어. 쏴버리기 전에 빨리 꺼져. 자, 율리씨즈, 너부터 가. 이어 필록테테스는 어쩔 줄 모르며 자기를 쳐다보고 있는 네오프톨레모스 쪽으로 고개를 돌렸다. 자, 아들. 너한텐 감정 없다. 훨씬 부드러운 목소리였다. 네 잘못은 아니니까. 저 엉터리 같은 놈이 너도 끌어들였겠지. 그냥 가는 게 좋을 거다. 하지만 이 얘기는 해두자. 넌 지금 나쁜 놈들하고 있는 거야. 저놈이 이미 네 아버지를 속인 걸 알고 있나? 모르겠군. 너한테 말했을 리가 없지. 그래, 아킬레우스를 끌어들이는 게 우리 모두에게 유리했어. 네 아버진 처음엔 끼지 않으려 했지. 하지만 지금 네 눈앞에 있는 율리씨즈 저 나쁜 놈이 집요하게 끌어들였다고.

됐어, 그만 해. 율리씨즈가 말을 끊었다. 꼬마는 내버려 둬. 알아들어? 저 멍청한 놈을 끌어들인 건 내가 아니라 바로 너야. 온갖 야비한 술책을 다 동원했겠지. 내 말 잘 들어. 조만간 네놈들도 당하게 될 거야. 정의라는 게 있다면, 너하고 아가멤논은 절대 발 뻗고 잘 수 없을 거야.

율리씨즈는 갑자기 늙어버린 것 같았다. 아주 조금 허리도 굽은 것 같고, 얼굴에도 뭔지 모를 피로감이 퍼져 있었다.

내 말 좀 들어봐. 율리씨즈가 한숨을 쉬며 말했다. 서로 으르렁대지 말고 뭔가 해결책을 찾아보자고. 왜 그렇게 고집을 부리는 거야? 그래, 좋아. 우리가 너한테 몹쓸 짓을 했어. 정식으로 사과할게. 그러니까 같이 가자. 치료도 받게 해줄게. 그런 다음 이번 일을 같이 하자. 혹시 제대로 끼지 못해도 네 몫을 떼어줄게. 저 꼬마가 총을 쓰면 돼. 율리씨즈는 네오프톨레모스를 가리키며 말했다. 아주 잘 다루지. 일류야. 어때, 이 정도면 괜찮은 거 아냐?

율리씨즈의 목소리는 조심스러웠고, 심지어 더할 나위 없이 부드러웠다. 하지만 상대를 설득하기 위해서 그런 것만은 아니었다. 이제 그도 지친 것이다. 나도 이제 이 일을 끝내고 집에 가고 싶어. 율리씨즈는 이렇게 덧붙이며 고개를 숙였다. 이미 해가 저물기 시작했고, 지붕 위로 한줄기 서늘한 바람이 불어왔다. 한동안의 침묵 뒤에 다시 고개를 든 율리씨즈는 어서 대답하라는 듯 필록테테스를 쳐다보았다. 필록테테스 역시 아무 말 없이 한참 동안 강렬한 눈빛으로 상대를 바라보더니 마침내 한마디를 내뱉었다. 꺼져.

율리씨즈는 다시 고개를 숙였고, 어깨가 처졌다. 필록테테스가 절대 마음을 바꾸지 않을 것임을 깨닫고 결국 포기한 것 같았다. 그도 지친 것이다. 율리씨즈는 이 이야기가 지겨웠다. 정말 지긋지긋했다. 그의 눈길이 지붕 끝에 있는 신발로 향했다. 신발은 기괴스럽고 심하게 일그러진 모습이었다. 마치 고대 비극의 찡그린 가면처럼 비죽거리는 듯한 모습이 음산하기까지 했다. 이어 그는 지붕 쪽으로 난 창문들을 다시 한번 하나씩 바라보았다. 불이 켜진 곳도 있었다. 해질 무렵 이 시간이면 으레 희미하게 들려오는 소리들이 시작되고 있었다. 멀리서 부르는 소리, 설거지하는 소리, 텔레비전에서 나오는 단조롭고 둔한 대화 소리. 네오프톨레모스는 마치 대리석 조각상처럼 꼼짝하지 않는 필록테테스를 쳐다보았다. 무심한 듯 표정이 사라진 필록테테스의 얼굴, 세 사람이 처한 이 우스꽝스러운 상황을 초월한 것 같은 그의 얼굴이 너무도 고귀해 보였다. 그 얼굴엔 이미 원한도 자부심도 얕은 술책도 속임수도 그야말로 아무것도 남아 있지 않았다. 희미한 저녁빛 속에 보이는 필록테테스의 얼굴은 이제 모든 것을 넘어선 것 같았다.

율리씨즈는 마지막으로 필록테테스를 돌아보며 말했다. 무척 힘이 빠진 목소리였다. 우리가 힘으로 빼앗을 수 있으리라는 생각은 안해? 그렇게 말은 하면서도 상당히 자신없어 보였다. 필록테테스는 대답 없이 율리씨즈를 바라보기만 했다. 지붕 주위 창문에 모였던 사람들도 하나둘 들어가버렸다. 좋아, 나도 지긋지긋해. 내가 할 수 있는 걸 다 했어. 율리씨즈가 말했다. 넌 그냥 여기 있어. 네가 원하는 거니까. 그러면서 네오프톨레모스에게 손짓했다. 자, 가자. 이제 가야겠다. 곧 밤이 될 테니까. 다들 우릴 기다리고 있을 거야.

하지만 네오프톨레모스는 움직이지 않았다. 여전히 필록테테스의 근엄한 얼굴을, 이미 죽음의 그림자가 드리운 얼굴을 쳐다보고 있었다. 율리씨즈의 말이 들리지 않는 것 같았다. 이봐, 안 들려? 가자고. 네오프톨레모스는 대답하지 않았다.

율리씨즈가 다가가서 어깨에 손을 얹으며 나지막하게 말했다. 빨리 가자. 네오프톨레모스는 율리씨즈 쪽으로 고개를 돌려 뚫어지게 바라보더니, 마침내 짧게 내뱉었다. 싫어요. 난 안 가요.

율리씨즈가 벌떡 일어섰다. 뭐라고? 난 안 간다고요. 여기 남을 거예요. 필록테테스하고 같이 있을래요. 율리씨즈는 망연자실했다. 필록테테스를 보다가 다시 네오프톨레모스를 바라보며 말했다. 뭐야, 그게 무슨 말이야? 이제 가야 해. 우린 헛수고를 한 거라고. 난 안 가요. 네오프톨레모스가 대답했다. 빨리 가요. 난 필록테테스하고 같이 있을 거예요. 헛소리 하지 마. 화가 난 율리씨즈가 버럭 소리를 질렀다. 무슨 소릴 하는 거야. 우린 네가 필요하단 말이야. 이렇게 멍청이같이 지붕 위에 남아 있으면 어쩌겠다는 거야. 저 늙은 고집쟁이 때문에 모든 걸 버리겠다고? 저 인간은 여기 남아서 하늘과 땅을 저주할 거야. 그리고 짐승처럼 죽어갈 거라고. 우리랑 상관없는 일이야. 넌 아직 젊어. 다른 일을 해야 한단 말이야. 소용없어요. 네오프톨레모스가 조용하면서도 단호한 목소리로 대답했다. 미쳤군. 율리씨즈가 한숨을 쉬며 말했다. 정말 미쳤어.

율리씨즈가 몸을 일으켰다. 지붕 경사 때문에 조금 휘청거렸다. 지붕은 석양을 받아 푸르스름한 빛을 띠고 있었다. 필록테테스는 줄곧 꼼짝도 않고 정면만 바라보고 있었다. 주위의 존재 자체를 잊은 듯했다. 율리씨즈는 마지막으로 두 사람을 바라본 다음 깊은 한숨을 내쉬었다. 난 간다. 잘 있어. 미친놈들. 그러고는 조심스레 균형을 잡으면서 몸을 낮추어 걸음을 옮겼다. 발을 헛디디지 않기 위해서인지 기운이 빠져서 그런 건지 알 수 없었다. 필록테테스와 네오프톨레모스는 아무 말 없이 그가 멀어지는 것을 지켜보았다. 그런 다음 네오프톨레모스는 필록테테스 옆에 와서 앉았고, 죽어가는 남자의 얼굴 위로 뭔가 알 수 없는 미소가 번지는 것을 보았다.

늘어선 발코니엔 이제 아무도 없었다. 멀어지는 율리씨즈의 발걸음 소리도 더이상 들리지 않았다. 안마당은 깊은 침묵에 빠져들었다. 이제 밤이다. 네오프톨레모스는 굴뚝에 등을 대고 필록테테스 곁에 앉았다. 두 사람이 함께 끝없이 펼쳐진 텅 빈 하늘을 쳐다보았다. 텅 빈 하늘.

　나는 창문을 닫고 거실의 불을 껐다. 그리고 부엌에 가서 먹을 것을 준비했다. 기다려도 소용없다. 그녀는 돌아오지 않을 것이다. 절대로.

동화 증후군

1

그날 저녁을 절대 잊지 못할 것이다.

처음엔 그저 멋진 일이라고만 생각했다. 시골에서 파티가
열린다. 절대왕정 시절 전원에서 펼쳐지던 사치스러운 연회
를 떠올리게 하는 초대장이 온다. 바로 옆에 숲과 계곡이 있
고 냇물이 굽이굽이 흐르는 곳에 귀족의 작은 별장이 있다.
그 끝에는 이끼가 끼고 우수에 젖은 낡은 물레방앗간이 있
다. 풀밭도 펼쳐져 있고, 그 위로 마치 한 폭의 그림처럼 여
기저기 말들이 서 있으면 더욱 좋으리라. '왕비의 마을'*과
노앙의 조르주 쌍드 저택** 중간쯤에 해당할까. 어쩌면 연못

도 있고, 푸르스름한 안개가 끼는 저녁 무렵엔 멀리 왜가리의 모습이 보일지도 모른다.

이 모두가 망상만은 아니었다. 파티는 정말 멋진 곳에서 열렸다. 물론 수도권 고속전철을 타고 한 시간도 넘게 가야 한다는 사실이 이 시적인 몽상을 조금 힘겹게 하기는 했다. 하지만 정작 분위기를 망친 주범은 또마의 불평이었다. 전철 안에서 마주 앉은 또마는 가는 내내 축 늘어져서 인상을 쓰고 있었다. 뭔가 성질부릴 기회를 찾느라 파티에 참석하는 것 같았다. 아무리 푸른 초원이라고 해봐야 어차피 전철 안에서 내다보는 건데, 뭘. 조금 지나면 지겨워. 끝나고 집에 갈 때는 어떻게 하지? 저녁 열한시면 전철이 끊기잖아. 또마는 사사건건 투덜댔다. 괜찮아, 다른 사람 차 얻어타고 오지, 뭐. 혹시 밤새 안 끝나면 새벽에 오면 되고. 혹시 파티가 지겨우면? 또마의 태도를 볼 때 그냥 물어보는 말 같지 않았다.

역에 내려서도 좀더 걸어가야 했다. 초대장에 지도가 그려져 있었지만, 사실 나와 또마는 지도를 잘 읽지 못한다. 결국 우리는 길을 잃었다. 마을에서 세번째 길이 아니라 두번째 길로 들어서야 했던 것 같다. 아무리 찾아도 지도에 표시

* 베르싸유 궁전의 정원 북쪽 쁘띠 트리아농 궁에 딸린, 마리 앙뚜아네뜨를 위해 만들어진 시골집.
** 소설가 조르주 쌍드가 유년기와 노년기를 보낸 프랑스 중부지방의 시골 저택.

된 떡갈나무가 늘어선 오솔길은 나타나지 않았다. 오히려 밭이 나왔다. 차라리 되돌아가는 게 현명한 일이었을 것이다. 하지만 왠지 그 밭을 가로질러 가면 우리를 낭만의 세계로 인도해줄 오솔길이 나올 것만 같았다. 잠시 후 또마가 물었다. 너 보이스카우트 한 적 있어? 나는 고개를 저었다. 나도 없어. 그러니까 우린 길을 잃은 거야.

정말이었다. 가도 가도 떡갈나무 오솔길은 나타나지 않았다.

또마의 기분은 점점 더 가라앉았고, 나 역시 사방이 조금씩 어두워지니까 불안해지기 시작했다. 이런 중압감만 아니었다면 아주 즐겁게 걸을 수 있는 길이었다. 주위에 펼쳐진 자연은 정말 감미로웠다. 우리는 밭을 지나 들판으로 갔다. 키가 큰 풀 사이를 지날 땐 걸음을 옮길 때마다 달콤한 향기가 올라왔다(제대로 말하자면 모기떼도 같이 올라왔다). 주변 계곡 아래로 여름날의 석양이 살짝 내려앉았고, 공기는 맑았다. 멀리 키 큰 나무들이 쓸쓸한 모습으로 작은 숲을 이루고 있는 것도 보였다. 내가 또마에게 물었다. 꼬로의 그림 속 경치 같지 않아? 그래, 찢어지게 가난한 동네 풍경이로군. 앞으로 십오분 이내에 길을 찾지 못하면 제대로 어두워질 테고, 우린 이 시골 구석에서 완전 망하는 거야.

아름다운 경치에도 불구하고 나 역시 불안해지기 시작했다. 지도에 없는 개울이 나타났다. 이제 어떻게 할 거야? 또마가 물었고, 난 지도를 이리저리 돌려보면서 중얼거렸다.

틀림없이 중요지점을 표시해놓았을 거야. 그렇지, 그런 다음 방위각을 계산하든지 위도측정기를 만들어서 위치를 파악하면 되겠네. 또마가 빈정거렸다. 순식간에 땅거미가 내려앉았다. 늑대나 곰을 만날 일은 없어 보이니 그나마 다행이로군. 지나온 길에 조약돌로 표시라도 해둘 걸 그랬어. 또마가 한숨을 쉬며 말했다.

이미 파티 장소에 갈 수 있느냐 없느냐의 단계는 지났다. 사람이 살고 있는 곳 어디라도 찾아내야만 했다. 하지만 아무리 걸어도 인적은 나타나지 않았다. 개울을 따라 올라가야 할 것 같아. 내가 말했다. 그럼 뭐라도 나오겠지. 우리가 어디쯤 있는 건지 확인할 수도 있고. 이 동네 사는 사람을 만나 물어볼 수 있을지도 몰라. 또마는 말없이 어깨만 들썩였다. 우리는 개울을 따라 걸었다. 어쨌든 숲으로 들어가는 건 안돼. 저쪽 말이야. 또마가 계곡 위로 줄지어 선 나무들을 가리키며 말했다. 숲에서 길 찾는 게 더 어렵진 않아. 데까르뜨에 따르면 숲에서 길을 잃었을 땐. 데까르뜨는 관심없어. 또마가 내 말을 잘랐다. 점점 더 초조해하고 있는 게 분명했다. 데까르뜨는 관심없다고. 꼬로도 관심 없고, 조르주 쌍드, 라마르띤느, 다 관심 없어. 우수에 젖은 왜가리도, 중요지점 따위도 필요 없어. 내가 원하는 건 딱 한 가지, 돌아가는 것뿐이야. 난 어디에든 가 있고 싶어. 내 말 알아들어? 거기가 어디든 가 있고 싶다고. (또마는 분명 겁을 먹었다.) 그림 안에 말고, 『방법서설』 안에 말고, 시 안에 말고, 동화

속 세상에 말고, 진짜 장소에 가 있고 싶단 말이야. 사람들이 살고 있는 곳, 문명이 있는 곳, 기찻길이나 전화가 있는 곳, 진 한잔 마실 수 있는 곳, 이런 곳에 가 있고 싶다고. 또마는 점점 격해졌다. 젠장, 신발이 엉망이 됐잖아.

사실 개울가는 땅이 물러서 걷는 도중 진흙에 발이 빠지곤 했다. 말이 났으니 하는 얘기지만, 내 신발도 이미 진흙으로 엉망이 되어 있었다. 하지만 난 잠자코 있었다. 내 건 또마처럼 비싼 구두는 아니었다.

그때였다. 기적이 일어났다. 마치 동화에서처럼 멀리 외딴 집이 나타났다. 빛이 반짝거렸고 파티 소리가 들려왔다. 찾았어! 또마! 찾았다고! 소리지르는 내 옆에서 또마는 계속 투덜거렸다. 그야말로 '푸른 수염'*의 성이로군. 사방은 이미 어두컴컴했다.

역시 개울을 따라오면 곧바로 저택까지 올 수 있게 길이 이어져 있었다. 심지어 내가 상상했던 것과 똑같이 정원 끝에 멋진 물레방아도 있었다. 저것 좀 봐. 너무 멋지잖아. 물레방아도 있어. 너무 아름다운 곳이야. 하지만 또마는 진흙투성이가 된 신발을 보며 투덜거렸다. 그래, 멋져. 진짜 동화 같군.

---

* 샤를르 뻬로의 동화에 나오는 숲속 거대한 성에 사는 귀족으로, 여러 차례 결혼하면서 아내들을 살해한다.

2

우리는 횃불이 환하게 밝혀진 정원으로 들어섰다. 네 말이 맞아. 완전 동화 속 세상이야. 손님들이 북적이고 있었다. 남녀가 짝을 지어 샴페인 잔을 손에 들고 정원을 오갔고 모두가 우아하게 차려입고 있었다. 피츠제럴드의 인물들이 발자끄의 세계에 모여 있군. 난 얼빠진 바보처럼 계속 웃었다. 또마는 마음을 가다듬기 위해 담배에 불을 붙였고, 조심스레 잔디 위에 신발 끝을 닦았다.

정원 위쪽 테라스에 손님들이 빽빽하게 모여 있었다. 바로 그곳에 펀치가 채워진 그릇들이 있었던 것이다. 하지만 우리는 잔도 집어들 수 없었다. 오히려 또마의 담뱃불이 어떤 여자의 씰크 드레스에 구멍을 내기도 했다. 아는 사람 있어? 아직. 집주인이야 있겠지. 우리는 안으로 들어섰다.

실내는 아름다웠다. 빠리 사람들이 시골에 가지고 있는 별장에서 으레 볼 수 있는 모습이었다. 약간 시골풍 가구에, 벽에는 그림과 판화가 걸려 있었다. 육중한 벽난로도 있고 천장을 받치는 들보가 겉으로 드러나 있었다. 집의 여주인은 거실 한가운데서 사람들에 둘러싸여 있었다. 모두 멋지고 젊은 손님들이었다. 예술가, 지식인 같았다. 이름이 알려졌거나 앞으로 알려질 사람들 말이다. 우리는 적잖이 놀랐고, 다가갈 엄두를 내지 못했다. 담배라도 한 대 피워야 분위

기에 좀더 어울릴 것 같다는 생각이 들었다. 담뱃갑을 꺼내
는데 드디어 파티의 주인이 날 보았다. 사람들이 떠들썩하
게 주고받는 말 사이로, 흘러나오는 음악 사이로, 그녀의 인
사가 마치 연극대사처럼 울려퍼졌다. 아, 뱅쌍, 왔네.

그 말에 주위에 몰려 있던 손님들이 모두 우리 쪽으로 눈
길을 돌렸고, 그 순간 나는 이유는 모르겠지만 신발에 진흙
이 묻어 있다는 게 생각났다. 그녀는 장갑을 끼지 않은 커다
란 손을 내밀면서 우리가 있는 곳으로 다가왔다. 어느 쪽으
로 온 거야? 들어오는 것 못 봤는데. 그게, 사실은 역에서 나
오면서 길을 잘못 들었어. 들판 쪽으로 왔어. 어머, 재미있
네. 들판 쪽으로 오다니. 그녀가 두 손을 입가에 대면서 웃
었다. 나는 또마를 소개했다. 또마는 여전히 심드렁한 얼굴
이었다.

세상에, 마실 것도 없잖아. 그녀가 큰 소리로 말했다. 이
쪽으로 와. 음식 있는 곳으로 안내할게. 우리는 마치 간식을
먹으러 가는 아이들처럼 뒤를 따라갔다. 여기 있는 사람들
다 알지? 하지만 마주치는 얼굴 중에 아는 사람은 없었다.
상관없었다. 어차피 그녀도 대답을 들으려고 질문한 게 아
니었다. 참, 소개할 사람이 있어. 그녀가 앞장서서 사람들
사이로 파고들면, 우리는 그렇게 벌어진 틈새로 따라갔다.
그녀가 소개하겠다고 말한 사람은 정작 이름도 들어본 적이
없는, 뭘 하는지도 알 수 없는 사람이었다. 하지만 그 역시
별로 중요할 게 없었다. 심지어 우리는 음식이 있는 곳까지

함께 가지도 못했다. 펀치가 담긴 그릇이 있는 곳 바로 몇 미터 전까지 왔을 때, 그녀는 왼쪽으로 누군가를 보더니 큰 소리로 불렀다. 뱅쌍, 이제 왔네. 들어오는 거 못 봤는데. 그래도 손을 내밀며 옆쪽으로 가기 전에 우리한테 이 말은 했다. 미안해, 잠시만 갔다 올게. 가서 좀 먹어. 있다 봐. 하지만 우리는 그날 저녁이 다 가도록 그녀를 다시 보지 못했다. 그리고 그 순간의 장면은 마치 모세가 막대기를 들어올려 파라오의 군대 위로, 전차와 전사들 위로, 홍해를 다시 닫아버린 것과 똑같았다. 음식이 있는 곳까지 거의 다 갔는데 손님들 사이로 그녀가 내놓은 길이 그대로 닫혀버린 것이다. 우리 앞에는 다시 수없이 많은 드레스와 에디 슬리만 넥타이들이 빽빽하게 늘어서면서 건너갈 수 없는 장막이 쳐졌다. 하지만 또마는, 시골사람처럼 진흙이 덕지덕지 묻어 꼴불견이 된 마당에 더이상 잃을 게 없다고 생각했는지, 놀라울 정도로 거칠게 사람들 사이를 파고들었다.

빽빽하게 늘어선 사람들은 마치 등판에 보이지 않는 뾰족 창이 나 있는 것 같았고, 그런 사람들과 말을 나누는 건 쉬운 일이 아니었다. 우리는 한동안 음식이 차려진 곳 앞에 그대로 서 있었다. 먼 길을 오느라 기차 안에서 이미 많은 얘기를 나누었기 때문에 둘이선 더 할 말도 없었다. 다른 사람들은 모두 여럿이 모여 있었지만, 우리는 둘이서 그렇게 말없이 서 있었다. 아마도 그래서 펀치를 그렇게 많이 또 빨리 마셨을 것이다.

연거푸 마셔댄 다음에도 또마는 여전히 저기압이었지만, 난 조금씩 흥이 오르기 시작했다. 지금껏 아는 얼굴 하나 보지 못했다. 이미 알코올을 꽤 섭취했으니 당연히 시야가 흐려질 테고, 앞으로 아는 얼굴을 만날 확률은 더욱 낮아질 것이다. 나는 마지막으로 기운을 내서 또마에게 말했다. 파티 내내 이러고 있을 수는 없잖아(이미 둘이서 펀치 그릇 앞에 죽치고서 모두 비워버린 후였다). 또마가 날 바라보면서 대답했다. 그래, 안되지. 네 말이 맞아. 역으로 가자. 그러면서 막 일어서려고 했다. 아니야, 그 말이 아니고. 한바퀴 돌아보면 어떨까? 어때? 알코올 덕에 긴장이 조금 풀렸는지 또마도 거절하지 않았다. 우리는 헤어져 각자 다녀보기로 했고, 그렇게 서로 탐험의 길을 떠났다.

하지만 또마는 별로 건진 게 없는 것 같았다. 내가 멋진 손님들이 즐기고 있는 방을 몇군데 돌아본 후(물론 말은 한마디도 나누지 못했다) 다시 거실로 왔을 때, 또마는 여전히 의자에 혼자 앉아 한 손엔 펀치 잔을 들고 다른 손으로 담배를 피우고 있었다. 음식을 차려놓은 곳에서 삼 미터도 채 나가지 않은 것이다. 나는 멀리서 손짓으로 좀더 둘러보겠다는 신호를 보냈다. 또마는 지독하게 인상을 쓰고 있었다. 눈에 보이지 않는 자기장이 형성되어 사람들이 비켜가게 만들 것 같은 얼굴이었다.

돌아다니다보니 알 것 같은 얼굴도 있었다. 하지만 난 워낙 사회성이 없기로 유명하다. 결국 아무하고도 대화를 하지 못했다. 그 순간 내 처지는 우주를 떠돌아다니는 진흙투성이 소행성 같았다. 태양계 안을, 수많은 손님들이 별이 되어 반짝거리는 은하계 안을 떠돌아다니는 소행성 말이다. 그렇게 항성들 사이를 돌아다니면서 여러번 같은 자리를, 특히 또마가 앉아 있는 의자 앞을 지나갔다. 또마는 그야말로 조각상처럼 꼼짝도 하지 않았다. 손가락 사이엔 영원히 꺼지지 않는 담배 한 개비가 끼여 있었고, 그 눈엔 이미 아무도 보이지 않는 것 같았다. 전철 막차 시간이 한참 지났으니 집에 갈 수 있는 희망도 사라졌다. 나는 테라스를 지나 정원으로 나갔다.

그곳에서 그녀를 처음 만났다.

3

그녀는 눈에 띄지 않을 수 없었다. 누구라도 쳐다볼 만한 아름다운 모습이 시선을 사로잡기도 했지만, 그 드레스, 굽이 높은 무도회 구두와 잘 어울리는 대담한 황금빛 드레스만으로도 충분히 눈길을 끌었다. 그녀는 정원 한가운데 약간 비탈진 곳에 서 있었다. 한쪽으로는 테라스의 조명이 비치고 다른 쪽으로는 야외용 횃불이 밝혀주는 곳이었다. 사방에 감도는 부드러운 불빛 속에서 믿을 수 없을 만큼 아름다운 드레스를 입은 그녀가 있었다. 날씬하고 큰 키에 파도치듯 부드러운 그 모습은 마치 정원 한가운데 매혹적인 불꽃이 타오르고 있는 것 같았다. 나는 들고 있던 펀치 잔을 떨어뜨릴 뻔했다.

여름날 한밤중에 빛을 발하는 것들이 늘 그렇듯이, 그녀 주위로 날벌레들이 모여들었다. 넥타이를 한 밤나방들, 색바랜 치장을 하고서 그녀가 다가가면 소리를 내는 음울한 자벌레나방들, 구치 안경을 쓴 모기들, 모두가 구름처럼 몰려들었다. 그녀가 주위의 매력을 모두 빨아들이는 바람에 조금 전까지 자신감 있는 태도에 헤어스타일이 멋져 보이던 손님들이 모조리 밀랍인형처럼 밋밋해져버렸다. 나 또한 정원의 횃불이 되어버린 듯, 빛은 조금 약하지만 그 횃불처럼 불붙은 채로, 그렇게 꼼짝 않고 서 있었다. 그러니까 나는 운명적 사랑을 만난 것이다.

그런 사랑은 어떻게 시작되는지, 어떤 시련을 이겨내야 하고 어떤 싸움을 치러내야 하는지, 나는 아는 게 없었다. 그저 빨리 안으로 들어가 또마를 봐야겠다는 생각뿐이었다. 또마에게 달려갔다. 흥분해서 제정신이 아니었다. 나 운명의 여인을 만났어.

또마는 눈썹을 치켜세웠다. 지금껏 담배만 피우고 있은 건 아니라는 사실을 알 수 있었다. 또마는 기적적으로 다른 펀치 그릇을 찾아내서 계속 마셔대고 있었던 것이다. 좋은 소식이군. 축 늘어진 목소리였다. 정말 좋은 소식이야. 이제 돌아가야지?

나는 의자 옆으로 몸을 굽혔다. 뭐라고? 돌아가자고? 내 말을 듣기는 한 거야? 운명의 여인을 만났다니까. 알았어. 운명의 여인을 봤다는 거 아냐. 그러니까 이젠 네 운명의 여인이 누군지 안다는 거잖아. 그럼 돌아가도 되겠네. 말도 안 돼. 이렇게 갈 수는 없어. 또마가 흐릿한 눈으로 나를 쳐다보면서 짤막하게 말했다. 난 쥘리가 네 운명의 여인인 줄 알았지. 젠장, 맞다. 쥘리가 있다. 저 눈부신 여자가 나타나는 순간 나는 나의 애인을, 부드러운 여인을, 나를 기쁘게 해주는 약혼녀 쥘리를 까맣게 잊었다. 나와 같은 대학을 다니고 있는 쥘리, 그녀의 예쁜 아파트, 그녀의 책들과 물결치듯 흩날리는 머릿결을 모두 잊은 것이다. 난 온몸에 기운이 빠지면서 그대로 바닥에 주저앉았다. 잠시 생각해보았다. 내 말 좀 들어봐. 어쨌든 이 세상에서 제일 아름다운 여자를 만났단 말이야. 그래? 여기 와서 벌써 그렇게나 돌아다녔어? 또마의 빈정거리는 말투가 거슬리기 시작했다. 그래서 얘기는 나눠봤고? 말도 안돼. 그렇게 아름다운 별에 어떻게 다가갈 수 있겠어. 그냥 바라보면서 감탄만 했지. 일어나. 같이 가서 한번 보자. 일어나라고? 아까부터 이 펀치 그릇을 노리는 사람이 얼마나 많은데? 미쳤어?

그때였다. 다시 한번 기적이 일어났다. 또마는 일어날 필요가 없었다. 문제의 별이 안으로 들어온 것이다. 흉측하게 생긴 난쟁이 행렬도 따라 들어왔다. 그녀의 등장은 순식간에 마치 자석처럼 주위를 끌어당겼다. 자, 봐. 저기 좀 봐. 나는 마치 하늘에서 일어나는 신기한 대기현상을 보여주는 듯이 그녀를 가리키며 나지막한 소리로 말했다. 또마는 눈을 찌푸렸다. 눈이 부셔서 그런 줄 알았다. 하지만 또마는 만취 상태였고, 무언가를 주의깊게 바라볼 수 없는 상태였을 뿐이다. 나쁘진 않군.

말도 안되는 소리 하지 마. 나쁘지 않다고? 그게 다야? 그래, 나쁘진 않아. 그 순간 또마가 너무 천박해 보였다. 그녀는 거실 중앙까지 와 있었고, 주위 사람을 모두 매료하는 우아한 자태로 얘기하면서 웃고 있었다. 그녀는 이 세상에서 가장 재치있는 여인이기도 했다(잠자는 숲속의 미녀나 완두콩 공주와는 달랐다). 그녀는 거실 한가운데서 천천히 자리를 옮겨다녔고, 그 웃음소리가 내 몸속으로 골수까지 파고드는 것 같았다. 그때였다. 한순간 알 수 없는 파동이 일면서 그녀의 시선이 우리를 향했다. 가슴이 철렁 내려앉았다.

물론 단 한순간, 아주 짧은 순간이었고, 그녀는 이내 다른 손님들이 있는 쪽으로 눈을 돌렸다. 하지만 분명 우리를 보았다. 아니, 나를 보았다. 정말이다. 내 목을 걸 수 있다(나중에 또마한테 이렇게 말했다). 우리에게 미소를 지었다. 나에게 미소를 지었다. 물론 바로 다른 쪽으로 고개를 돌렸기 때문에, 정말 눈 깜짝할 순간의 일이었다. 나는 타버린, 연기만 남은 잿더미가 되었다.

잘 봐, 저 멍청이들이 이제 춤을 출 거야. 내 기억으로는 이게 그날 저녁 또마가 마지막으로 한 말이었다. 마지막 편치 잔을 들이켜더니 정신을 잃고 의자 위에 그대로 쓰러졌으니까 말이다. 또마의 예언은 적중했다. 거실에 있던 사람들은 모두 팔짝거리며 춤을 추기 시작했다. 드디어 행동으로 옮길 때가 왔다. 지금이 아니면 영원히 기회가 오지 않을 것이다. 나는 벌떡 일어서서, 자리가 난 의자로 재빨리 달려갔다. 사람들이 본격적으로 춤을 추는 곳이 정면으로 보이는 자리였다.

그후의 일은 기억 속에서 약간 뒤죽박죽이다. 가능한한 시간순서에 맞춰 기록해보겠다.

4

─이내 나의 운명의 여인은 파티장에 모인 사람들을 끌고 다니는 중력의 중심이 된다. 주위의 원자들이, 물론 겉으로 보기엔 아무렇게나 움직이는 것처럼 보이지만, 복잡하게 작용하는 물리법칙에 따라 움직이게 만든다.

─밤이 깊어질 때까지 나는 일분 일초도 놓치지 않고 그녀를 쳐다본다.

─한순간 그녀는 일곱 개 베일의 춤*의 열정에 빠져든다. 황금빛 구두의 끈을 풀더니, 계속 빙글빙글 돌면서 그 끈을

* 세례 요한의 죽음을 불러온 쌀로메의 춤. 일곱 개의 베일을 하나씩 벗으면서 추는 관능적인 춤이다.

사람들에게 던진다.

—사람들이 뒤엉킨다. 침대 겸용의 긴 의자가 알 수 없는 힘으로 파도치듯 움직인다.

—시간이 갈수록 조금씩 거실이 비어간다. 이젠 파티장을 떠나는 사람 아무나 붙잡고 빠리까지 태워달라고 부탁해야겠다는 생각도 들지 않는다. 또마는 소금기둥으로 변해버린 듯 꼼짝 않고 앉아 있다.

—누군가 다가와서 말을 건넨다(어느 나라 말인지 모르겠다). 그가 무언가 가득 찬 잔을 건넨다. 인간의 몸이 감당할 수 있는 한계를 넘어선 알코올 도수이다.

—나는 잔을 비운다.

—수선화 한 송이가 자라나서 시들 때까지의 과정이 간략하지만 아주 분명하게 눈앞에 지나간다. 그런 다음 수선화를 손에 든 마르셀 프루스트가 나타나 귀스따브 플로베르를 꼭 소개시켜주겠다고 한다. 자동보도 위를 걷고 있는 플로베르가 오늘 저녁 파티에 대해서 나한테 꼭 해줄 얘기가 있다는 거다.

—옆에 앉은 남자가 자리를 뜨기 전에 너무 재미있는 얘기가 있다고, 그 얘기를 꼭 해야겠다고 우긴다(이번엔 내가 아는 언어로 말한다. 아니면 내가 그 외국어를 알아듣는 건지도 모른다). 자기가 직접 개 같은 성격이라는 제목을 붙였다고 주장한다. 우습지만 교훈이 있는 이야기죠. 내가 보기엔 교훈도 없고 우습지도 않다(게다가 길기까지 하다). 어쩌

면 내가 하나도 이해하지 못한 것일 수도 있다.

—갑자기 내가 귀스따브 모로의 유명한 그림 속에 들어가 있다. 나는 구석구석을 살핀다. 다행히도 화가는 헤로디아의 침대 옆에 날 위해 긴 의자를 하나 마련해놓았다. 그래서 난 움직이지 않아도 된다. 다행이다. 난 이제 다리를 쓰지 못하니까 말이다.

—내 운명의 여인의 시선이 다시 나를 향한다. 한순간 내 머리칼이 시나이 산 위에 선 찰턴 헤스턴처럼 온통 하얗게 변해버리는 것 같다.

—내 옆에 다른 남자가 와서 앉는다. 이름을 밝히고(하지만 금방 잊어버렸다) 자기가 건축가라고 하기에, 멋지다고 말해주었다. 그가 내 직업을 묻는다. 나는 몇시간 전부터 사랑에 빠진 사람이라고, 하지만 나머지 시간에는 작가라고 대답한다. 물론 샹띠이 성(城)에 관해서 완전지는 못하지만 나름 시적인 안내서 한 권을 출간한 게 전부이기 때문에 본격적인 작가라고 하기는 어렵다고도 했다. 샹띠이란 말이 일종의 암호라도 되는 듯, 그는 잘 알고 있다는 얼굴로 고개를 끄덕이면서 자이언트 쎄쿼이아만한 대마초 한 대를 건넨다.

—난 열렬히 고마움을 표하고, 쎄쿼이아 전체를 몇모금에 다 빨아들인다. 남자는 온데간데없이 사라졌다.

—나는 다시 귀스따브 모로의 그림 안에 있다. 이번에는 귀스따브 플로베르도 함께 들어가 있다. 그가 검지로 거실

가운데를 가리키면서 단호하게 말한다. 잘 봐, 내가 말했잖아. 그곳에선 내 운명의 여인이 방탕한 축제에 빠져 있다. 그녀는 더이상 날 보지 않는다. 눈을 감은 채로 황금빛으로 휘감긴 몸이 불타고 있다. 그녀는 맨발로 춤을 춘다. 난 플로베르에게 말한다. 맨발로 춤을 추는 것은 에로티씨즘의 절정이죠.

—분명 대마초 때문일 것이다. 내 머리가 몸의 나머지 부분에서 떨어져나와 천천히 거실 안을 돌아다닌다. 내 머리는 사방으로 암흑을 뿜어내고, 방 전체가 순식간에 어두워진다. 내 머리가 다가가자 나의 운명의 여인은 춤을 멈추고 움직이지 않는다. 떨어져나온 내 머리가 그녀의 얼굴 앞으로 간다. 그녀는 조금 뒤로 물러서면서 굴러온 내 얼굴 쪽으로 손바닥을 세워 내민다.

—그러니까 그녀는 쌀로메이고 나는 세례 요한이다.

—내가 그녀에게 말한다. 겁내지 마. 잘될 거야. 플로베르가 있잖아.

—긴 의자가 접히면서 나는 안으로 들어간다. 모든 게 암흑이다.

5

잔 부딪히는 소리 때문에 잠이 깼다. 전설의 계곡 깊은 곳에서 작은 크리스털 종이 울리는 소리인 줄 알았다. 한쪽 눈을 떴다. 눈앞에는 저녁 파티 이후 익히 볼 수 있는 풍경이, 그러니까 오베르만의 계곡*과는 전혀 다른 풍경이 펼쳐져 있었다. 여기저기 널린 잔들엔 담배꽁초가 가득하고, 곳곳에 끈적거리는 발자국이 나 있다. 냅킨들이 기이한 형태로 놓여 있고, 병들이 흩어져 있고, 부서진 초콜릿 파이들이 나뒹굴고 있다. 또마는 의자에 처박히듯 앉아 있었다. 손에 잔을 들고 유령처럼 흐느적거리며 돌아다니는 사람들도 있었다. 나는 접혀버린 침대 겸용 의자 틈에서 온힘을 다해 빠져나왔다. 내 운명의 여인은 이미 사라지고 없었다.

가서 또마를 깨웠다. 그의 첫마디는 이랬다. 이제 가야지. 슬슬 지겨워. 우리는 거실과 테라스 사이 유리로 덮인 곳을 쳐다보았다. 눈부신 밤이 지나고 회색빛 아침이 밝아오고 있었다. 좋은 생각이야. 내가 대답했다.

우리를 빠리까지 태워다줄 사람은 없을 것 같았다. 지금까지 남아 있는 사람들은 모두 탈진해서 절대 깨어나지 못할 것이었다. 요술호박을 기대하는 건 무리겠군. 또마가 머리를 쥐어잡고 하품을 하면서 말했다. 전철로 가자.

떠나기 전 이 저택의 주인에게 인사를 하고 싶었다. 하지만 그녀가 어디 있는지 찾을 수가 없었다. 사실대로 말하자면, 나는 떠나기 전에 나의 운명의 여인이 누구인지 인적사

* 바이런의 동명의 시와 쎄낭꾸르의 낭만주의 소설 『오베르만』에서 영감을 받아 리스트가 작곡한 곡.

항을 알고 싶었다. 우리는 바닥에 널브러져 있는 사람들을 타넘어 파티장을 나섰다. 그중에 황금빛 옷을 입은 사람은 없었다. 그런데, 막 밖으로 나가려고 할 때였다. 저쪽 구석 벽난로 옆에서 반짝이는 게 보였다. 신발이었다. 굽이 높은 파티용 구두였다. 바로 나의 운명의 여인이 신던 것이다. 나는 허겁지겁 그것을 주워들고는 또마를 보면서 환하게 웃었다. 그걸 가져가서 어디에 쓸 건데? 또마가 물었다. 우리는 저택을 나서 역으로 향했다.

숙취가 덜 풀린 상태에서 기분이 좋기는 어려운 일이다. 맞는 말이다. 더구나 또마는 원래 기분 나쁠 때가 많다. 대기상태마저 우릴 도와주지 않았다. 밖으로 나서자마자 비가 내리기 시작한 것이다. 역에 도착했을 때 우리의 상태는 그야말로 가관이었다. 하지만 상관없었다. 난 그곳에서 운명의 여인을 만났고, 그녀의 황금빛 구두를 내 손에 들고 있었으니까. 이 마법의 구두가 날 그녀에게 데려가줄 것이다. 나는 그녀의 발에 이 구두를 신겨줄 거고, 우리는 아이도 많이 낳고 행복하게 살 것이다.

또마는 비탄에 잠긴 표정으로 진흙이 묻고 물에 젖은 신발을 내려다보았다. 그리고 웃옷의 물기를 빼느라 애를 썼다. 하지만 나는 행복한 눈길로 길쭉한 무도회 구두를 이리저리 돌려보았다. 내 운명의 여인도 구두와 함께 돌아갔다. 마치 공 모양 케이스 안에서 인공 눈을 맞아가며 노래상자의 음악에 맞춰 춤을 추는 작은 인형처럼 말이다. 이 신발이 맞는 사람을 찾아낼 때까지 빠리 전체를, 그리고 근방 교외까지를 샅샅이 뒤질 거야. 그 여자를 찾는 날 이야기가 완성되는 거지. 난 그녀와 함께, 굽이 높은 구두를 신은 그녀와 함께, 영원한 행복의 길로 들어설 거야. 또마가 재채기를 했다.

집으로 돌아오는 길이 그다지 즐겁지 못했던지라 그대로 헤어지기 섭섭했던지, 또마가 자기 집에 가자고 했다. 또마는 빠리 북쪽 작은 아파트에 살고 있다. 창문을 열면 철길이 보이고 지붕들이 보이는 곳이다. 화가들이 좋아할 아파트였다. 구름 낀 겨울날에는 늘어선 창문들이 마치 까이유보뜨나 마네의 그림 속 풍경 같다. 하지만 또마는 미술보다는 곤충을, 곤충들의 기이한 생식방식을 좋아한다. 생물학을 전공하고 있고, 공부를 마치고 나면 전공과 관계된 직업을 찾을 생각이다. 우리는 김이 모락모락 피어오르는 커피잔을 들고 거실 소파 위에 쓰러지듯 주저앉았다. 또마가 깊은 한숨을 내쉬면서 심각하게 말했다. 신발이 완전 엉망이 됐어. 천 프랑짜리 비싼 구두인데. 사실 갈 때 들판을 지났고 또 올 때는 비를 맞았기 때문에 약한 가죽이 엉망이 되어버렸다. 또마는 커피잔을 얼굴까지 들어올리고서 양쪽 발을 번갈아 눈높이까지 치켜들었다. 더 볼 것도 없었다. 신발은 만신창이였다. 그때였다. 뭐라고 말할 틈도 없었다. 흥분한 또마가 벌떡 일어서더니 신발을 벗었다. 그러고는 제일 가까운 창문을 열고, 망설이는 기색도 없이 손에 든 신발을 던져버렸다. 또마는 다시 살며시 창문을 닫고 양말 바람으로 돌아와 앉았고, 커피잔 위로 고개를 숙였다.

마치 연극의 한 장면을 보는 듯했다. 나는 어안이 벙벙했다. 좀 과격한 결정 아냐? 그럼 어떻게 하라고? 다시 칠이라도 해? 아니야, 네 말이 맞아. 나름 시적인 행동이었어. 시적이라고? 망가진 신발이? "불꽃의 장관 속 하늘 재판소에서/메피스토펠레스와 함께 돌아다니는 파우스트가/나와 무슨 상관인가?/나는 아노라/내 장화에 난 구멍이/괴테의 환상보다 더 끔찍하다는 걸." 또마는 어깨를 들썩이며 선언하듯 말했다. 이제 저 신발은 더이상 아무 곳에도 갈 수 없어.

나는 동의한다는 뜻으로 침묵을 지켰다. 그러면서 내 손에 들려 있는 황금빛 파티 구두를 한번 더 보았다. 이 구두가 나를 이 세상 끝까지 데려가줄 것이다. 또마는 벽난로 가장자리에 커피잔을 내려놓고는 안락의자에 앉아 잠이 들었다.

아파트를 나서기 전 창문에 다가가서 밖을 바라보았다. 철길은 희미한 안개에 젖어 있었다. 고개를 돌리니 맞은편 지붕 위에 떨어진 신발 한 짝이 빗물받이 홈통 가장자리에 아슬아슬하게 걸쳐 있는 게 보였다. 얼마 전 읽은 이야기가 생각났다. 연인을 빼앗긴 어떤 남자가 화가 나서 몰래 아파트에 들어가 연적의 신발을 창문으로 던졌다는, 뭐 그런 얘기였다. 나는 소리를 내지 않고 아파트에서 나왔다.

6

비유적 표현을 멋대로 늘어놓고 싶지는 않지만, 어쨌든 여자 문제에 관해(보다 정확히 말하자면 결혼 문제에 관해) 어머니가 늘 하시던 얘기가 있다. 자기 발에 맞는 신발을 찾는 게 쉽지 않다는 것이다. 사실 이 말은 우리 인생 전체에 해당한다. 굽이진 인생길, 하물며 곳곳에 함정이 파인 인생 길에 말이다. 우리는 너무 헐렁한 신발을 신거나 아니면 반대로 너무 꽉 끼는 신발을 신고 그 길을 걷는다. 인생의 의미를 생각하다보면, 결국 행복은 신발 치수의 문제라고 말하고 싶다. 모든 게 결국은 언제 골랐는지 어느 상점에서 샀는지 기억도 안 나는 신발 치수 때문인 것이다. 더구나 그걸 사느라 들인 돈까지 생각하면 언제나 너무 비싼 셈이다. 신발의 품질은 말할 것도 없이, 애초에 치수부터 잘못되었으니까 말이다. 그래도 내 상황은 좀 달라. 몇주 후 난 또마에게 이렇게 말했다. 난 더이상 내 발에 맞는 신발을 찾는 게 아니니까. 신발은 지금 나한테 있잖아. 그 신발에 맞는 발을 찾고 있는 거고. 이미 쥘리와 헤어진 다음의 일이었다.

사실 그날 저녁이 지나고 며칠 후 쥘리가 내 아파트에 와서 밤을 보냈다. 그때 나는 알았다. 쥘리는, 실로 사랑스러운 모든 점을 갖춘 건 사실이지만, 굽이 높은 파티용 구두를 신는 부류의 여자가 아니라는 것을 말이다. 직접 몸으로 겪은 일이다. 난 문제의 구두를 벽난로 위의 장식선반에 얹어놓았는데, 그것을 본 쥘리가 기념품이냐고, 전리품이냐고 물었다. 고대에는 이런 종류의 물건들을 신전 안에 걸어두었다고도 했다.

한번 신어보겠냐고 물었더니, 쥘리도 구두가 마음에 들었는지 못 이기는 체 신어보기로 했다. 아, 그 이후의 일은 절대 잊을 수 없다. 그날의 장면을 떠올릴 때마다 가슴이 쓰리다. 당연히 구두는 맞지 않았다. 쥘리는 한쪽 발은 그대로 땅바닥에 둔 채로 다른 쪽 발을 굽 높은 구두 속에 끼워넣었다. 그러곤 균형을 잡느라 비틀거리며 불안한 상태로 서 있었다. 마치 상처입은 두루미처럼 어색하게 흔들리면서, 너무도 가련한 얼굴로, 상처받은 얼굴로, 슬픔이 섞인 미소를 지어 보였다. 쥘리는 결국 구두를 벗었다. 그리고 말없이 짐을 꾸렸다. 쥘리는 날 한번 쳐다보고는 그대로 나가버렸다.

그날 이후 쥘리를 다시 만나지 못했다. 금빛 물결 같은 머릿결도, 그녀의 아파트도, 책도, 슈베르트 음반도, 그 어느 것도 다시 보지 못했다. 멍청이 같은 내 손 위에 올려놓곤 하던 그녀의 가녀리고 섬세한 손, 그 소중한 손 역시 다시 보지 못했다. 나는 아침에 면도를 하기 위해 욕실 거울을 들여다볼 때마다, 넌 나쁜 놈이냐 멍청한 놈이냐,라고 묻곤 하는데, 그날 이후 언제나 이렇게 대답한다. 둘 다야.

7

쥘리가 나가고 아파트 문이 닫힌 다음, 나는 구두를 다시 벽난로 장식선반 위에 얹어놓았다. 그때였다. 방금 치른 이 비열한 희생이 헛되지 않기 위해서는 빨리 행동으로 옮겨야 한다는 확신이 들었다. 나는 운명의 여인을 추적하기 위해 그야말로 모든 수단을 동원해서 조사를 시작했다. 또마한테 서도 뭔가 얻어내고 싶었지만, 운명의 저녁에 또마는 펀치 를 무턱대고 퍼마셔버린지라 아무것도 기억하지 못했다. 여 자의 얼굴은 물론, 심지어 그 섬세한 씰루엣도 기억하지 못 했다. 한마디로 또마는 아무 소용이 없었다. 그저 내가 동화 증후군을 앓고 있다고 했고, 그 얘기가 나올 때마다 내 상태 를 설명하면서 단호한 판단을 내리기까지 했다(곤충들의 번 식에서 심리적 장애에 대한 연구로 자연스럽게 얘기가 넘어 간다). 또마의 말에 따르면 동화 증후군은 아직 제대로 조사 되지 않은 병리현상이며, 말하자면 어린애 상태로의 퇴행이 다. 그러니까 어차피 자기가 제대로 알지도 못하는 영역인 것이다. 그냥 곤충의 번식방법이나 더 알아냈으면 좋겠다.

내가 정보를 얻을 수 있는 가장 효과적인 방도는 그날 저 녁 파티를 연 장본인인 마리안느한테 묻는 것이었다. 그래 서 난 마리안느와(그리고 또마와) 식사 자리를 마련했다. 함 께 얘기를 하다보면 저절로 그날의 쌀로메 얘기가 나오리라 생각했다. 대마초에 취해 상징주의 그림 속 세례 요한이 되어 목이 달아날 때 내 앞에 있던 쌀로메 말이다. 문제의 구두가 벽난로 위에서 자태를 뽐내고 있었기 때문에 굳이 얘기를 꺼내느라 애쓸 필요도 없었다. 바로 구두가 화제가 되었다. 전리품이야? 마리안느가 물었다. 질문이 좀 거슬렸다. 차라리 성유물(聖遺物)이라고 해야지. 또마가 말했다. 알려지지 않은 어느 성자의 쪼그라든 손가락뼈나 예수가 매달렸던 십자가의 조각 같은 거라고 치면 돼. 나는 또마의 말을 듣는 둥 마는 둥 하면서 마리안느에게 말했다. 당신이 그렇게 묻다니 재미있군. 그날 당신 집 파티에서 주웠거든. 운이 없었는지 주인이 잊어버리고 간 것 같아. 그때 또마가 끼어들었다. 일년하고 하루가 지나도록 주인이 나타나지 않으면 당신이 가져. 마음대로 신고 다니고. 나는 점점 짜증이 나기 시작했다. 여전히 특별한 관심은 없는 척하면서 마리안느에게 물었다. 당신은 기억나? 난 기억이 좀 희미해. 키가 크고 날씬한 여자였는데. 황금색 드레스를 입고 있었고. 누군지 알겠어? 마리안느가 끄덕거렸다.

가슴이 쿵쾅거리며 터질 것 같았다. 알아, 알지. 기억나. 그렇게 눈에 띄는 여자를 어떻게 잊을 수가 있겠어. 하지만 이어지는 말은 달랐다. 그런데 누군진 모르겠네. 누가 초대했는지도 모르겠고. 밖으로 튀어나갈 것 같던 심장이 제자리로 돌아와서 호두알만해졌다. 황금색 드레스는 좀 천박하지 않아? 또마가 물었고, 한동안 아무도 입을 열지 않았다. 때마침 또마가 나의 고급 식탁보에, 그러니까 몇년 전 어머니가 맡긴 살림 중에 들어 있는 18세기 산 자수장식 식탁보에 포도주를 쏟는 바람에 그나마 침묵이 깨졌다.

그날의 저녁식사는 전혀 예기치 못했던 곳에서 성과를 거두게 된다. 낙심한 나는 점점 더 말이 없어지면서 손님들에게 결례가 될 정도로 침묵을 지켰고, 반대로 내 식탁보를 망가뜨린 또마는 믿을 수 없을 정도로 말이 많아지면서 평소와 전혀 다른 모습으로 떠들어댔다. 나 때문에 망쳐질 뻔한 자리를 또마가 살려낸 셈이다. 난 한마디로 짧게 대답하는 것 이상은 입을 열지 않았고, 건성으로 두 사람을 쳐다보았다. 그러다보면 눈은 어느샌가 벽난로 쪽을 향하고 있었다. 문제의 구두는 그 위에서, 격랑이 이는 먼 바다에서 구조신호를 보내듯이, 절망적인 광채를 내뿜고 있었다.

그때였다. 벽난로를 바라보다가 고개를 돌려 무심코 마리안느를 보는 순간, 그녀 또한 말없이 나를 바라보고 있다는 걸 깨달았다. 내가 애처로운 모습으로 자꾸 벽난로만 보고 있다는 걸 어찌 모를 수가 있겠는가. 속마음을 들킨 것이다. 갑자기 얼굴이 달아올랐다.

그때 마리안느가 나를 보며 미소를 지었다. 놀랍게도 그녀는, 공모의 감정이라고까지는 말할 수 없어도, 내 처지를 이해해주는 것 같았다. 그 순간 이런 생각이 들었다. 알아챘어. 이제 날 도와줄 거야. 나도 그녀에게 미소를 지어 보였다. 마리안느는 아래쪽으로 시선을 내렸다. 난 머릿속으로 치밀한 계획을 세웠다. 마리안느가 내 편이 되었으니까 이제 요술구두를 내 운명의 여인의 발에 신길 수 있을 것이다. 다시 기분이 좋아져서 대화에 끼어들었다. 그때까지만 해도 그날 저녁식사의 핵심이 바로 식탁 밑에서 일어나고 있다는 걸 눈치채지 못했다.

그러니까 난 제대로 알지 못한 것이다. 처음엔 그냥 우연히 내 발이 식탁 다리에 닿은 줄 알았다. 하지만, 문득 깨닫고 보니, 식탁 다리가 조금씩 움직이고 있었다. 어리둥절해서 고개를 들었다. 마리안느는 포크 왼쪽 윗부분에 놓인 새끼손가락만한 빵조각을 이상하리만치 집요하게 바라보고 있었다. 내가 완전히 착각한 것이다. 식탁 다리가 저절로 움직인 게 아니라, 바로 여자의 다리였던 것이다. 또 마리안느는 내가 황금빛 여인을 찾는 걸 도와줄 준비가 돼 있는 게 아니라 전혀 다른 일을 할 준비가 되어 있었던 것이다. 마리안느는 아름답고 발랄한 여자였고, 남자들이 좋아하는 여자였다.

그날 저녁은 여전히 잊지 못했다.

8

우리는 9구에 멋진 아파트를 구했다. 마리안느가 계속 부추기는 바람에 나는 '우산의 문학사'라는 제목의 책을 쓰기 시작했다. 지금 말해두는데, 그 책은 단 두 개의 장(章)으로 구성될 것이고 그중 한 장은 그림으로 채워질 것이다. 석 달이 지나기 전에 마리안느는 부자 가족들에게 나를 소개했다. 모두가, 심지어 그 집의 고양이들마저, 다정하게 그리고 지속적으로 나에게 관심을 보여주었다. 시간이 갈수록 마리안느의 남편감으로서 나의 존재감이 커져갔고, 알지도 못하는 사람들한테 부러움을 사기도 했다. 또마를 만나는 횟수도 줄어들었다. 황금구두는 서재에, P에서 R까지의 책이 꽂혀 있는 서가 뒤에 치워두었다. 마리안느와 함께 기막히게 멋진 성적 환희도 즐겼다.

하지만 늘 누군가가 빠져 있다는 느낌이 떠나지 않았다. 누군가가 자꾸 나타나 외톨이가 된 신발을 내놓으라고 했다. 아파트 문 뒤에서 기다리고 있다가 밤이면 문을 두드렸다. 꿈이었다. 그리고 그 꿈은 실제 나의 삶을 꿈으로 만들어버렸다. 구두는 다시 조금씩 반짝거리기 시작했고, 다시 그 치명적인 매력을 발산하기 시작했다.

9

마리안느를 설득해서 그날의 전원저택에서 다시 파티를 열게 되기까지는 한참이 걸렸다. 마리안느는 차라리 빠리 9구의 아파트에서 집들이 파티를 열면서 약혼발표를 하자고 했다. 하지만 내가 끝까지 마리안느를 설득했다. 난 행복하다.

이토록 아름다우면서도 다정한 여자를 본 적이 없다(대부분의 사람들이 그렇겠지만, 나의 애정사는 늘 상반되는 이 두 표현 사이의 타협이었던 것 같다). 그러니 우리의 아름다운 이야기가 처음 시작된 곳에서 파티를 열어야 한다. 이것이 내가 내세운 이유였다. 나와 마리안느의 기적 같은 만남은 사람들을 놀라게 했고 또 부러움도 샀다. 하지만 사실은 삶의 아이러니가 만들어낸 결과일 뿐이다. 삶은 언제나 모두가 갖고 싶어하는 것을 갖고 싶어하지 않을 뿐 아니라 받으면서도 그 가치를 제대로 알지도 못하는 어리석은 자에게 주게 된다. 말하자면 선행과 같은 것이다. 사람들이 우리한테 무언가를 주는데 정작 우리는 제대로 받지 못하는 것 말이다. 지독하게 마음에 들지 않지만 어쨌든 선행을 가장 적절하게 정의한 말이 아닌가.

나는 계속 같은 얘기를 해가면서, 심지어 야비한 간계까지 동원해서 마침내 목표를 달성했다. 바로 그 운명의 별장에서 파티를 열기로 한 것이다. 그리고 마리안느의 기억을 총동원해서 내가 상징주의 화가 귀스따브 모로의 그림에 등장하는 세례 요한이 되었던 그날의 파티에 있던 사람들을 다시 모으기로 했다. 자연의 법칙이 그렇듯이 우리의 삶 역시 원인이 같으면 결과도 같을 거라 생각한 것이다.

절대 성공할 수 없는 계획이야. 그래야 정의가 살아 있다는 걸 알 수 있지. 또마는 역시 이렇게 말했다. 하지만 적어도 또마는 그날을 완벽하게 반복하는 데 성공했다. 그외에는, 진정 그 기이하고 병적인 무대의 결과는 단 한가지뿐이었다. 그러니까 난 완전히 희망을 잃었다. 운명의 날을 그대로 따라하는 음울한 시간이 왠지 처음부터 마음에 들지 않았다. 구역질이 날 것 같더니 점점 더 심해졌다. 같은 장소, 같은 사람들, 같은 펀치, 같은 음식, 같은 말, 같은 무대장식이었지만, 모든 것이 가짜 같았다. 골판지로 만든 집 안에 헝겊이나 밀랍으로 만든 사람들이 모여 있는 것 같았다. 펀치는 물로 변하고, 소꿉놀이 쎄트에 들어 있을 법한 작은 오븐들이 놓여 있고, 미리 녹음된 말들이 흘러나오고, 모든 무대장식은 로봇들이 천박한 기계적 동작으로 작동시키고 있는 것 같았다. 마치 악몽을 꾸는 것 같았다. 진짜 있었던 역사를 모종의 역사적 필요성 때문에 코미디로 만들어 공연하고 있는 것 같았다.

이날의 파티가 이루어낸 병적이고 완벽한 모방에는 딱 두 가지 흠이 있었다. 첫째는 이번엔 내가 바로 집주인(정확히 말하자면 집주인의 보좌관)이라는 것이었고, 둘째는 당연히 한 사람이 빠졌다는 것이었다. 실패라는 걸 금방 알 수 있었다. 나는 파티가 시작되고 이내 마리안느의 곁을 떠나 또마가 있는 곳으로 갔다. 펀치 그릇이 있는 곳, 이전에 내가 있었던 바로 그 자리 말이다. 또마가 시큰둥하게 날 쳐다보았다. 알코올도 충분히 섭취했고 상황파악도 끝난 것 같았다(문제는, 마리안느 역시 상황을 알아차린 듯하다는 것이었다). 또마가 잔을 내밀었다. 이런 일을 벌이다니, 아주 영악

한걸. 정말 멍청하고 야비한 짓이야.

난 말없이 잔을 들이켰다. 그러니까 멋진 왕자님께선 구두를 손에 들고 왕국을 방방곡곡 돌아다니는 게 아니라 씬데렐라가 다시 나타나도록 똑같은 무도회를 여신 거로군. 나는 또마를 쳐다보았다. 힘이 빠져 그대로 주저앉았다. 정말 너무도 멍청한 짓이었다. 이럴 줄은 몰랐다. 우리는 눈앞에서 펼쳐지는 인형극을 바라보았다. 당연히 그 내용엔 관심이 없었다(이미 다 본 것이 아닌가). 말없이 펀치만 들이켰다.

마리안느가 가끔씩 다가와서 나를 보았다. 눈부시게 아름다운 눈길을 보낼 때도 있었고 뭔가 추궁하는 눈길일 때도 있었다. 마리안느는 손을 내밀었고(나는 그 손을 잡았다가 다시 놓았다), 나를 안았고, 다시 다른 쪽으로 갔다. 그 모습이 너무 아름다워서 마음이 아팠다. 마리안느는 진정 눈부시게 아름다웠다. 마리안느가 내 운명의 여인이 되었어야 했다.

나는 자리에서 일어나 이리저리 돌아다녔다. 누군가와 몇 마디 주고받기도 했다. 그리고 이번에도 역시 술에 취한 채로 침대 겸용 의자 위에서 모호하고 우울한 여정을 마무리했다. 앞에선 허깨비 같은 사람들이 그림자처럼, 하지만 기이한 무게감으로 이리저리 움직이고 있었다. 마치 펀치가 가득 찬 어항 속을 떠다니는 몽유병 환자들 같았다. 난 그저 멍하니 바라보았다. 이곳은 지옥이다. 죽음 후에도 이전의 삶을 그리워하는 자들이 모여서 생전의 즐거웠던 장면을 연출하고 있는 지옥. 아마도 (그냥 저승이 아니라) 진짜 지옥은 이런 곳이리라. 영원한 고통이 아니라, 이미 시들어버린 채로 끝없이 반복되는 것을 바라보는 끔찍한 권태가 있는 곳. 그때 한 남자가 다가오더니 자기 이름을 밝혔다(하지만 잊어버렸다). 전 건축가입니다. 당신은요? 전 아니에요. 전 작가라기보다는 그냥 집주인입니다. 우리는 함께 앞쪽을 바라보았다. 그리고 또요? 그가 물었다. '우산의 문학사'라는 책을 쓰고 있죠. 그 이후엔 우리 둘 다 아무 말도 하지 않았다.

그날 저녁은 정말 잊고 싶다.

10

그날 나의 태도 때문에 우리의 결별이 시작된 건지는 잘 모르겠다. 침대 겸용 의자에 앉은 채로 잠이 들었다가 깨어나보니 새벽이었다. 양쪽을 둘러보았다. 이번에도 역시 펀치 그릇은 다 비어 있고, 또마는 옆 의자에 처박혀 있었다. 마리안느가 나가는 걸 보지 못했는데, 아마도 자러 간 것 같았다(어쩌면 더 나쁜 상황일지도 모른다. 그러니까 마리안느가 날 이 의자에서 끌어내려다 실패한 것일 수도 있다). 간신히 또마가 있는 곳으로 다가갔다. 머리가 깨질듯이 아팠다. 또마를 흔들었다. 데려다줄게. 또마의 나른한 눈길에 놀라움이 스쳤다. 마리안느랑 있지 않고? 어쩌면 바로 그 때문에 아름다운 마리안느와의 관계가 틀어진 건지도 모르겠다.

기대와는 달리 돌아가는 길에 비는 오지 않았다. 우리는 아무 말도 하지 않았다. 또마는 머리를 움켜쥐고 눈을 지그시 감고 있었다. 너하고 마리안느의 관계가 있어도 결국 파티는 이전과 똑같군. 마리안느의 손으로 마련한 파티에, 사람도 같고, 펀치도 같고, 머리가 아픈 것도 똑같아.

나는 대답하지 않았다.

마리안느는 널 무척 사랑하는 것 같아. 그게 잘하는 일인지는 모르겠지만. 지금 나한테 훈계하는 거야? 그래. 연인 사이에 지켜야 할 일에 대해 훈계하는 거야. 얘기하면서도 또마는 계속 관자놀이를 문질러댔다. 또마는 전철에 오른 다음에 다시 물었다. 내 생각을 알고 싶어? 솔직히 말하면 별로 듣고 싶지 않아. 하지만 네 두통이 좀 가라앉을 수 있다면. 넌 지독한 게임을 하고 있는 거야. 또마의 말은 무척 짧고 단호했다. 게임하는 거 아니야. 그래, 그래서 지독하다는 거야. 동화 증후군은 애들이나 걸리는 병인데. 수두나 중이염처럼 말이야. 난 어릴 때 한번도 안 걸려봤어. 또마는 잠시 말을 못했다. 창밖으로 빠리 교외의 풍경이 스쳐지나갔다. 자꾸 슬퍼져. 그런데 정말 왜 슬픈지는 모르겠어. 그래, 바로 그거야. 홍역 같은 거. 어릴 때 걸리면 아무 상관 없는데, 어른이 돼서 걸리면 아주 힘들지. 그 결과도 훨씬 해롭고. 보기도 흉하고, 주위 사람들도 힘들게 하고 말이야. 내 얘길 하는 게 아니야. 마리안느가 힘들다는 거지. 우리집에 가서 커피 한 잔 할까?

아파트로 들어서면서 또마는 평소에 보지 못했던 심각한 표정으로 날 쳐다보았다. 그 구두는 마리안느의 발에 잘 맞을 거야. 마리안느가 발을 삐지만 않는다면 말이야. 하기야 마리보 이후 마리안느*들은 언제나, 무슨 운명의 법칙인지, 발을 삐더군. 뭐, 그래서 매번 전화위복이 되었던 것도 같다만.

내가 지금 문학수업을 들을 나이는 지났잖아. 이렇게 대답하면서도 또마가 정말 마리안느 때문에 슬퍼하고 있다는 게 느껴졌다. 아니면 숙취 때문에 힘들어서 그럴 수도 있었다. 재미있잖아. 나야 뭐 문학에 대해 별로 아는 건 없지만, 내가 보기에 넌 동화 속 세상을 발자끄 소설로 바꾸어놓은 것 같아. 그렇지? 침묵이 흘렀다. 이렇게 말해봤자 넌 시큰둥할지도 모르겠다만, 그래도 한 가지만 얘기하자. 그래, 발자끄 말이 맞지. 발자끄 말대로 우리는 여자들을 통해서 어디든 갈 수 있어. 세상을 얻을 수도 있고. 그리고 이 점에선 넌 제법 잘나가는 편이야. 하지만 우리는 여자들을 통해서 어디든 갈 수 있는 거지, 여자들을 통해서 여자들한테 가는

---

* 마리보의 소설 『마리안느의 생애』의 주인공 마리안느는 귀족 청년 발빌의 마차에 부딪혀 넘어지면서 발을 다치고, 이 일을 계기로 두 사람의 사랑이 시작된다.

건 아니야. 펀치 잔 안에서 그 위대한 진리를 발견한 거야? 아무래도 커피는 나 혼자 마시는 게 나을 것 같다. 또마가 내린 결론이었다. 나는 9구에 있는 멋진 아파트로 돌아왔다.

그때부터 나는 마리안느의 실망을 감내해야 했다. 별장에서 돌아온 마리안느가 던지는 시선을, 묻고 싶은 것이 많은, 슬픔에 젖은 시선을 견뎌야 했다. 그런 상황에서도 마리안느는 섬세한 마음과 인내심을 잃지 않았다. 그럴수록 난 한심한 멍청이가 된 것 같았다. 그럼에도 불구하고 이 모든 것이 개선 가능한 상태 혹은 행동이라기보다는 차라리 운명처럼 느껴졌다. 그 역시 내가 한심한 멍청이라는 증거였다. 그날 저녁 이후에도 마리안느는 여전히 날 사랑했다. 하지만 그 사랑엔 실망과 불안이 섞여 있었다. 결혼 얘기도 사라졌다. 그날 이후 우리의 결혼은 더이상 당장의 문제가 아니었다. 마리안느 주위엔 여전히 마음을 얻고자 하는 남자들이 넘쳐났다. 그들은 내가 이렇게 심드렁하고 우울해하는 것을 보며 놀라워했다. 하지만 나는 내 의자를 부러워하면서 곁눈질하고 있는 그 덜떨어진 인간들한테 관심이 없었다.

그렇다고 내가 엉망으로 행동한 건 절대 아니다. 난 구두를 다시 서가 선반에 집어넣었고, 한동안 잊고 지낸 적도 있다. 마리안느와 함께 있었고 그녀를 배려하고 사랑했다. 그리고 그녀가 행복해하는 것을 보면서 나도 행복했다. 마리안느는 진정 훌륭한 여자였다. 하지만 내 운명의 여인이 어디선가 기다리고 있었다. 한쪽 발에 신발이 없이, 신발을 빨리 가져오라고 재촉하면서 말이다.

겨울이었다. 어느날 아침에 나는 마리안느와 헤어졌다. 내 물건 몇가지와 황금빛 구두를 들고 나왔다. 마리안느는 붙잡지 않았다. 그녀는 무척 슬퍼했지만, 이유도 묻지 않았다. 그녀는 지금 결혼했고 아이도 많이 낳았다.

나의 라스띠냐끄 시절은 그렇게 끝났다. 내 삶은 이제 줄어드는 가죽이 되어버렸다.[*]

11

나는 지붕 밑 작은 아파트로 돌아왔다. '우산의 문학사'도 포기했고, 결국 샹띠이 성을 대충 묘사한 글이 내 인생 최대작으로 남을 것이다. 이후에도 내 지붕 아래로 몇개의 발이 거쳐갔다. 하지만 모두 황금빛 구두에는 맞지 않았다. 그나마 지나가는 발도 점점 줄어들었고, 점점 더 구두에 맞지 않았다. 이제 구두에는 먼지가 앉았다. 씬데렐라를 찾지 못한 나는 그 자매들을, 이복자매들을, 그다음엔 사촌들을, 또 사돈의 팔촌까지를 끌어모았다. 하지만 친족관계를 넓혀갈수

---

[*] 라스띠냐끄는 발자끄의 소설 『고리오 영감』에 나오는 가난한 지방귀족으로 빠리로 상경해 사교계에서 화려한 성공을 꿈꾼다. 또 발자끄의 소설 『상어가죽』에는 주인공의 소원을 이루어주는 마법의 힘을 가졌지만 쓸 때마다 점점 줄어드는 가죽이 등장한다.

록 첫 대상과의 닮은 점은 점점 줄어들었다. 나의 애정생활
은 나의 사회적 지위와 똑같은 곡선을 그렸다. 나는 마리안
느를 보낸 걸 후회했다. 내 인생에서 행복해질 수 있는 단 한
번의 기회를 놓쳐버렸다는 생각까지 들었다. 쥘리도 생각났
다. 또마를 만나는 일도 점점 더 뜸해졌다.

　나는 (귀스따브 모로 미술관이 아니라) 자끄마르 앙드레
미술관의 기념품점에서 별볼일없는 일자리를 하나 구했다.
우편엽서도 팔고 우첼로의 용이 그려진 책갈피 장식, 그리
고 인조가죽으로 된 수첩도 팔았다. 정작 전시실에는 별로
가보지 않았다. 가끔씩 우첼로의 작은 그림「성(聖) 게오르
기우스」*를 보러 가는 게 다였다. 밤이면 문득 궁금해졌다.
도대체 어떤 용을 무찔러야 내 머릿속에 들어앉은 그 우아
한 여인에게 다가갈 수 있는 걸까? 책갈피 장식을 보면서 멍
하니 생각에 잠겼다. 그런 용은 요즈음엔 어떤 형태로 나타
나는 걸까? 또마에게 묻기도 했다. 우리의 마음이 빠져드는
아주 해로운 상태를 상징하는 알레고리일까? 싸워 이겨야
하는 악덕 같은 것 말이야. 그렇다면 어떤 악덕일까? 또마가
날 쳐다보았다. 멍청이라고 생각하는 것 같았다. 바보 같지?
내가 이렇게 묻자, 또마는 어깨를 으쓱했다. 그렇게 부를 수
있겠지. 말도 안되는 일 때문에 인생을 망쳤고, 과녁을 헷갈
렸으니까. 넌 용을 얻으려고 여자를 쓰러뜨린 거야. 성 게오

* 초기 기독교 순교성인. 사나운 용을 퇴치하고 공주를 구한 전설로 유명하다.

르기우스가 술에 취해버린 거지. 뻔히 알면서 여자를 짓밟고, 그런 다음 용하고 팔짱 끼고 가버린 거라고. 내 해석이 맘에 들어? 또마는 그림에 대해서 제대로 아는 게 없다. 자기 전공인 곤충이 아니면 아무것도 모른다.

나는 결국 우첼로의 그림을 보는 것도 그만두었다. 그저 책갈피 장식에 그려진 것을 보는 걸로 만족했다. 어차피 아무도 사용하지 않고 서랍 속에 처박아놓을 건데도 괜히 거창하게 만들어놓은 책갈피 장식 말이다. 나는 다시 찾아다니기 시작했다. 파티마다, 저녁 모임마다 돌아다녔고, 까페와 술집을 배회했다. 늘 황금빛 구두를 가방에 넣고 다녔다. 그날 별장에서의 파티가 열린 지 몇년이 되었지만 이 구두의 주인은 아직까지 실내화를 신고 다닐지도 모르지 않는가. 매번 구두를 신겨보았지만 실망만 이어졌다. 시간이 지나서 그녀의 모습이 달라져버린 게 아닌지, 종(種)의 진화가 너무 급속히 진행되어 여자들의 발바닥 구조가 달라져버린 게 아닌지, 이런 생각이 들 정도였다.

솔직히 말하면 이런 행동이 어째서 비난거리가 되는지 난 잘 모르겠다. 어차피 누군가에 대해 새로 관심이 생기면 이런저런 기준을 세워 상대를 재보곤 하지 않는가. 여자들한테 황금구두를 신어보게 하는 게 그것과 뭐가 다르단 말인가. 꿈꾸어오던 이상형의 여인 혹은 완벽한 애인, 이런 것보다 오히려 훨씬 더 믿을 만하고 객관적인 기준이 아닌가. 어떤 인간이 삐까쏘의 '청색 시대'를 정확히 알고 있는지, 혹은

제법 낭만적인 영혼을 지니고 있는지, 그런 걸 알아내는 것
보다는 발이 신발에 맞는지 물어보는 게 훨씬 합리적이지
않은가. 황금구두를 가방에 넣고 돌아다니는 동안 난 그렇
게 생각했다. 심지어 구두를 벗기면서 그렇게 말하기도 했
다. 하지만 역시 좋은 전략은 아니었다. 구두를 보는 순간
여자들은 대부분 뒷걸음질치거나 아니면 웃음을 터뜨렸다.
때로는 신경질을 내면서 발을 오므리기도 했다. 당연히 난
아무것도 얻지 못했다. 내 애정생활은 재앙에 이르렀다.

12

　나는 섣달그믐 밤에 혼자 부엌에 있었다. 조리대 앞에서
렌즈콩을 곁들여 소금에 절인 돼지고기 편육통조림을 열면
서 잠시 마음이 약해졌다. 수백만명이 멍청이처럼 정확히
같은 순간에 만찬을 해야 하다니, 정말 어리석은 사회가 아
닌가. 하지만 그래봐야 소용없다. 승강기도 없는 칠층 아파
트에서도 사회의 압박이 느껴진다. 난 결국 몇달 넘게 만나
지 못한 또마에게 전화를 했다. 또마는 자기 집에서 작은 파
티를 연다고 했다. 거리낌없이 사회의 관습에 순응하는 것
이다. 나는 렌즈콩을 곁들인 돼지고기를 버려두고 또마의
집으로 갔다. 내 삶에 다시 물꼬를 트기 위해서는 또마의 충
고가 필요했다.

또마의 아파트 거실로 들어서는 순간 다시 한번 깨달았다. 난 아직도 그날 저녁을 잊지 못하고 있다. 그녀가, 환하게 웃으면서, 등받이 없는 의자에 앉아 있었던 것이다. 맙소사. 마치 단 한번도 나의 운명의 여인이었던 적이 없는 것처럼 그렇게 앉아 있었다.

그렇게 오랫동안 찾아 헤매고도 만나지 못하는 바람에 내 정신이 피폐해졌고, 지금까지도 엄청난 후유증에 시달리고 있는데. 지금 이 순간, 전혀 예기치 못한 이 상황은 그야말로 청천벽력이었다. 난 족히 삼십분 동안 아무 말도 하지 못했고 십오분가량은 다리도 움직이지 못했다. 다행히 팔은 쓸 수 있어서 자리에 앉아 술을 마시기 시작했다. 반갑다. 또마가 말했다. 또마는 아주 좋아 보였다. 생기있어 보였고, 재치있고 심지어 멋있어지기까지 했다. 오길 잘한 거야. 나는 삼십분 동안 내내 되뇌었다. 일초 일초 지날 때마다 죽어버릴 것 같았다(삼십분 안에는 일초가 너무 많지 않은가). 잘 온 거야. 나는 환하게 웃고 있는 그녀를 바라보았다. 물론 그녀는 나에게 관심도 없었다. 내 안에서 실로 심각한, 기상천외한 싸움이 일어났다. 장기(臟器)들이 서로 싸우기 시작한 것이다. 심장이 폐에 부딪혔고, 폐는 아주 놀라운 기술로 (비장과) 위를 때렸다.

또마가 다가와서 괜찮으냐고 물었다. 괜찮아. 아주 좋아. 내가 대답했다. 단지, 내 장기들이 다 제자리로 돌아간 건지 잘 모르겠어. 적어도 뇌는 제자리에 있는 것 같군. 또마의 말은 틀렸다. 나의 뇌는 지금 잔을 쥐고 있는 손 안에 접혀 있다. 소개할 사람이 있어. 그렇게 해서 내 안에 남은 부분 이, 긴 의자 위에, 내 운명의 여인 곁에 앉게 되었다. 내 안에 남은 것이 잠시 동안 그녀의 희미하고 상냥한 호기심의 대 상이 된 것이다. 내 소개를 했고, 자끄마르 앙드레 박물관에 서 파는 우편엽서 목록을 알려주었다. 그리고 귀스따브 모 로를 좋아하느냐고 물었다. 한번도 못 들어봤어요. 그녀는 매력적인 미소를 지어 보이며 대답했다. 모로가 내 친구냐 고 물어볼까봐 걱정이 됐다. 그때는 이미 상징주의 미술에 대한 내 취향이 난관에 봉착해 있었기 때문이다(우첼로에 대해서도 마찬가지다).

어떤 일을 하세요? 내가 물었다. 그녀는 보험회사에 다닌 다고 했다. 사람들은 잘 모르지만, 사실은 굉장히 재미있는 일이에요. 사람을 많이 만나고, 계약을 따내기 위해선 매번 작은 도전을 해야 하거든요. 언제나 자기가 가진 힘 이상을 발휘해야 해요. 절대 안주해선 안되죠. 언제나 적극적이어 야 해요. 사무실에도 언제나 활기가 넘치고요. 서로 인사했 지? 또마가 작은 과자를 들고 왔다. 그리고 여자를 쳐다보며 말했다. 여러 번 얘기했지? 바로 그 친구야. 아주 오랜 친구. 나는 내 운명의 여인의 발을 쳐다보았다. 그녀는 굽이 낮은 작은 검정 구두를 신고 있었다. 나는 두 사람에게 말했다. 저기, 몸이 좀 안 좋은 것 같아. 잠시 바람을 좀 쏘이고 올게. 괜찮지?

나는 손님들을 몇명 밀치다시피 지나가서 창문을 활짝 열었다. 차가운 밤공기가 얼굴을 때렸다. 맑은 하늘이 보였다. 문득 난간을 넘어 밖으로 나가고 싶어졌다. 잠시 하늘의 별을 쳐다보다가 맞은편 지붕으로 시선이 갔다. 시커먼 물체가 보였다. 처음엔 고양이나 쥐인 줄 알았다. 하지만 그것은 또마의 신발이었다. 운명의 여인을 처음 만난 바로 그날 숲길로 돌아오느라 엉망이 됐던 신발, 아무 곳으로도 갈 수 없게 된 그 신발이었다. 나는 창가를 떠나 손님들 사이를 돌아다녔다. 서재에 갔더니 개 한 마리가 한가롭게 졸고 있었다. 눈길이 부드러운 멋진 개였다. 착해 보였다. 앞에 쭈그리고 앉아 오랫동안 쓰다듬어주었다. 따뜻한 털 속을 손으로 문지르니 기분이 좋았다. 그리고 인사도 없이 방에서 나왔다.

아마 그들이 살고 있는 그 거리에서였을 것이다. 아파트에서 몇미터쯤 지난 곳에 있는 도랑에 황금빛 구두를 버렸다.

그날 저녁.*

* 지지 주—정확히 말하자. 진실을 다 밝혀야 한다. 그 황금구두를 던져버린 것 말고도 이 슬픈 이야기의 결과는 또 있다. 나는 동화에 대한 내 생각을 큰 소리로 말하고 싶어졌다. 이 주제에 대해 짧은 글을 하나 쓰고 싶었다. '지붕 위의 신발'이라는 신비로운 이름을 붙여서 말이다. 하지만 이번에도 실패했고, 결국 이 멍청한 사건과 상관없는 이야기 하나를 썼다. 제대로 사건이 끝나지도 시작되지도 않는, '복수심'이라는 글이다. 그래놓고 그걸 어디다 두었는지 모르겠다. 다 찾아보았는데 아무데도 없다.

개 같은 성격

정말이다. 우린 사이가 좋았다. 지금 와서 그렇게 두들겨 맞은 개 꼴로, 가련한 얼굴로 날 쳐다보고 있어봐야 소용없다. 그는 분명 후회하고 있다. 그리고 어쩔 줄 몰라한다. 하지만, 진심으로 말하는데, 그건 자업자득이다. 난 원망 같은 걸 오랫동안 마음에 품어두는 성격이 아니다. 절대 그렇지 않다. 더구나 인내심도 있다. 하지만 아무리 그래도 이번엔 정말 한계를 넘어버렸다. 물론 그의 잘못이 아니라는 건 안다. 그가 불행해졌다는 것도 안다. 하지만 그래서 뭘 어쩌란 말인가?

좋은 시절도 있었다. 그것만은 절대 잊지 못할 것이다. 사실 우리는 많은 것을 주고받았다. 우리가 처음 만난 건 내가 아주 어릴 때였다. 그래서 때론, 물론 그가 나보다 더 어른스러운 건 분명하지만, 우리 둘이 함께 커온 것같이 느껴지기도 한다. 우리는 온갖 일을 함께 겪었고, 이사도 같이 했다. 그가 일이 잘 안 풀려 골머리를 썩일 때도 함께했고, 금전적 문제가 생겼을 때도, 내가 병이 났을 때도 함께했다. 언젠가 겨울에 피렌쩨를 여행하던 중에 서로 헤어지는 바람에 휴가가 엉망이 된 적도 있었다(사실대로 말하자면 그가 나를 잃어버린 것이다. 그는 피렌쩨 지리를 알고 있었고 나는 처음 가봤으니까 말이다). 그가 우피찌 미술관을 보러 가던 날 내가 따라가지 않고 혼자 아르노 강가를 산책하다가 길을 잃어버린 것이다. 아무리 함께 여행하는 중이라도 어느정도 독립적이어야 할 때도 있지 않은가.

그리고 또 이 아파트로 이사를 왔다. 그때까지 우린 좁은 공간에서도 아무 문제 없이 잘 지냈다. 그는 좁은 데서 살아서 미안하다고 계속 말했지만, 난 별 상관 없었다. 외출을 하는 날이 많았고, 더구나 우리는 저녁마다 빠리 곳곳을 쏘다녔다. 마냥 즐거울 때도 있었고 몹시 흥분한 때도 있었다. 때로는 그냥 평화롭게 거닐기도 했다. 그런데 그가 쓴 책이 잘 팔리기 시작했고 그러면서 그는 조금씩 유명해졌다. 돈도 더 많이 벌게 되었고, 벽난로가 있고 혼자 쓸 수 있는 서재와 널찍한 방이 있는 이 아파트를 살 수 있었다. 우리는 칵테일 파티를 들락거리기 시작했고, 대부분 멍청하기 그지없는 이상한 사람들을 만나기 시작했다. 그들은 자기들 사회에 속하지 않은 나까지 반갑게 맞아주었다.

하지만 가장 감동적이었던 건 성공을 했음에도 불구하고 그가 별로 들뜨지 않았다는 것이다. 우리의 습관 역시 별로 바뀌지 않았다. 물론 이전에 비하면 세속적인 가치에 신경을 더 많이 쓰게 된 건 사실이지만, 우리는 나름 엄격한 규율에 따라 생활했다. 우린 둘 다 그런 생활이 잘 맞았다. 그는 늘 일이 많았고, 난 그가 일하는 모습을 보는 게 좋았다. 그가 일을 할 때면 난 계속 그를 바라보고 있었다(원래 나는 기질상으로도 관조하는 것을 좋아한다. 어릴 때도 그랬다). 그럴 때가 아마도 내가 그를 가장 좋아하는 시간이었을 것이다. 난 다른 일을 하는 척했지만, 사실 한 눈은 늘 그를 보고 있었다. 눈썹을 찌푸리고, 담배에 불을 붙이고, 창밖을 바라보는 그의 모습을 보았다.

이 아파트는 우리처럼 몽상적인 기질에 아주 적합한 곳이다. 창문으로 철길이 보이고, 물론 안마당으로 난 창문들도 있지만, 정사각형 창문 가득 넓은 하늘이 담겨 있다. 집 안에서 이만큼 하늘을 볼 수 있다는 건 빠리에서는 쉬운 일이 아니다. 기차가 지나가는 것도 곧 익숙해졌다. 바로 이 아파트에서 그는 소설을 완성했다.

그렇게 세상에 나온 새 소설은 비평가들의 찬사를 받았다. 아마도 그의 경력 중 최대의 성공이었을 것이다. 객관적으로 봐도 충분히 성공할 만했다. 정말 멋진 책이었고, 내가 봐도 지금까지의 책 중에 가장 좋았다. 원고를 쓰는 동안 나한테 계속 읽어주기까지 했기 때문에 거의 다 외우고 있다. 지금은 날 이렇게 화나게 하고 실망시키고 있지만 그래도 한 가지만은 인정하지 않을 수 없다. 그러니까 그의 작품에는 놀라운 재능과 감수성, 관대함이 있으며, 그 누구도 부정할 수 없는 보기 드문 능력, 즉 예술을 삶에 직결된 문제로 만들어내는 능력이 있다는 것이다. 그는 내가 본 사람들 중에서 가장 훌륭했다. 별것도 없으면서 거들먹거리는 사람들하고 달랐고, 자기가 무슨 플로베르나 마야꼬프스끼나 되는 양 문단의 거물인 척하는 사람들하고도 달랐다. 물론 난 문외한일 뿐이지만, 세속적인 월급쟁이나 다름없는 사람들, 개밥을 만들듯이 책을 쓰는 사람들을 단호하게 경멸한다(사실 두 가지는 비슷하다). 예술이란 그런 것이 아니다. 적어도 그에게 배운 바에 따르면, 예술은 진지한 것이며 힘겨운 작업을 필요로 하는 것이다.

하지만 그는 이만한 성공에 미처 준비가 안돼 있었던 것 같다. 사실 원래가 쉽게 불안해하고 그래서 옆에서 달래주어야 하는 성격이기도 했다. 어쨌든 그의 아파트에는 출판계가 낳을 수 있는 가장 피상적이고 지저분한 것들이 모두 쏟아져들어왔다. 오메*가 훈장을 달고 다니듯(나도 문학에 대한 기본적인 소양은 있다) 양복 안쪽에 부패를 달고 다니는 사람들이 몰려왔고, 어리석으면서도 거만하게 문학 어쩌

---

* 플로베르의 소설 『보바리 부인』의 등장인물.

고 떠드는 말들이 울려퍼지기 시작했다. 제아무리 공들여 치장해봐야 그건 결국 장사꾼의 언변이고 문지기들의 수다였다. 아파트의 공기는 오염되어 악취를 풍겼다. 그럴 때면 나는 서재에 틀어박혀 거실에서 들려오는 소음이 사그라지기를, 마지막 꼭두각시까지 다 나가고 어서 문이 닫히기를 기다렸다. 모두가 떠나고 나면 그가 약간 취기가 오른 상태로, 조금 혐오스러운 모습으로 서재로 찾아왔다. 그는 아무 말 없이 한참 동안 나를 쳐다보다가는 매번 같은 질문을 했다. 내 모습이 실망스러워? 그런 건 아니었다. 단지 그가 시궁창 속을 헤매는 것이, 우리의 아파트에 구역질나는 냄새를, 한참이 걸려도 빼기 힘든 냄새를 끌어들이는 것이 슬펐을 뿐이다. 다행히도 그에겐 아주 유익한 습관이 있었다. 자러 가기 전 그때가 몇시든 상관없이 서가의 책을 꺼내들고 독서를 하는 것이다. 불길하고 집요한 유령들이 꿈에까지 나타나지 않게 하기 위한 일종의 정화의식이었으리라. 그러면 나는 조용히 다가가서 몸을 기댔다. 나에게 가장 중요한 건 그가 다치지 않는 것이었다. 그렇게 책을 읽는 그에게 기대 있는 동안 내 마음 깊은 곳에서 사랑이 느껴졌다. 내가 무슨 영혼을 보는 능력이라도 지닌 듯, 그의 영혼이 보이는 것 같았다. 아름답기 그지없지만, 추하고 더러운 것들 앞에서 너무 여리고 쉽게 무장해제되어버리는 영혼이었다. 그런 영혼을 지켜내기 위해서는 아주 많은 노력이 필요했고, 그래서 그는 저녁모임이 끝나면 완전히 녹초가 되곤 했다. 밤마다 함께 산책하던 시절이 그리웠다.

하지만 이런 문제가 우리 관계를 망친 것은 아니었다. 더 대책없는 다른 문제가 있었다.

난 원래 질투가 많은 성격이 아니다. 어찌할 수 없는 욕망이란 게 있고, 마음이 움직이면 그대로 따를 뿐 다른 방법이 없다는 것도 잘 알고 있다. 그렇기 때문에 스쳐가는 여자들, 잠시 동안 이 아파트를 드나드는 여자들에 대해서는 과감히 눈감아줄 수 있었다. 끌로쏘프스끼는 이것을 삼각관계라 부르며 무척 놀라워했다. 이런 상황을 감내한다는 건 인내심이 지나친 거라고, 그래서는 안된다고도 했다. 나는 끌로쏘프스끼를 좋아한다. 나와 가장 친한 친구이다. 하지만 우리는 삶의 원칙이 다르다. 끌로쏘프스끼는, 굳이 표현하자면, 심리적 유연성이 부족하다. 강직하기가 꼭 카토* 같다. 하지만 내가 보기에 끌로쏘프스끼는 삶이 무엇인지, 인간의 마음이 어떤 건지, 이런 걸 잘 모른다. 내가 이 상황을 받아들이는 건 절대 그의 환심을 사기 위한 행동이 아니다. 너그러워서 그런 것도, 체념하는 것도 아니다. 오히려 세상 돌아가는 이치를 좀더 속속들이 알고 있기 때문이다. 어차피 오래가지 못할 여자들이 가끔씩 와 있다고 해서 무언가를 빼앗기거나 나의 어떤 것이 사라졌다는 생각은 들지 않았다. 치욕스러울 것도 없었다. 내 생각은 옳았다. 그런 여자들은 무

* 고대 로마의 정치가, 장군. 엄격한 도덕규범의 회복을 주장했다.

척 놀라워하면서도 그와 내가 애써 만들어놓은 조화로운 관계를 흔들지는 못했다. 끌로쏘프스끼로서는 절대 이해할 수 없는 일이었고, 결국 조금 전 나와 얘기를 나누면서 자기가 이겼다는 걸 확인했을 것이다. 하지만 내가 워낙 힘들어했기 때문에 끌로쏘프스끼는 이기고서도 무척 씁쓸했을 것이다. 끌로쏘프스끼는 자기 말이 옳았기 때문에 마음이 아프게 된 것이다. 어쨌든 난 이 문제에 대해서 나 스스로에게 거리낄 것이 없다.

그의 삶에 끌레망스가 뛰어들었을 때, 그녀가 이전의 여자들과 다르다는 것을 난 금방 알아차렸다. 전혀 기분 나쁘지 않았다. 오히려 반대였다. 그녀가 처음으로 우리 아파트에 들어오던 순간, 난 바로 그녀가 어떤 여자인지 알 수 있었다. 난 육신을 보면 그 안의 영혼을 볼 수 있는 능력이 있지 않은가. 정말이다. 물론 그가 미리 얘기해주기는 했다. 저녁식사에 초대를 받았는데, 난 감기 때문에 따라가지 못했고, 바로 그곳에서 두 사람이 만난 것이다. 끌레망스를 처음 본 순간을 절대 잊을 수 없다. 그녀는 문턱에서 수줍은 듯 망설이며 다가왔고, 우린 나란히 서서 바라보고 있었다. 그녀뿐 아니라 우리도 주눅든 것처럼 어색했다. 특히 그는 다른 때보다 훨씬 들떠 있었고, 유난히 자신감이 없어 보였다. 결국 내가 끌레망스 쪽으로 그를 밀어 보냈다. 그렇게 하지 않으면 모두 밥도 안 먹고 돌부처들처럼 서로 바라만 보고 있을 것 같았다. 마침내 그가 끌레망스에게 다가갔고, 손을 잡아

데리고 들어왔다. 그는 꼭 어린애 같았다. 실로 감동적인, 하지만 끌로쏘프스끼라면 여전히 시큰둥해할 장면이었다. 끌레망스는 들릴락 말락 한 소리로 인사를 하면서 안으로 들어섰다. 두 사람은 마치 처음 키스를 하는 청소년들처럼 어색해했다. 다행히도 내가 있었다. 그가 내 쪽을 돌아보며 웃음 띤 얼굴로 말했다. 플록을 소개할게. 내 개야. 나는 앞으로 다가갔다.

그 순간에 그나마 정신을 차리고 있던 건 나 혼자뿐이었던 것 같다. 끌레망스가 나를 보면서 살짝 웃음을 지었다. 수줍은 듯 너그러워 보이는 그녀의 미소는 너무나도 매력적이었다. 솔직히 말하면 난 그대로 녹아버렸다. 그녀는 몸을 숙여 웅크리고 앉아서 내 머리를 부드럽게 쓰다듬었고, 내 귀를 다정하게 만져주었다. 안녕, 플록. 그 순간 난 알 수 있었다. 이 여자는 지금까지의 여자들과 다르다. 지금 문에 들어선 건, 내 앞에 몸을 굽히고 있는 건, 진짜 사랑이다. 그녀는 계속 나를 쓰다듬으면서 고개를 들어 그를 바라보았다. 나도 그때 그의 모습을 보았다. 두 눈에 분명 사랑이 담겨 있었다.

이어 그녀는 내가 무척 잘생겼다고 말했다. 하지만 그 말 때문에 내가 넘어간 거라고 생각해선 안된다. 그런 감언이설로 내 환심을 사고 그렇게 해서 그의 마음을 얻으려 했던 멍청한 여자는 하나둘이 아니었다. 절대 그 때문이 아니다. 조금도 망설이지 않고 말할 수 있다. 그녀는 나를 정복해버렸다. 또 그녀는 진심으로 그를 깊이 사랑했다. 분명했다. 그녀는 그가 잘되기를 바랐다. 보기 드문 일이었다. 진정으로 그가 잘되기만을 바란다는 걸 그녀는 이후 충분히 증명해 보였다.

그날 오후 끌로쏘프스끼를 만났다. 내 얘기를 듣고 나면 보나마나 훈계를 늘어놓을 줄 알고 있었지만, 신이 나서 다 말했다. 끌로쏘프스끼는 나보다 나이가 많다. 그리고 나이를 내세워 잘난 체를 좀 하기도 한다. 하지만 그다지 거슬리지 않는다. 끌로쏘프스끼는 속내를 잘 드러내지는 않지만 상당히 기품있는 성격이다. 때로는 조금 무례하게 느껴질 정도로 솔직하게 얘기하는 편이다. 우리 사이엔 그 무엇도 가로막을 수 없는 우정이 존재했다. 이곳으로 이사오던 날 처음 만났을 때부터 느꼈다. 그날 난 어디가 어딘지 몰라서 어리둥절해하고 있었는데, 그런 모습을 본 끌로쏘프스끼가 조용히 다가왔다. 그리고 환영인사를 하면서 동네 구경을 하겠냐고 물었다. 끌로쏘프스끼는 나를 대할 때 언제나 그렇게 아버지 같고 보호자 같은 태도이다. 오늘도 그랬다. 정말 날 아끼는 것 같다.

의견이 일치하지 않을 때도 많았지만, 그럼에도 불구하고 난 단 한번도 끌로쏘프스끼의 지혜에 이의를 제기해본 적이 없다. 사실 그는 교양도 상당히 풍부하다. 덕분에 나도 많이 배웠다. 끌로쏘프스끼의 교양은 십년 넘게 함께 살고 있는 그의 주인 덕이 크다. 아주 훌륭한 서가를 가지고 있고, 속을 알 수 없으면서 편집증적인 성격의 노인이다(그들이 사는 집에는 한번도 가보지 못했다). 끌로쏘프스끼*란 이름을 지어준 것만 봐도 알 수 있지 않은가. 우리는 때로 문학에 대해 열정적인 대화를 나누었다. 여행은 내가 훨씬 많이 해봤다. 끌로쏘프스끼는 피렌쩨에도 못 가봤고, 주인의 작은 별장이 있는 오베르뉴에 몇번 가본 게 다였다(끌로쏘프스끼는 그곳이 아름다운 고장이라고 하지만, 워낙 점잖은 그의 성격을 고려할 때 정말로 그런지는 알 수 없다). 끌로쏘프스끼는 또 도덕적 문제에 대해 쉽게 타협하지 못하는 성격이다. 아마도 오랫동안 함께 지낸 주인하고 관련이 있을 것이다. 끌로쏘프스끼는 지금껏 주인과 단둘이 지내왔고, 둘의 삶은 지극히 잘 정돈되어 있다. 절대 비판하려는 말이 아니다. 하지만 그 사실에 비추어 여러가지가 설명되는 건 분명하다.

처음 만난 날 우리는 이런저런 얘기를 하면서, 여기저기 코를 킁킁거리면서 같이 쏘다녔다. 끌로쏘프스끼가 아는 이들도 소개받았는데, 빠리에 살면서도 별로 돌아다니지 않기 때문인지 주로 가까이 사는 이웃들이었다. 특히 마르끼라 불리는 적갈색의 개는 아주 거만하다. 내가 별로 좋아하지 않는 타입이다. 오늘 있었던 일 때문에 변덕이 나서 이러는 게 아니다. 끌로쏘프스끼도 마르끼를 별로 좋아하지 않는다. 하지만 어쩌겠는가. 이웃을 내 맘에 맞게 고를 수는 없지

---

* P. Klossowski(1905~). 20세기 프랑스의 작가, 평론가, 번역가.

않은가.

　그날 이후 끌로쏘프스끼와 나는 적어도 하루에 한번씩은 꼭 만났다. 비가 오는 날엔 길 끝에 있는 세탁장 차양 아래서 비를 피해가며 얘기를 했다. 이유는 잘 모르겠지만 난 그 세탁장에서 나는 냄새가 좋았다. 끌로쏘프스끼는 그곳이 인간 조건을 관찰하기에 이상적인 장소라고 했다. 실제로 그곳에 한참 있다보면 모든 종류의 인간(특히 여자들)을 볼 수 있다. 우리는 지나가는 사람이 어느 나라 사람인지 맞히면서 놀기도 했다. 끌로쏘프스끼는 나보다 여행은 훨씬 적게 했으면서도 지리를 잘 알기 때문에 더 잘 맞혔다. 물론 그렇게 놀다보면 우울해질 때도 많다. 비참한 삶의 흔적이, 비참함에 찌들어 지친 흔적이, 그리고 그리움의 흔적이 쉽게 드러나는 얼굴들을 만나기 때문이다. 너무도 피곤해 보이는 여자들이 각기 아이 넷, 다섯, 여섯이 입을 빨래를 산더미처럼 들고 지나가기도 했다.

　하지만 즐거울 때도 있다. 재잘거리는 소리가 날 때도 많고, 때로 웃음소리도 들려온다. 듣고 있노라면 어느새 입가에 웃음을 띠게 되는 소리들이다. 세탁장을 오가는 여자들도 우리를 보았고, 때로는 과자나 사탕을 주기도 했다(나는 특히 아랍 과자를 좋아하는데, 그렇게 자주 얻지는 못했다. 사실 그 과자는 이빨에 잘 달라붙는다). 끌로쏘프스끼는 그렇게 세탁장 앞에 앉아 있는 동안 인간들의 삶에 대해서, 그들이 처한 위험에 대해서, 그들의 사악함과 연약함에 대해서, 그들이 지닌 진정한 인간성의 정도에 대해서 생각하곤 했다. 때로는 안에서 거친 싸움이 벌어지기도 한다. 속옷 하나를 놓고 서로 자기 거라고 다툴 때도 있고, 세제통이 쏟아지는 바람에 싸움판이 벌어지기도 한다. 진짜로 치고받을 때도 있고, 어떨 땐 그냥 위협만 하다 끝나기도 한다. 그럴 때면 끌로쏘프스끼는 한숨을 쉬며 말했다. 인간은 인간에게 늑대로다.* 하지만 난 그들을 이해할 수 있다. 원래 나쁜 사람이 아니라 가난해서 그런 거다. 한달치 세제가 충분하지 못한 사람들은 세제 한 통이 쏟아진 것에 대해 아무렇지도 않을 수가 없는 것이다. 저들이 광포해진 것은 비참한 가난 때문이다. 다른 사람들에 비해 더 나쁘지도 좋지도 않은 사람들이다. 정작 저들이 감당해야 하는 삶까지 고려한다면 오히려 더 좋은 사람들일 수도 있다.

그러니까 우리는 그곳에 서서 사람들이 지나가는 것을 보고 비가 내리는 것을 보면서 수다를 떨었다. 날씨가 좋을 땐 동네를 돌아다니기도 했지만, 절대 멀리 가지는 않았다. 책을 읽고 나서 얘기를 나누기도 했다. 끌로쏘프스끼의 주인은 독서취향이 까다로운 편이다. 최근엔 끌레망스 얘기를 많이 했다. 정확히 말하면 내가 많이 했다. 사실 끌레망스가 우리 아파트 문턱을 넘어 들어온 그날 이후 난 쉬지 않고 그녀에 대해 얘기했다.

* 고대 로마의 희극작가 플라우투스의 말.

처음엔 끌레망스가 그토록 다정하고 섬세하며 신중한 건 숫기 없는 성격 때문이라고 생각했다. 심지어 우리집이 편하지 않아서 그렇다고 생각하기도 했다. 하지만 진짜 문제는 그가 너무 서툴다는 데 있었다. 한번도 본 적이 없는 모습이었다. 분명 사랑에 빠졌기 때문이다. 난 끌레망스가 편해질 수 있도록 그야말로 뭐든지 다 했다. 심지어 상당히 힘든 애정 표시까지 해 보였다. 그녀의 발밑에서 뒹굴기도 했고, 새끼강아지처럼 낑낑대기도 했다. 그렇게 해서 그녀를 웃길 수 있었다. 좀 투박한 방법이라는 건 인정한다. 이 얘기를 들은 끌로쏘프스끼는 너무 자주 써먹지 말라고 주의를 주기도 했다. 하지만 난 진심이었다. 끌레망스는 너무나 다정했다. 숫기가 없어서 그런 게 아니라, 지금껏 내가 알던 그 어떤 여자보다 섬세하고 조금은 연약했다. 상처를 다시 들쑤시고 싶지는 않지만, 끌레망스처럼 사랑을 아는 여자를 다시 만날 수는 없을 것이다. 더구나 그녀는 무척 예뻤다. 이건 처음부터 끌로쏘프스끼한테도 한 말이다. 그 아름답고 순수한 얼굴을 처음 보는 순간 내 가슴이 요동쳤다. 얼굴이 어린애 같다는 말이 아니다. 진정한 여인의 얼굴이지만 단 한번도 악(惡)을 겪어보지 못한 듯이 맑은 얼굴이었다. 케르베로스가 들으면 싫어하겠지만, 귀하면서도 잘난 체하지는 않는 얼굴이었다.

케르베로스는 이웃집 여자가 기르는 고양이다. 나하고는 좀 파란만장한 사이이다. 서로 미워하는 건 아니다. 절대 아니다. 단지 난 그가 무슨 귀족이나 되는 양 거들먹거리면서 무심한 척하는 게 싫다. 조심성 없는 것도 싫고, 언제나 말썽을 일으키는 것도 싫다. 케르베로스에게는 매일매일 사람들 사이에서 일어나는 사소한 말썽거리가 바로 자신의 존재이유이고, 또 자기도 그런 말썽을 일으킨다. 내 생각엔 이름에 상당히 콤플렉스가 있는 것 같다. 사실 고양이에게 케르베로스란 이름을 지어준 건 그다지 현명한 일이 아닌 것 같다. 분명 심리장애를 유발할 것이다(끌로쏘프스끼의 주장이다).

케르베로스는 거의 층계참에 붙어 있다. 온종일 그곳에 앉아서 모든 걸 살피는, 말하자면 아파트 관리인인 셈이다. 문소리가 나면 달려가보기도 한다. 끌레망스가 오던 날도 당연히 놓치지 않았다. 그러더니 바로, 끌레망스가 가식적인 것 같다고 말했다. 사실 이 말은 케르베로스가 여자를 전혀 모른다는 것을 보여주는 증거라고 할 수 있다. 하지만 정작 케르베로스의 주인은 여자다. 내 생각엔 그냥 샘이 났던 것 같다. 끌레망스가 한번도 아는 체를 해주지 않았기 때문이다(끌레망스가 올 때마다 관심이 없는 척하면서도 언제나 눈에 띄는 곳에 나와 앉아 있었는데도 말이다). 끌레망스가 다녀간 며칠 뒤 케르베로스가 말했다. 두고 봐. 두 사람은 잘 안될 거야.

수고양이 케르베로스의 말은 완전히 틀렸다. 자기 주인을 가장 이상적인 여자로 생각하고 있기 때문에 그렇게 말한 것일 수도 있다. 사실 케르베로스의 주인도 나름 괜찮은 편

이다. 하지만 소용없다. 그녀는 끌레망스가 아니니까. 케르
베로스는 이어 무슨 예언자나 되는 양 거들먹거리면서 알아
들을 수 없는 복잡한 얘기를 떠벌렸다. 하기야 원래부터 케
르베로스는 복잡한 이야기를 좋아하고, 때론 없는 것도 지
어내곤 한다. 예를 들면 자기 집에서 이상한 강도사건이 있
었다는 거다. 그러니까 자기 주인의 옛날 애인이 밤에 몰래
들어온 걸 자기가 부엌과 욕실에서 보았다고 했다. 물론 아
무도 본 사람이 없고 소리를 들은 사람도 없다. 케르베로스
는 이런 유의 이야기를 좋아한다. 그야말로 소설을 쓰는 셈
이다. 두고 봐. 이 얘기는 좋게 끝나지 않을 거야. 내 주인하
고 옛날 애인 얘기처럼 말이야. 멋대로 떠들어라.

케르베로스 때문에 난 짜증이 났다. 끌레망스에 대해서
그렇게 함부로 말을 지어내는 건 용납할 수 없는 일이었다.
물론 처음부터 내가 좀 거칠게 반응했고 현명하지 못했다는
건 인정한다. 하지만 그건 케르베로스가 서푼짜리 예언과
불길한 예감을 떠들어대면서 일부러 날 부추겼기 때문이다.
나는 이렇게 대답했다. 그야 검은 고양이가 하는 말이지. 언
제나 불행을 가져오는 검은 고양이들 말이야. 케르베로스가
듣기 좋았을 리 없다. 당연하다. 하지 말았어야 할 말이다.
우리는 한동안 으르렁거렸고, 결국 내가 찾아가서 사과를
하면서 다시 화해했다(끌로쏘프스끼가 그렇게 하라고 충고
했다). 그리고 케르베로스는 이전과 똑같이 다시 시작했다.
하지만 이제 난 한 귀로 듣고 한 귀로 흘려버린다. 사실 난

특별히 미신을 믿지도 않고, 편견도 없으며, 무엇보다 케르베로스가 밉지 않다. 케르베로스는 심술궂은 게 아니고 그저 조금 권태로울 뿐이다. 난 그저, 이유는 모르겠지만, 끌레망스가 우리 아파트에 드나들 때마다 케르베로스가 계단 구석에 웅크리고 앉아서 관찰하는 게 싫었다. 끌로쏘프스끼한테도 말했다. 정말이야, 검은 고양이라서 그런 건 아니야. 정말로 불행을 불러온다는 게 아니고, 그렇게 끌레망스를 쳐다보는 게 싫어. 꼭 슬그머니 흘겨보잖아. 미래를 볼 줄 아는 척하면서. 도대체 뭘 아는데? 그래 봐야 고양이일 뿐이잖아. 그야 그렇지. 끌로쏘프스끼가 대답했다. 하지만 케르베로스의 직관력이나 지식을 그냥 무시해버리면 안돼. 검은 고양이는 우리와 달리 아홉 번을 산다잖아. 그러니까 더 많이 알 수도 있을 거야. 하지만 난 알아. 그 아홉 번 중에 지금은 첫번째 삶이 분명해. 그래, 갓 태어난 애송이가 아니라는 건 인정해. 하지만 그렇게 많이 아는 건 아니야. 성품이 좋은 것 같지도 않아. 어떨 때 보면 정말로 일이 잘못되기를 바라는 것 같아.

어쨌든 두 사람의 열애는 이어졌다. 그야말로 옛날이야기로군. 마르끼가 빈정거렸다. 그래서 어쩌란 말인가. 맞는 말이다. 정말 옛날이야기였다. 그렇게 빈정거릴 필요는 없지 않은가. 헤어질 때 (전혀 야하진 않았지만 무척 오랫동안) 키스를 한 뒤 끌레망스가 나가고 문이 닫히면, 내 쪽으로 다가오는 그의 눈에는 늘 눈물이 맺혀 있었다. 그런 다음 그는 머리를 나한테 기대고 누운 채로 말이 없었다. 그에게선 여전히 끌레망스의 향수냄새가 났다.

그녀는 명랑하기도 했다.

그녀가 가진 장점이라는 것 말이야, 네가 좀 부풀리는 거 아냐? 마르끼가 말했다. 너무 많잖아. 예쁘고 다정하고 섬세하고 세련되고 명랑하다니. 마르끼는 끌로쏘프스끼를 보면서 이런 말도 했다. 천체물리학으로 노벨상도 받았고, 요리도 잘하겠군. 정말 맘에 안 드는 개다. 정작 길에서 끌레망스와 마주쳤을 땐 꼼짝도 못했으면서 말이다. 심지어 우리가 지나간 뒤에, 원래 품행이 나쁜 개이기는 하지만, 끌레망스를 향해 계속 짖어대기까지 했다. 그녀는 명랑했다. 정말이다. 정작 자기 자신은 알지 못했겠지만, 그녀는 한동안 우리 아파트의 대기를 오염시켰던 그 사이비 사교계의 인물들을 몰아내버렸다. 그녀가 있으면 그는 즐거워했고 때로는 어린애가 되기도 했다. 마르끼는 노벨상 어쩌고 하면서 빈정거렸지만, 끌레망스는 실제로 굉장히 복잡하고 중요한 걸 연구하는 사람이었다. 잠자리에선 어떨 것 같아? 마르끼가 물었다. 천박한 개.

끌레망스가 우리 아파트에 머무는 시간이 점점 더 길어졌다. 때로 사흘, 나흘, 닷새 동안 있다 가기도 했다. 두 사람은 각자 자기 일을 하다가 키스를 했고 다시 웃으며 일을 시작했다. 집 안 양쪽 끝에 자리잡고 각자 일하면서, 서로 상대방을 부르다가 깊은 침묵이 이어지는 식이었다. 차도 마셨다.

아마도 차가 인간의 뇌 활동에 도움을 주는지, 굉장히 많이 마셨다. 나도 한번 맛을 본 적이 있다. 정말 별로였다. 케르베로스는 차는 당연히 맛이 아주 좋다고, 아주 세련되고 섬세한 맛이라고 주장하며 거들먹거렸다. 불쌍한 고양이.

때로 그는 날 서재로 데려갔다. 한쪽 서가에 서서 앞에 꽂힌 책들을 가리키면서 물었다. 그녀가 어떤 책에 속할 것 같아? 어떤 인물하고 가장 닮은 것 같아? 정말로 난 그런 식으로 거들름 피우는 게 맘에 들지 않았다. 이렇게 말하고 싶었다. 그게 뭐가 중요해? 우리는 실재의 삶을 살고 있잖아. 바로 이곳 말이야. 하지만 끌로쏘프스끼의 생각은 달랐다. 너 프루스트를 안 읽었구나(사실이다. 난 한번도 프루스트의 소설을 읽은 적이 없다. 끌로쏘프스끼는 주인이 『잃어버린 시간을 찾아서』를 다 읽어주었다고 했다. 나 같으면 못 버텼을 것이다). 시작 부분에 보면 스완이 보띠첼리의 그림에서 오데뜨의 흔적을 발견하는 장면이 나오거든. 바로 그 순간 사랑에 빠지지. 예술의 프리즘은 유용한 거야. 무슨 말인지 알겠어? 우리한테 공기가 소중한 만큼 인간들한테 예술은 생명에 직결된 중요한 거란 말이야. 세탁장 차양 아래서 이런 얘기를 한다는 게 우스웠다. 예술의 프리즘이란 게 이 장소와 다를 게 무엇인가. 더구나, 물론 난 프루스트를 읽은 적이 없지만, 끌로쏘프스끼가 얘기해준 대로라면 어차피 그 스완이라는 인간이 행복해진 것도 아니지 않은가.

우리는 셋이 함께 자주 외출했다. 처음엔 난 그냥 있고 싶었다(너무 끼어들지 말라는, 지혜로운 끌로쏘프스끼의 충고도 있었다). 하지만 그녀가 꼭 날 데려가려 했고, 난 결국 못 이기는 체하고 따라나섰다. 우리는 그렇게 멋진 저녁시간을 보냈다. 예를 들면 지난 연말 파티 땐 곤충을 좋아하는 위층 남자의 집에 갔었다(곤충을 좋아하다니, 분명 무척 심심하니까 그런 데 관심을 가지는 거겠지? 이 말에 끌로쏘프스끼는 학자연한 태도로 대답했다. "소일거리 없는 왕은 가련하기 그지없는 인간이도다"*). 아주 분위기가 좋은 파티였고, 모두 신나게 즐겼다. 난 방해하지 않으려고 책상 밑에 들어가 있었다. 사실 난 춤추는 걸 좋아하지 않는다. 그런데, 모두가 즐겁게 노는데, 딱 한 사람이 그러지 못했다. 누군지 모르겠지만 너무도 불행해 보였다. 그는 떠나기 전 슬픔에 젖은 얼굴로 오랫동안 날 쓰다듬었다. 나는 우리를 오랫동안 다정하게 쓰다듬는 사람들을 별로 믿지 않는다. 그들은 뭔가 마음속에 큰 고통이 있어서 그걸 달래느라 우리의 털을 만지는 것이다. 그때까진 기분이 상당히 좋았는데, 그의 넋 나간 얼굴을 보고 있노라니 흥이 깨지는 것 같았다. 지금 와서 하는 말이지만, 예감이 좋지 않았다(케르베로스의 예언과는 상관이 없다). 결국, 정말로, 그즈음이 마음껏 즐긴 마지막 시간이 되었다. 파티의 끝을 알리는 시계소리가 열두 번 울린 것이다.

* 지오노의 소설 『소일거리 없는 왕』에 나오는 구절로, 빠스깔의 『빵쎄』에서 인용한 것.

그는 새 책을 읽기 시작했다. 그러면서 상황이 꼬이기 시작했다.

그러니까 얼마 전부터 그리스 비극을 다시 읽기 시작한 것이다. 그는 거의 매일 나에게 긴 구절들을 읽어주었다. 끌레망스가 있을 때는 같이 들었다. 나는 그 시간이 무척 좋았다. 끌로쏘프스끼하고 할 얘기가 많아지기도 했다. 하지만 그 결과는 끔찍한 재앙을 낳았다. 정말 그랬다. 그리스 비극을 읽으면 안된다는 말을 하려는 건 아니지만 위험한 건 사실이다. 그리스 비극은 영원한 것에 대해, 인간 조건에 대해 (개들의 조건에 대해서는 거의 말하지 않는다. 어쩌다 나와도 듣기 좋은 건 없다), 삶의 의미에 대해, 운명에 대해 이야기한다. 이건 마르끼가 한 말이다. 무척 거창해 보이지만, 사실 마르끼는 별로 아는 게 없다. 그저 폼을 잡을 뿐이다. 심지어 놈은 소포클레스가 안경 종류인 줄 알고 있다(모노끌, 비노끌처럼 말이다. 멍청이).*

어쨌든 처음엔 그의 새로운 독서에 뭔가 마법 같은 힘이 있었다. 내가 끌레망스의 무릎에 머리를 대고 누우면 끌레망스는 내 귀를 살살 만져주었다(그러면 난 기분이 무척 좋아진다). 우리는 그렇게 안티고네의 호소와 클리타임네스트라의 저주를 들으며 행복해했다(클리타임네스트라라는 이름의 암캐를 하나 알고 있는데, 솔직히 말해서 정말 어울리

* 프랑스어에서 소포클레스는 '쏘포끌(Sophocle)'이라고 쓴다. '모노끌 (monocle)'은 외알안경, '비노끌(binocle)'은 쌍알안경을 뜻한다.

는 이름이다). 서재로 자러 갈 때쯤 내 머릿속은 온통 낯선 이름들과 비극적인 오해들로 가득 차곤 했다.

하지만 바로 이 독서로 인해서 끌레망스와의 아름다운 이야기는 옆길로 빠져들기 시작했다. 그는 손에 든 책의 시적 매력에 사로잡혔고, 그 속에서 다음번 책의 영감을 얻고자 했다. 좀더 정확히 말하자면 소포클레스의 『필록테테스』가 그의 머릿속을 차지해버린 것이다. 차라리 희극을 읽었으면 어땠을까. 아리스토파네스 같은 작가 말이다. 그래, 그랬더라면 넌 최소한 고대 그리스어 욕을 배울 수 있었겠군. 모르는 게 없는 끌로쏘프스끼의 말이었다. 처음엔 그냥 연극을 각색해보는 정도였다. 생각만큼 진척이 안돼서 좀 조급해하기는 했지만, 그때까진 아무 문제가 없었다. 의혹에 시달리면서 글이 잘 써지지 않는 것쯤은 이미 여러 번 겪어본 일이었다. 끌레망스의 부드러움이 그의 불안을 어느정도 달래준 것도 사실이다. 그런데 얼마 후 그는 소포클레스의 연극을 각색하는 게 아니라 아예 소설로 다시 쓰기로 했다. 원래의 이야기에 유머를 좀 첨가하고 원전인 희곡에 너무 얽매이지 않겠다는, 나름 괜찮은 생각이었다. (예를 들면 이야기는 지붕 위에서 일어난다. 너무 인위적이야. 케르베로스가 말했다. 차라리 수퍼마켓이나 골프장이 낫잖아? 현대적으로 만들려고 그러는 거야? 아님 독창적으로? 이번엔 문학적 소양을 뽐내는 거다. 정말 미치겠다. 난 그가 왜 지붕을 선택했는지 알고 있다. 그래서, 마치 먼 곳을 바라볼 때처럼 눈을 찌푸리면서, 약간 신비로운 표정을 지으며 케르베로스에게 말해주었다. 다 의미가 있는 거야. 그랬더니 케르베로스는 잠잠해졌다.) 문제는 비극적 요소라는 제목의 그 책을 쓰기 위해서 그가 끝없이 소포클레스의 극 안에 파묻혀 읽고 또 읽어야 했다는 것이다.

이렇게 정신없이 『필록테테스』에만 빠져들면서 그의 태도가 조금씩 달라지기 시작했다. 매일같이 필록테테스의 호소와 신음에, 그 저주에 젖어버린 것이다. 조금 전 끌로쏘프스끼가 밝힌 가설에 따르면, 필록테테스의 이야기를 읽으면서 그의 마음속 깊숙이 억압되어 있던 무엇인가가 깨어난 것일지도 모른다. 끌로쏘프스끼는 인간들 마음속에는 깨워내면 안되는 무엇인가가 숨겨져 있다고도 했다. 내가 보기에 끌로쏘프스끼는 매사를 문학으로 연결시킨다. 좀 지나치다. 어쨌든 필록테테스의 운명이 조금씩 조금씩 그의 내면으로 스며들었다. 하지만, 조금 전 끌로쏘프스끼한테도 얘기했듯이, 사실 그 이야기는 결말이 별로 나쁘지 않기 때문에 그다지 비극적이라고 할 수도 없다. 그가 정말로 끝까지 다 읽었다면, 표현이 거칠어서 미안하지만, 이렇게 우리를 열받게 하지는 않았을 거야. 하지만 난 그가 『필록테테스』에서 무엇을 찾아냈는지, 모든 것을 망쳐버린 게 무엇인지 알고 있다. 그것은 바로 버려졌다는 느낌(비극적 요소)이다. 그리고 그것은 정작 그의 상황에 비추어볼 때 가장 터무니없는, 가장 말도 안되고 또 가장 치유하기 힘든 것이었다.

난 끌로쏘프스끼에게 이런 말도 했다. 분명 북적거리는 휴가철에 고속도로 휴게소에 혼자 있어본 적도 한번 없는 거야. 좀 겪어봤다면 제대로 알 텐데. 곱게 자란 철부지들이 겪는 고통하고 비슷한 거지.

그는 매일매일 더 어두워졌다. 점점 신경질적이 되고 점점 더 우울해졌다. 당연히 끌레망스도 그걸 느꼈다. 그녀가 있을 때도 멍하니 허공을 쳐다보고 있는데 어떻게 모를 수 있겠는가(아마도 아파트 안을 혹은 맞은편 지붕 위를 돌아다니고 있을 필록테테스를 쳐다본 것이리라). 그의 정신은 딴 곳에 가 있는 것 같았다. 그리고 그곳은 밝고 좋은 쪽이 아니었다. 끌레망스는 충분히 영리한(아니 굉장히 영리한) 여자였다. 크레뻬 먹으러 가자든가 영화 보러 가자든가 하는 말로는 그를 끌어낼 수 없다는 걸 알고 있었다. 방법이 없었다. 나 역시 그를 보고 있노라면 너무 슬펐다. 그 잘난 자기도취가 짜증스러웠다. 이렇게 묻고 싶었다. 맙소사, 주위를 좀 둘러봐. 끌레망스를 보고, 날 좀 보라고. 도대체 버려졌다는 감정이 뭐야? 하지만 그는 날이 갈수록 말수가 줄어들었다. 끌레망스가 집으로 돌아간 후 나한테 말하는 것도 점점 줄어들었다. 계속 안으로만 파고드는 바람에 도무지 다가갈 수가 없었다. 늙은 할머니들처럼, 그가 겉으로 내보내는 건 오로지 한숨뿐이었다. 불쌍한 끌레망스. 계속 나약해져만 가는 그를 보면서 끌레망스는 심하게 흔들렸다. 그래도 마치 아이를 달래듯 말없이 그를 안아주며 한참 동안 머리를 매만지다가 나지막하게 말했다. 내가 있잖아, 내가 있어(난 그 소리를 들었다). 그도 들었을까? 잘 모르겠다. 어쨌든 그 어느 것도 『필록테테스』를 읽고 또 읽으면서 마음 속에 받아들인 끔찍한 고독감에서 그를 끌어내지 못했다.

심지어 그는 끌레망스를 뚫어져라 바라보다가 이렇게 묻기도 했다. 아직도 날 사랑해? 이런 질문을 하다니 분명 제정신이 아니다. 믿을 수 없는 일이다. 정말 괴로움을 일부러 찾아다니지 않는가. 아직도 날 사랑해? 이런 질문은 결국 듣는 사람을 지치게 만든다. 이런 유의 의심에 사로잡히는 순간, 현기증나는 의심이 찾아오는 순간, 그 어느 것도 당신을 안심시킬 수 없다. 날 버리지 마. 그는 이렇게 중얼거렸지만, 사실 이미 버림받은 거나 마찬가지였다. 그는 스스로 섬에 버려진 필록테테스처럼 배반당했다기보다는 버림받았다고 믿었다. 밤에 잠이 들면 버려지는 악몽도 꾸었다. 이 모든 것은 결국 병적인 상태에 이르렀다. 끌레망스가 돌아가고 우리 둘만 남게 될 때, 끌레망스가 나가고 문이 닫힐 때, 그는 마치 버림받은 어린애처럼 절망스러워했다. 내가 주둥이를 들이밀며 다리 사이로 파고들어도 아무 소용이 없었다. 마음을 돌려보려고 수없이 애를 썼지만 더이상 할 수 있는 일이 없었다(정말 그때 난 거의 광대나 마찬가지였다. 그리고 결국 지쳐버렸다). 그는 아무 이유 없이 울기 시작했다.

사랑한다고 계속 얘기해줘도 말만 허비할 뿐 아무 효과가 없으니까, 끌레망스는 나가서 사람들을 좀 만나보는 게 어떠나고 권하기도 했다. 그는 싫다고 했다. 자기가 지금 끌레 망스와 나, 우리의 신경을 얼마나 지치게 하고 있는지 알기나 하는 걸까. 자기의 불안과 우울이 모두에게 파고들고 있다는 걸, 지금 자기가 처해 있다고 생각하는 상황, 필사적으로 빠져나오고 싶어하는 그 상황을 사실상 스스로 만들고 있다는 걸 말이다. 그러니까 그는 순전히 상상의 산물을 현실로 만들어버린 것이다. 어쩌면 이 모든 걸 알면서도 어찌하지 못하는 건지도 모른다. 케르베로스는 이렇게 말했다. 이 모든 게, 뭐랄까, 느낌이 별로 안 좋아. 지금 그는 상상으로 만들어낸 불안 때문에 몽땅 다 날려보내고 있는 거야. 무엇보다 끌레망스를.

끌레망스는 탈진하고 우울해져서 슬퍼하며 돌아갔다. 어느 날 그가 말했다. 당신이 날 버릴 거라는 걸 알아. 그런데도 아무것도 할 수가 없어. 세상에. 아무리 훌륭한 선의라도 무너뜨릴 수 있는 말이 아닌가. 자기가 예언하는 것을 스스로 실현하는 말이 아닌가. 끌레망스는 무너져내렸다. 처음이었다. 그를 잡고 있던 팔이 스르르 힘이 빠지면서 지친 슬픔을 안고 늘어졌다. 도대체 어떻게 하면 저렇게, 다른 것도 아닌 바로 자기 자신의 행복을, 무슨 끔찍한 것을 밀쳐내듯 저토록 악착같이 거부할 수 있단 말인가? 나는 느낄 수 있었다. 이제 다 끝났다. 그녀는 결국 무기를 내려놓고 항복할 것이다. 솔직히 말해서 그녀를 원망할 수도 없다. 그녀는 자기가 할 수 있는 걸 다 했으니까 말이다. 그는 이 세상에서 가장 행복한 남자가 될 수도 있었다. 인간들은 원래 그래. 끌로쏘프스끼가 말했다. 자기에게 행복을 가져다주는 걸 일부러 부숴버리지. 의혹이 생기면 절대 이겨내지 못하고. 인간들의 대표적인 특징이야. 인간을 고통스럽게 하는 그 고독감은 네가 어떻게 할 수 있는 게 아니야. 네가 할 수 있는 일은 아무것도 없어. 아무리 좋은 친구가 되어주고 애정을 쏟아부어도 마찬가지야. 그건 인간들이 선천적으로 타고난 질병이거든. 언젠가 인류를 다 죽이고 말걸.

그렇다. 끌레망스는 아무것도 할 수가 없었다. 그걸 깨달았고, 그를 떠났다. 그것은 살아남기 위한 본능도 아니었고, 더이상 사랑하지 않기 때문도 아니었다. 끌레망스는 아무것도 할 수 없기 때문에, 더이상 참을 수 없기 때문에, 그래서 떠났다. 그녀도 분명 지금 끔찍하게 외로울 것이다.

설상가상으로 그는 도저히 믿을 수 없을 만큼 공격적이되었다. 그의 목소리를 듣고 있노라면 필록테테스의 저주가 윙윙거리는 것 같았다. 나는 이렇게 말해주고 싶었다. 젠장, 지금 당신이 뭘 하고 있는지 한번 제대로 보기나 해봐. 일을 이렇게 만들었으면 최소한 그 책임은 져야 하는 것 아냐? 다른 사람들은 도대체 어떻게 하는데? 끌레망스도 없고, 개 플록도 없는 사람은 어떻게 하냐구. 응? 당신을 무인도에 버린 사람은 없어. 그냥 당신 혼자 무인도로 간 거잖아. 정말 그는 혼자서 인간 조건을 모두 떠안은 것 같았다. 그의 말대로, 비극적 요소를 말이다. 소포클레스가 아니라 『이상한 나라의 앨리스』를 읽었더라면 얼마나 좋을까.

끌레망스가 나지막하게 말했다. 이제 더이상 못하겠어. 뭘 할 수 있는지도 모르겠고. 그러면서 눈물을 흘렸다. 난 화가 치밀었다. 너무 화가 났다. 그를 물어버리고 싶었다. 발을 날려 얼굴을 후려쳐버리고 싶었다. 그는 허공만 쳐다보고 있었다. 그저 고개만 끄덕거리면서 아무 말도 하지 않았다. 그녀는 아파트 열쇠를 돌려주었고, 문을 나섰다. 그는 일어나지도 않았다. 얼굴 위로 굵은 눈물줄기만 흘러내렸다. 그렇게 며칠 동안 그는 내내 울었다.

그의 불행 때문에, 떠나버린 끌레망스 때문에, 이 엉망진창 때문에, 난 너무도 마음이 아팠다. 그리고 화가 났다. 그는 며칠 동안 꼼짝하지 않았다. 밥도 먹지 않았다. 걱정하지 마. 죽지는 않아. 케르베로스가 말했다. "그 병은 죽음에 이르는 병이 아니다." 어디서 인용한 문장인지는 모르겠다. 어디선가 주워들었겠지. 짜증이 났다. 어쩌다가 이 건물이, 이 거리가, 말이 나오기 무섭게 매번 문학 쌀롱이 되어버리는 걸까. 그래서 케르베로스한테 이렇게 말했다. 그 잘난 문학 때문에 아주 열받는군. 그래 봤자 별것도 아니면서.

어쨌든 그는, 정말로, 다행히도 죽지 않았다. 하지만 기운을 회복하고 정신을 좀 차리고 나니까, 다시 말하면 어떤 재앙이 일어났는지를 깨닫고 나니까, 비로소 진짜 지옥이 시작됐다. 그는 머리를 벽에 찧어댔고, 소리를 질렀고, 눈에 보이는 걸 다 내던졌다. 내 신경을 박박 긁어대면서, 마치 모든 게 내 책임이라는 듯 아무 말이나 내뱉었다. 정확한 상황을 설명하려고 하면(나는 인내심이 많은 편이다) 배은망덕하게도 나를 거칠게 밀쳐냈다. 그렇다고 책읽기의 열정이 식어버린 것도 아니다. 끌로쏘프스끼한테도 말했지만, 천만에, 책을 다시 읽기 시작했다.

결국 나는 완전히 포기했다. 정말이다. 나한테 뭐라고 하면 안된다. 정말 그는 울며 탄식하기만 했고 또 말도 안되는 소리를 나한테 퍼부어댔단 말이다. 그렇게 해서, 마침내, 조금 전 돌이킬 수 없는 곳까지 가버렸다. 너무나 화를 돋우는 바람에 내가 서재로 가서 그의 책 『필록테테스』를 찢어버린 것이다. 책은 완전히 망가졌다. 몇장을 아예 씹어먹어버렸다. 그런 다음, 이 모든 일에 종지부를 찍기 위해서 책을 그의 발아래 가져다놓았다.

엉망이 된 책을 보는 순간 그는 정신이 나간 듯 불같이 화를 냈다. 자기를 위해서 한 일이라는 걸 이해하지 못했다. 나는 처음으로 겁이 났다. 태어나서 처음 겪는 일이었다. 그의 눈은 꼭 미친 사람 같았고, 손에 닿는 걸 닥치는 대로 집어들 기세였다. 폭력을 휘두를 것 같았다. 그러나 주위에 눈에 띄는 건 신발 한 짝뿐이었고, 결국 그것을 들어 나에게 던졌다. 미처 서재로 도망갈 틈도 없었다. 그가 나에게 신발을 던졌다. 처음으로 나에게 폭력을 쓴 것이다. 그러면서 이렇게 말했다. 꺼져, 망할 놈의 개. 정말이다. 맹세코 정말이다. 정말 이대로 말했다. 꺼져, 망할 놈의 개.

이건 아니다. 무슨 일이 있어도 넘지 말아야 하는 선이 있는 법이다. 그가 불행에 빠진 건 사실이지만(그것도 결국엔 자기 자신 때문이 아닌가) 그렇다고 욕을 하고 폭력을 써도 되는 건 아니다. 난 간신히 신발을 피했다. 하지만 욕설은 피할 수 없었다. 좋아, 이런 식으로 하겠단 말이지? 내가 꺼졌으면 좋겠다는 거지? 좋아, 그렇게 해주지. 나도 마찬가지야. 환자하고 같이 살기 싫어. 하물며 난폭하기까지 한 환자라니. 생각이 여기에 미치자 난 서재로 도망가지 않고 오히려 노골적으로 그를 째려보았다. 그리고 문 쪽으로 가서, 나가게 해달라고 문을 긁었다. 그가 와서 문을 열어주었다. 화가 풀리지 않아 제정신이 아니기도 했고 또 워낙 멍청해서 아무것도 알아차리지 못한 것이다. 맘대로 해. 자, 가버려. 이제 더이상 보고 싶지 않아. 정말 배은망덕한 인간이다. 그렇다면 이대로 사라져줄 순 없다. 너무 쉽지 않은가. 난 몸을 돌려 거실 쪽으로 달려가서 조금 전 그가 던진 신발을 물었다. 그리고 쏜살같이 그의 앞을 지나 복도로 달려나왔고, 신발을 입에 문 채 계단을 빠져나왔다. 분했겠지만 어쩔 수 없다. 쌤통이다.

층계를 내려가니, 역시나 케르베로스가 구석에 웅크리고 앉아 오가는 모든 걸 지켜보고 있었다. 신발짝은 왜 물고 있는 거야? 조깅할 거야. 왜, 맘에 안 들어? 이제 케르베로스도 정말 짜증난다.

끌로쏘프스끼는 날씨가 좋아 길모퉁이에서 햇볕을 쬐며

졸고 있다가, 날 보는 순간 뭔가 문제가 생겼다는 것을 알아 차렸다. 난 잠시 그의 곁에 앉아 기지개를 펴면서 말했다. 나와버렸어. 이제 정말 지겨워. 신발은 뭐야? 그의 거야. 글쎄 그 인간이 내 얼굴에 이걸 던지잖아. 말이 된다고 생각해? 그래서 가져와버렸어. 지금쯤 아주 꼴좋을걸. 끌로쏘프스끼는 한동안 말이 없더니, 이렇게 말했다. 신경질 나겠구나. 당연하지, 신경질 정도가 아니라 아주 화가 치밀어. 정말 아주 멍청한 인간이야. 그런 주제에 난폭하기까지 하고. 설마 그런 인간한테 당하고서도 그냥 있어야 한다고 생각하는 건 아니겠지? 집어던진 신발에 얼굴을 얻어맞고서도 말이야. 주인한테 맞고 사는 개들이 있다는 건 알아. 하지만 그 이유가 순전히 자기가 멍청해서 인생을 망쳤기 때문이라니, 기가 막혀. 멍청해서가 아니야. 끌로쏘프스끼가 중얼거렸다. 우울해서지. 불행했던 거야. 우울하다는 게 바로 멍청한 거지. 나는 힘주어 말했다. 그 비극적인 감정이 바로 멍청한 거라고. 작가면 뭐하고 학자면 뭐해. 그래, 대단하다 쳐. 그럼 뭐해. 머리가 안 도는데. 그나마 자기가 얼마나 어리석었는지 이제 와서 깨달을 정도의 머리가 다야. 그래놓고 화가 나니까 겨우 내 얼굴에 신발을 던지기나 하고. 좀 지나면 괜찮아질 거야. 끌로쏘프스끼가 말했다. 원래 그래. 너무 불행해서 그런 거라고. 너한테 나쁜 감정이 있는 건 절대아니야. 그는 널 사랑해. 알아, 끌레망스를 사랑한 것처럼 날 사랑해. 그녀를 무너뜨린 것처럼 결국 나도 그렇게 만들겠지. 난 싫어. 그전에 떠날 거야. 나한테 꺼지라고 했다니까. 하지만 정말로 그럴 거라고 생각하진 않았을 거야. 너무 슬퍼서 그런 거지(난 책을 찢은 얘기는 하지 않았다). 이미 후회하고 있을 거야. 분명해. 이럴 땐 폭풍우가 지나가길 기다려야 해. 잠시 몸을 웅크리고 등을 내밀고 있어봐. 그런 건 고양이들이나 하는 짓이야. 멍청한 케르베로스를 입양하면 되겠군. 마음껏 때려주라고 해.

나는 한참 동안 아무 말도 하지 않았다. 우리는 그렇게 말없이 앉아 있었다.

잠시 후 끌로쏘프스끼가 물었다. 이제 어떻게 할 거야? 아직 모르겠어. 하지만 그 집엔 한 발자국도 들여놓지 않을 거야. 한동안 뭔가를 골똘히 생각하던 끌로쏘프스끼가 입을 열었다. 널 우리집에 데려갈 수는 없어. 이해하지? 걱정하지 마. 말만이라도 고마워. 내가 알아서 할게. 그런 다음 우리는 삶이란 무엇인지에 대해, 인간들은 뭐가 문제인지에 대해 얘기했다. 끌로쏘프스끼가 날 달래려고 애쓰는 게 역력했지만, 이미 난 너무 격앙되어 있었다. 슬프면서 동시에 화가 났다. 결국 이렇게 말했다. 한 바퀴 돌고 올게. 그럼 좀 나을 것 같아. 좀 있다가 만나.

그런데 미처 십 미터도 못 가서 마르끼와 마주쳤다. 어이, 꽤 멋진 신발인걸. 잠시만 빌려주지그래? 건들지 마. 농담 아니야. 왜, 뭐가 잘 안되는 모양이지? 상관하지 마. 이런, 신발 한번만 줘보라니까. 좀 놀잔 말이야. 나는 신발을 땅에 내려놓고 나서 째려보며 말했다. 신발에 손만 대봐. 코를 뭉개버릴 테니까. 알아들어? 왜 이래? 이 사냥개가 왜 이렇게 화를 내고 난리야? 그냥 오분만 가지고 놀아보자는데. 좋아, 그렇게 중요한 물건이라면 할 수 없지. 안 만지면 될 거 아냐. 놈이 날 바라보며 빈정거렸다. 한 방 날려버리고 싶었다. 알았다니까. 빨리 가. 마치 자기 허락이 있어야 내가 신발을 가져갈 수 있다는 듯 건방진 말투였다. 잘난 신발 빨리 가져가라고. 정말 도대체 저놈은 뭘 믿고 저러는 걸까? 자기가 무슨 이 동네 제왕이라도 된 줄 아는 걸까? 난 다시 신발을 입에 물고 그곳을 벗어났다.

하지만 모든 게 막막했다. 무엇을 해야 할지, 어디로 가야 할지 몰라 잠시 어슬렁거렸다. 사냥개가 입에 신발을 물고 있는 걸 처음 봤는지 사람들이 호기심 어린 시선으로 쳐다보았다. 난 곰곰이 되씹어보았다. 끌레망스를 떠올렸고, 그리로 가볼까도 생각했다. 그녀라면 하룻밤은 재워줄 것이다. 하지만 난 그녀가 어디 사는지 모른다. 한동안 정처없이 다니다가 결국 철길 위로 난 다리까지 왔다. 우리 아파트의 창문이 보이는 곳이다. 나는 신발을 내려놓고 그곳에 멈췄다. 모든 게 뒤죽박죽이었다.

그렇게 인간들의 배은망덕함에 대해 하염없이 생각하고 있을 때였다. 멀리 마르끼가 오고 있었다. 교활한 놈이 날 따라온 것이다. 더구나 이번엔 혼자가 아니었다. 어디서 끌어모았는지 친구 둘을 데리고 왔다. 분명 신발 때문이다. 날 좀 가만 내버려두지그래? 내가 멀리서 소리쳤다. 이봐, 잠시만 놀게 해달라니까. 다른 데 가서 놀아. 오늘은 정말 조용히 있고 싶단 말이야. 하지만 놈들은 날 조용히 내버려둘 마음이 없어 보였다. 나는 다시 신발을 입에 물고 말없이 잔뜩 경계하며 놈들 앞을 지나갔다. 그렇게 아파트가 있는 길까지 왔다.

놈들은 무슨 일이 있어도 신발을 빼앗을 태세였다. 저렇게 가지고 놀고 싶어하는데 그냥 줘버려도 되잖아? 어차피 쓸 데도 없는데. 이런 생각이 든 것도 사실이다. 하지만 모르겠다. 너무 화가 나고 분했지만, 왠지 그럴 수가 없었다. 도대체 놈들이 이 일에 대해서 뭘 안단 말인가? 이 신발이 나에게 어떤 의미인지를 어떻게 아느냐 말이다. 난 걸음을 재촉하기 시작했다. 놈들도 걸음이 빨라졌다. 그렇게 날 따라잡으려 했고, 결국 우린 모두 뛰기 시작했다. 금방 끌로쏘프스끼를 만날 수 있을 것이다. 이 동네에서 끌로쏘프스끼는 워낙 강력한 권위가 있기 때문에 저 정도 피라미들은 금방 제압할 것이다. 그런데 미처 길모퉁이까지 가기도 전에 우리 아파트에 붙어 있는 다른 아파트 건물의 문이 열리는 게 보였다. 할머니 하나가 젊은 남자와 장에 가기 위해 나오고 있었다. 나도 조금 아는 할머니였다. 무조건 열린 문으로 뛰어들어갔다. 어머나, 플록? 여기서 뭐하는 거니? 할머니가 반갑게 물었다. 날 좋아한다는 걸 알고 있었지만 미처 인사할 틈도 없었다. 할머니는 가볍게 웃으며 날 들여보내주었

다. 그러곤 따라 들어오려는 망나니 셋 앞에서 바로 문을 닫
아버렸다. 정말 쌤통이다(할머니는 마르끼를 별로 좋아하지
않는 것 같다). 놈들은 문밖에서 코를 문에 비비면서 거칠게
짖어댔다.

복도 끝까지 가니까 우리 아파트에서도 내려다보이는 안
마당이 나왔다. 이제 안전했다. 그런데 막상 갈 곳이 없었
다. 마당 끝에 녹색과 노란색 쓰레기통이 있고 그 옆에 상자
가 쌓여 있는 게 보였다. 또 작은 담장이 계단처럼 지붕까지
올라갈 수 있게 연결되어 있었다. 난 입에 신발을 물고 그리
로 올라가 지붕으로 갔다.

이제 난 여기 있다. 지붕 위에, 우리 아파트 창문이 정면으
로 보이는 곳에 앉았다. 빗물받이 홈통 가장자리에, 신발을
앞에 놓고서 말이다. 창가에 서 있던 그가 바로 내 모습을 보
았다. 그는 슬픈 얼굴로 날 바라보고 있다.

생각해보면 정말 말도 안되는 상황이다. 그는 창가에 서
있고, 난 그의 신발을 앞에 놓고 지붕 위에 앉아 있다. 하지
만 이 모든 건 그가 자초한 일이다. 왠지 모르게 버려진 느낌
이 들기는 했다.

응급구조

　이 얘기만 꺼내면 종손자는 심통난 얼굴이 된다. 난 그게
재미있다. 내 나이 여든이 넘었지만, 손자가 오히려 더 늙은
것 같다. 손자는 뻐기기 좋아하는 편이고, 가장의 권위를 중
요하게 생각한다. 부인이 있고(별로 예쁘지는 않다), 한 달
에 한번 일요일에 우리집에 와서 지루해하는 아들이 있고,
집이 한 채 있고, 할부로 산 자동차가 있다. 손자는 부동산
중개인이다. 나름 괜찮은 직업이다. 혼자 사는 늙은이, 길모
퉁이 야채가게 주인인 카데르 씨와 수다를 떨다가 파 한 단
을 사는 것밖에는 하루종일 할 일이 없는 이 늙은이하고는
다르다. 물론 난 손자를 좋아한다. 하지만 짜증날 때도 많
다. 이 아인 거실에 방 하나 달린 조그만 아파트를 한 채 팔

때마다 지구라도 구한 것 같다. 어릴 땐 전혀 달랐다. 정작
자기는 기억하지 못하겠지만, 난 잊지 않았다. 정말 무던히
도 말썽을 피우던 아이였다. 어쨌든 나한테는 참 잘한다. 때
마다 찾아오고, 수도관이 막혔을 때나 전기가 고장났을 때
처럼 문제가 생기면 늘 와서 도와준다. 사실 손자와 얘기를
나누는 게 특별히 재미있지는 않지만, 그래도 시간은 잘 간
다. 난 이 아이가 의무 때문에 오는 거라고 생각하지는 않는
다. 원래 마음이 착한 아이다. 단지 서로 할 얘기가 많지 않
을 뿐이다. 나는 부동산 융자에 별 관심이 없고, 수도꼭지를
어떤 것으로 사야 하는지도 마찬가지다. 그저 손자를 즐겁
게 하기 위해서 받아적으면서, 그래, 그렇구나,라고 말할 뿐
이다. 그리고 함께 차를 마신다. 손자는 서류가방을 들고 다
니고, 올 때마다 같은 옷을 입고 있다. 어쩌면 같은 옷을 열
벌 산 건지도 모르겠다. 귀고리를 하고 찢어진 바지를 입고
다니던 아이가 이렇게 변할 줄은 몰랐다. 이전 모습이 더 좋
았다는 건 아니다. 하지만 이전의 손자는 보고 있노라면 늘
가슴 한구석이 찡했다. 어떻게 살아야 할지 몰라서 방황하는
것 같았다. 그래서인지 요즈음엔, 특히 오늘처럼 저렇게 심
통난 얼굴로 차를 마시는 모습을 보면, 약간 짜증이 난다. 이
렇게 말해주고 싶다. 알고 있니? 그렇게 오래전 일도 아니란
다. 아무튼 그렇다.

　손자는 분명 내 얘기가 맘에 들지 않을 거다. 대놓고 얘기
하지는 못하겠지만 속으로는 할 말이 많을 것이다. 나는 알

고 있다. 이제 집이 있고 귀고리는 어디엔가 치워버린 이 아이가 절대로 이해할 수 없는 일들이 있다는 걸 말이다. 난 이렇게 말했다. 정말이야. 정말 짜증이 났단다. 손자는 고개를 끄덕인다. 물론이죠. 그럴 거예요. 하지만. 하지만 뭐? 그래도 그러면 안된다고? 그 말이냐? 손자는 어쩌면 내가 치매기가 있다고, 이제 정말 늙어가고 있다고 생각할지도 모른다. 물론 나쁜 뜻은 아닐 것이다. 내가 떼를 쓴다고 생각할 수도 있다. 어쨌든 모든 게 좋은 뜻인 건 분명하다. 절대 나한테서 물려받을 재산 때문이 아니다. 내가 가진 거라고 해봐야 부엌 벽에 걸려 있는 낡은 엉터리 그림 한 점뿐이지 않은가. 그러니까 남편이 살아 있을 때 취미로 그린 바닷가 그림인데, 손자와 나는 늘 그 아래서 차를 마시곤 한다. 손자는 그림 속 풍경이 우리가 함께 휴가를 보낸 적이 있는 나뿔르 만(灣)이라고 우긴다. 하지만 내가 보기엔 전혀 아니다. 솔직히 말해서 난 나뿔르 만이 어땠는지도 잘 기억이 안 난다. 물론 남편한테 말하지는 않았지만, 처음 그릴 때부터 비슷하지 않다고 생각했다. 남편은 그림에 별 소질이 없었다. 그뿐이다. 슬퍼할 일도 아니고 가문을 위해 지켜야 할 비밀도 아니다. 불쌍한 손자의 집에도 남편 그림이 한 점 걸려 있다. 손자며느리는 분명 내키지 않을 것이다. 뭣 때문에 집 안에 주홍빛 석양을, 혹은 소나무를 걸어놓고 싶겠는가? 정말이다. 내 기억에 파라솔 소나무라고 불리는 그 소나무는 소나무라기보다는 차라리 파라솔에 가까웠다. 그저 쳐다보면서 감상에 젖게 해주는 것 외에는 가치가 없는 그림이지만, 그래도 나한테 있는 것 중 유일하게 쓸 만한 것이다. 그외에는 손자가 신경쓸 게 전혀 없다. 혹시라도 뱅쌍이 양철 찻숟갈 하나라도 가져갈까봐 걱정할 필요가 없다는 뜻이다. 사실 손자는 그저 뱅쌍이 맘에 들지 않는 게 아닌 것 같다. 이 이야기 자체가 싫은 것이다. 솔직히 말하면 그래서 난 일부러 얘기를 하면서 사악한 쾌감을 즐긴다.

정말이야. 더이상 못 견디겠더구나. 어떻게 매일같이 저걸 창가에 두고 볼 수가 있겠니. 물론 여기가 16구나 7구가 아니라는 건 안다(내가 아파트를 구할 때 손자는 그 좋은 동네도 알아보았다. 하지만, 일단 너무 비싸기도 하고, 손자가 뭐라 하든 난 여기가 좋다. 특별히 위험할 것도 없고, 사는 사람들도 다 좋다. 특히 흑인 여자아이 하나가 참 예쁘다. 계단에서 만나면 언제나 안부를 묻곤 했는데, 요즘엔 왠지 집 밖으로 나오지 않는다). 아무리 그래도, 여기가 무슨 수용소는 아니잖니? 손자도 내 말을 인정한다. 그래, 물론 뭐 거창하게 볼 게 있는 건 아니지. 하늘은 시커멓고 철길도 시커멓게 보이니까. 그래도 난 기차가 지나가는 게 좋단다. 그래, 간단히 말해서, 아침마다 맞은편 지붕 위에 그놈의 낡아빠진 신발이 놓여 있는 걸 정말 더이상 보기 싫구나.

손자는 다시 과자를 먹는다. 그런데 아무도 그 신발에 신경을 쓰지 않으니 어떻게 하니. 모두들 신발이 그렇게 지붕 위에 있는 게 익숙해진 것 같더구나. 아니면 그게 무슨 유행이라도 되든지. 하지만 난 정말 토할 것 같다. 괴팍한 노인네라 그런지 모르겠다만, 할 수 없구나. 그래도 야채가게 카데르 씨도 나하고 같은 생각이었단다. 요새 사람들이 너무 지저분하다고까지 하던걸. 알겠니? 내 말이 아니고, 카데르 씨가 그렇게 말했단 말이다. 손자 앞에 놓인 차가 다 식은 것 같다. 한 잔 더 줄까? 난 정말 카데르 씨에게 물었다. 누가 저걸 치워줄까요? 모르겠어요. 저도 이런 문제는 처음이네요. 잘은 모르겠지만 정말 힘드시겠어요. 아무래도 구청에 연락해야 하지 않을까요? 손자도 인정하는지 말이 없다.

그래, 구청에 연락해야 할 것 같은데, 어디에 누구한테 물어야 할지 모르겠더구나. 구청 어디로 전화해야 하는지 말이다. 저기 냉장고 위에 필요한 전화번호들 걸어놓았잖아요. 마침내 손자가 입을 열었다. 문제가 생기면 전화해서 해결하시라고 지난번에 가져다드린 거요. 알고 있다. 하지만 저긴 번호가 너무 많아서 어디다 해야 할지 알 수가 없단다. 손자는 다시 차를 따른다. 나는 잔에 과자를 더 덜어놓았다. 손자의 목소리가 더 작아진다. 저한테 말씀하시지 그랬어요. 문제가 있을 땐 제가 늘 도와드렸잖아요. 맞는 말이다. 언제나 손자가 왔다. 부인이 있고 아들이 있고 할부 자동차가 있지만, 손자는 언제나 나에게 헌신적이다. 매번 망설이지 않고 시간을 내주었다. 그렇다고 너더러 지붕에 올라가라고 할 수는 없잖니. 그런 건 네가 할 일이 아니지. 위험해서 안돼. 어떤 직업이 지붕 위에 신발을 가지러 올라가죠?

손자는 과자를 차에 적신다. 신발을 가지러 가는 게 아니야. 쓰레기를 치우러 가는 거지. 양심 없고 교양 없는 사람들이 아무 데나 함부로 버려놓은 쓰레기 말이다. 저런 걸 보면 정말 살맛이 안 나는구나. 만일 누가 너희 집 마당에 저렇게 신발을 던져놓으면 어떨 것 같니? 손자는 보나마나 화를 낼 거다. 하지만, 초라한 동네에 혼자 사는 나 같은 늙은이는 왈가왈부할 만한 일이 아니다,라고 말하고 싶은 걸까? 분명 그럴 거다. 누군가 자기네 화단에 낡은 텔레비전이나 바구니를 던져놓기라도 했다면 당장 구청 민원과에 전화를 할 거면서 말이다.

　그래서 전화를 했단다. 손자가 뻔히 다 안다는 눈으로 바라본다. 맞는 데다 하셨어야죠. 그 말에 한숨이 나왔다. 그래, 맞는 데가 아니더구나. 맞는 곳이 아니었어. 하지만 지붕 위에 있는 신발을 어디서 담당하는지 내가 어떻게 알겠니? 너도 좀 전에 말했잖니. 그런 일을 하는 직업은 없다고. 손자는 다시 비스킷을 집는다. 아무리 그래도 소방서에 전화하신 건 좋은 생각이 아닌 것 같아요.

　난 일부러 화난 척했다. 이유는 모르겠지만, 손자가 곤란해하는 걸 보는 게 재미있다. 어쩌면 내 마음 깊은 곳에 사악한 심술이 도사리고 있는지도 모르겠다. 카데르 씨한테도 여러 번 얘기했다. 이제 집 한 채 있고 차도 한 대 있고 아내도 있어서 그런가, 손자는 너무 무미건조해요. 그럴 때면 카데르 씨는 이렇게 대답했다. 아니에요. 그 정도면 대단한 거죠. 그만큼 재산이 있는데도 그렇게 헌신적인 사람은 흔치 않아요. 요즈음은 정작 자기 부모도 존경하는 자식이 드문 걸요. 카데르 씨는 보수적인 편이다.

난 일부러 놀라는 척했다. 소방서는 왜 안되는데? 혼자 사는 노인네들이 개나 고양이 때문에 문제가 생기면 와서 도와주곤 하잖니. 그건 옛날 얘기죠. 요샌 안 그래요. 난 고개를 숙이며 말했다. 나도 안다. 전화했더니 그러더구나. 고양이 때문에는 출동하면서 왜 신발 때문에는 안되냐고, 잠시면 해결될 일이 아니냐고 물었더니, 이젠 고양이 때문에도 출동하지 않는다고 하더구나. 그래서 이렇게 말했다. 고양이들이 굶어죽어도 상관하지 않는다니 참 안타까운 일이네요. 우리는 좀더 중요한 일들을 해야 합니다. (아예 훈계조였다.) 그 말이 맞아요. 손자가 말했다. 손자는 구조대원들이 하는 일을 어느정도 알고 있는 것 같았다. 힘들 게 뭐 있니? 트럭 한번 움직이면 올 수 있고, 지붕에 한번 올라가서 금방 해결해주면 그만인데. 시간도 들고 힘도 들잖아요. 지붕엔 불이 나거나 가스가 새야 올라가는 거예요. 손자는 소방구조대원들에 대해 속속들이 알고 있다. 내 말이 바로 그거다. 이 경우는 위험할 것도 없으니까 더 편하지. 손자는 고집불통인 멍청이와 얘기하고 있다는 듯, 어깨를 으쓱하며 말했다. 한번 전화하고 말았으면 괜찮았죠.

말을 들어주지 않으니까 계속할 수밖에 없지 않니? 그렇게라도 안하면 거들떠보지도 않는 걸 어쩌란 말이냐. 요즈음은 정말 별것 아닌 것 하나 부탁하려고 해도 온통 야단법석을 떨어야 하지. 그래, 네 말이 맞다. 또 전화를 했다. 하지만 그다음에 일어난 일은 전적으로 그 사람들 잘못이란다. 그렇게 무시하는 투로 말하지만 않았으면 그런 일은 없었을 거란 말이다. 자기들이 먼저 날 무슨 노망난 노인네 취급을 했으니까. 하루에 네 번씩이나 전화를 하시니까 그렇죠. 그 사람들 입장도 이해해줘야 해요. 할머니가 자꾸 전화를 하시면 그동안 정말로 전화가 필요한 사람들이 연결되지 못하잖아요. 손자는 거짓말을 하고 있다. 그래? 전화선이 하나뿐이란 말이냐? 참 안됐구나. 그렇게까지 시설이 엉망인 줄은 몰랐다. 그런 말이 아니라는 거 아시잖아요. 제 말은 그러니까 그 사람들이 해야 할 중요한 일이 많이 있는데 할머니가 대단치 않은 일로 붙잡아두신다는 거예요. 생명을 구해야 하는데. 이쯤 되면 손자는 민주시민의 서정에 도취된 듯하다.

　하지만 이 일도 중요하잖니. 신경이 쓰여 못 살겠단 말이다. 또 설사 내가 아니라도 충분히 위험할 수 있고. 혹시라도 신발이 빗물받이 홈통에서 빠져서 갑자기 안마당으로 떨어진다고 생각해봐라. 마당에서 놀고 있는 어린애한테라도 떨어지면 어떻게 되겠니? 손자는 나를 뚫어져라 쳐다본다. 그래, 그런 일이 일어날 확률이 적다는 건 인정하마. 하지만 절대 불가능한 일은 아니잖니? 어쨌든 난 더이상 못 참겠다. 이유는 모르겠지만, 아파트가 무슨 쓰레기장이 된 것 같구나. 저 신발이 꼭 내 집 안에 있는 것 같단 말이다. 네 할아버지가 살아 계셨더라면 분명 같은 생각일 거다. 무질서하고 더러운 건 무척 싫어하셨으니까. 그렇다고 이런 일로 하루 네 번 소방서에 전화를 하시지는 않았을걸요. 손자가 차를 저으면서 말했다. 그 말은 좀 찔렸다. 그래서 이렇게 말했다. 네 말이 맞다. 그 사람은 워낙 대담했으니까. 아마 망설이지 않고 올라가서 저 더러운 걸 치워주었을 테지. 한동안 둘 다 말없이 앉아 있었다. 정말이었다. 남편은 그림엔 소질이 없었지만 용감한 사람이었다.

그래, 정말로 하루에 네 번씩 전화했다. 그렇게 하면 마지 못해서라도 들어줄 줄 알았지. 매일 같은 말을 했단다. 안녕하세요. 신발 때문에 골치아픈 노인네입니다. 나중엔 목소리만 듣고도 날 알아볼 정도가 됐지. 그러면 좀 좋을 줄 알았더니, 웬걸, 오히려 겁을 주더구나. 한번은 소방대장인지 뭐 그런 사람이 직접 자기가 무슨 대통령이나 되는 것 같은 목소리로 말하더구나. 부인, 이런 식으로 업무를 방해하시면 안됩니다. 즉시 중단하십시오. 그동안 아주 관대하게 대해 드렸습니다(관대하게,라니 말이 된다고 생각하니?) 하지만 우리의 인내심에도 한계가 있습니다(내 인내심도 마찬가지다. 자기들은 매일 아침 눈뜨자마자 코앞에 낡은 신발이 놓여 있는 걸 안 봐도 되니까 그렇게 말할 수 있지. 소방대장한테도 진짜 이렇게 말했다). 손자가 한숨을 쉰다. 계속하신다면 법에 따라 처분하겠습니다. 그래요? 비탄에 잠긴 노인네한테 어떤 법적 처분을 내릴 거죠? 이렇게 되물어도 끄떡 않더구나. 벌금이 꽤 많이 나갈 겁니다. 상당히 곤란해지실 거고요. 마지막으로 말씀드리는 겁니다. 그럼 이만 끊겠습니다. 그렇게 전화를 끊어버렸지. 그 말이 맞아요. 손자가 말했다. 손자는 할부 자동차를 산 이후로 법의 편이 되었다.

설교를 듣고 나니까 정말 화가 나더구나. 소방구조대가 늙은이를 도와주지 않으면, 도대체 누가 그 일을 하겠니? 쏘시지 장사한테 가서 부탁할까? 부동산 중개인한테 부탁할까? 사실 말이 좀 심했다. 나는 손자의 손을 잡으면서 말했다. 너 들으라고 하는 말이 아니다. 네가 착하다는 건 잘 알고 있단다. 나에게 너무 많은 걸 해주었지. 그냥 일반적으로 하는 얘기다. 사실, 그동안 말이다, 난 소방구조대가 인도적 임무를 띠고 있다고 생각했단다. 그야 진짜 문제가 있을 때 얘기죠. 손자가 짜증을 낸다. 진짜 문제 말이에요. 지붕 위에 널브러져 있는 신발 말고요. 이것도 진짜 얘기란다. 책을 몇권 쓸 수 있을 것 같구나. 그런 얘기 쓴 책 있으면 한번 보고 싶네요(이 말을 들으니까 내가 한번 써보고 싶어졌다).

그래, 그래서 일주일 동안 전화를 안했다. 자그마치 일주일 동안, 저 쓰레기가 내 창문 앞에 놓여 있는데도 보고만 있었단 말이다. 아예 나중엔 날 비웃는 것 같더구나. 내가 이겼지? 당신이 죽어 땅에 묻힐 때까지 난 이대로 있을 거야. 이렇게 말이다. 내가 너무 엄살 부리는 것 같니? 하지만 맞은편 지붕에 있는 저놈의 신발이 내가 죽고 난 다음에도 그대로 있을 거라고 생각하면 정말 참을 수가 없단다. 내가 임

종 때 병원으로 실려가는데도 저기 저러고 있을 거라고 생각하면. 그런 말씀 마세요. 그런 생각을 하시니까 괜히 우울해지죠. 하지만 정말인 걸 어쩌니. 거짓말 조금도 안 보태고 정말 그렇단다. 심지어 한참 보고 있노라면 아예 저놈의 신발이 나한테 빈정거리는 것 같단다. 어이, 노인네, 아직 있어? 난 이 지붕 위가 아주 편하고 좋은걸. 아무리 그래봐야 소용없어. 그래, 그럴 땐 정말 화가 치밀어오른단다. 심장이 벌떡거리는 것 같고, 미쳐버릴 것 같지. 부엌 창문에 서서 신발에 대고 소리를 지를 때도 있단다. 아침에 일어나서, 커피를 만들고, 그런 다음 신발한테 욕을 퍼붓는 거지. 신발 때문이 아니라 커피 때문에 심장이 뛰는 거예요. 그래, 맘대로 얘기해도 좋다. 하지만 아무리 그래도 난 더이상 못 참겠다. 몸도 마음도 다 지쳤구나. 처음엔 괜히 너한테까지 얘기해봤자 일하는 데 방해될까봐 참았는데, 이젠 정말 못 견디겠구나. 아녜요, 처음부터 얘기하셨어요. 손자가 한숨을 쉰다. 그리고 피곤한 얼굴로 찻잔을 바라본다. 그래? 나도 모르게 말했나보구나. 늙은이 근심거리로 널 번거롭게 하고 싶지 않았는데 말이다. 찻잔을 바라보는 손자는 내 근심거리를 모두 떠안은 것 같은 얼굴이다. 어쩌란 말인가. 마주 앉아서, 요즘 파 한 단이 얼마나 하는지 그런 얘기나 하고 있잔 말인가?

사실 네가 생각하는 것처럼 그렇게 유난을 떤 건 아니란다. 정말로 일주일 동안 전화를 안했으니까. 그래, 힘들더구

나. 매일같이 카데르 씨한테만 얘기했다. 더이상 못 참겠어요. 그 신발 때문에 미쳐버릴 것 같아요. 그러지 마세요. 곧 해결될 겁니다. 어떻게요? 성령이 나타나기라도 할까요? 결국 일주일 후 다시 소방서에 전화를 했다. 하지만 이번엔 다르게 했지. 그러니까 죽어가는 목소리로 전화를 해서는 내가 아흔살인데(더 늙은 게 낫잖니) 상태가 좋지 않다고 했단다. 심장이 멎는 것 같다고 말했지. 그랬더니 금방 달려오더구나. 죽었거나 죽기 직전이 돼야 제대로 출동하다니. 하지만 정말 그렇더구나.

어떻게 그러실 수가 있어요? 내가 무슨 범죄라도 저지른 것같이 말하는구나. 그런 장난을 하시면 안되죠. 하지만 진짜나 마찬가지였단다. 정말 상태가 좋지 않았단 말이다. 그래도 심장발작은 아니었잖아요. 그래, 물론 아니었지. 그러니까 너한테 전화를 안한 거고. 괜히 쓸데없이 걱정할까봐 말이야. 어쨌든 진짜로 심장에 경련이 왔고, 그대로 넘어갈 수 있는 상황은 아니었단다. 그래서 생각했지. 소방구조대를 불러야 하나? 의료구급대인가? 정말 꼭 그렇게 하셔야 했어요? 소방구조대밖에 안되겠더구나. 의료구급대는 사다리가 없으니까.

그렇게 해서 사람들이 왔다. 젊은이 네 명이 장비를 갖추고 왔더구나. 난 일부러 몸을 떨었다. 심각한 상태인 것처럼 보이려고 말이야. 애써 출동한 사람들을 실망시킬 순 없잖니. 사람들이 꽤 괜찮더구나. 친절하고 예의바른 젊은이들이었다. 적어도 처음에는 말이다. 날 거실로 데려가더니 이 것저것 살피면서 계속 묻더구나. 괜찮으세요? 좀 어떠세요? 그래서 나도 이렇게 말했다. 이렇게 와주니까 마음이 놓이 는군요. 얼마나 멋지고 예의바른 젊은이들이던지. 그런데 혈압을 재고 청진을 하던 사람이 갑자기 갸우뚱하기 시작했 지. 정확히 상태가 어떠세요? 대답 않고 그냥 얼버무렸더니, 그 사람 표정이 점점 어두워지더구나. 모두 정상인데요. 그 래도 원하신다면 검사를 더 해볼 수 있도록 응급실로 모셔 다드릴게요. 아니에요, 아니에요. 정말 친절하시네요. 그럴 필요 없을 것 같아요. 훨씬 나아졌어요. 다들 말없이 서로 바라보더구나. 정말이에요. 조금 전엔 심장이 진짜로 멎는 줄 알았답니다. 손자는 벽을 쳐다본다. 마치 소방구조대가 출동했을 때 자기가 그 자리에 있기라도 했던 것처럼 창피 해한다. 딴 문제가 없으시면 그만 가보겠습니다. 여기까지 왔는데 차 한 잔 대접해도 될까요? 하지만 가정교육이 잘된, 아주 예의바른 젊은이들이더구나. 아닙니다. 나중에 서류를 보내겠습니다.

바로 그때였다. 한순간 모든 게 망쳐진 거지. 내가 이렇게 말했거든. 미안하지만 이왕 오신 김에 저기 맞은편 지붕 좀 봐주시겠어요? 사다리만 연결하면 되니까 금방 해결할 수 있을 거예요. 단숨에 분위기가 얼어붙었지. 서로 얼굴만 바 라보더구나. 몇분간 아무도 말이 없더니 한참만에 한 명이 입을 열었단다. 우리는 응급사고를 처리하는 사람들입니다.

사다리가 없어요. 심장발작 때문에, 정확히는 심장발작이 일어난다고 말하는 사람 때문에 출동하면서 사다리를 가져오진 않습니다.

드디어 상황을 파악한 거지. 화도 나기 시작하는 것 같고. 이미 복도로 나가 있던 한 명이 다시 들어와서 묻더구나(대장인 것 같았다). 신발 할머니신가요? 난 대답 대신 고개를 숙였다. 당황하기도 했고. 이왕 오셨으니까, 하면서 중얼거렸다. 하지만 친절하고 예의바르던 청년들은 이미 사라졌더구나. 차라리 내가 정말로 죽어가고 있어야 했던 건지, 옆에 있던 다른 청년이 아주 차갑게 말하더구나. 너무 심하셨습니다. 이번에 하신 일은 절대 용납될 수 없습니다. 본부에 돌아가는 대로 상관에게 보고하겠습니다. 이번엔 그냥 넘어가지 못하실 겁니다. 그러더니 장비를 챙겨서 문을 쾅 닫고 나가버리지 뭐니. 손자는 지친 얼굴로 고개를 젓는다. 차 한 잔 더 마실래?

그런 얼굴 할 필요는 없다. 내가 누굴 죽이기라도 했니? 그래, 좀 지나쳤다는 건 나도 안다. 그럼 넌 내가 진짜로 죽어가고 있어야 한다고 생각하니? 아니면 내가 가족의 명예를 더럽히기라도 했니? 사실 말이야 맞는 말이지, 그 건장한 젊은이들이 한번 출동하는 게 힘들 게 뭐 있니? 손자는 멍하니 나뿔르 만 그림만 쳐다본다. 죽은 남편이 무슨 은혜라도 내려주길 기대하는 걸까? 손자는 대답이 없다. 사실 남편이라면 조금 화를 내기는 했겠지만 무슨 큰일 난 것처럼 저렇게 떠들어대진 않았을 것이다. 나뽈르 만이 그렇게 좋으니?
손자는 대답하지 않는다. 저애는 지금 짜증이 나는 거다. 찻
숟가락을 잡는 모습을 보면 알 수 있다.

　어쨌든 그렇게 해서 뱅쌍을 알게 됐잖니. 손자는 점점 더
신경이 곤두서고 있다.

　친절하던 사람들이 그렇게 화를 내고 가니까, 조금씩 겁
이 나더구나. 그렇다고 후회한 건 아니지만 워낙 겁을 주니
까 좀 걱정이 됐던 거지. 하지만 이런 생각도 들었다. 좀 지
나쳤기로서니 늙은이한테 무슨 짓을 하겠어. 괜히 윽박지르
면 혼이 나서 포기할 거라 생각하는 거지. 얼토당토않은 소
리. 그런데 다음날 젊은이 하나가 찾아와서는 뭔지 알 수도
없는 이상한 걸 내밀지 뭐니. 조서를 꾸민다던가, 뭐 그런 걸
해야 한다고 말이야. 조서 꾸미는 건 경찰 일이에요. 상관없
다. 어쨌든 정말로 공식적인 방문이었단다. 마치 내가 남의
걸 훔치거나 빼앗다가 걸린 것처럼 말이다.

　그러니까, 벨소리가 들리기에 조금 떨리는 마음으로 문을
열었다. 전날 왔던 젊은이들 중 하나더구나. 제복을 입고 어
깨끈 달린 가방을 메고 있었지. 잘생겼고, 젊고. 그런데 아
주 심각한 표정이었단다. 어제 일, 그리고 그동안 전화로 방
해하신 일 때문에 왔습니다. 너무 놀라서 말이 나오지 않았
단다. 난 말이다, 소방구조대건 경찰이건, 심지어 가스공사
에서 나오는 사람들까지도, 그놈의 제복 때문에 도저히 구
별할 수가 없단다. 손자가 눈을 치켜뜬다. 들어오라고 했지.

다리가 후들거렸단다. 부엌에 와서 앉으라고, 지금 네가 앉아 있는 바로 그 자리에 앉으라고 했지. 커피를 마시겠냐고도 물었고.

좀 망설이는 것 같더구나. 나도 꽉 끼는 신발을 신었을 때처럼 불편했고. 어쨌든 젊은이가 좋다면서 자리에 앉기에 일단 커피를 준비했다. 그동안 청년은 가방에서 서류를 한 무더기 꺼내놓고는 얌전히 기다리더구나. 참, 그 사람도 나뽈르 만을 정신없이 쳐다봤단다. 그 그림 좋아해요? 죽은 남편이 그린 거예요. 아주 좋은데요. 공손하게 대답하지만, 사실은 무척 못 그렸다고 생각한다는 걸 알 수 있었다. 그런 얼굴 하지 마라. 정말로 못 그린 그림인데, 뭘. 그렇다고 네 할아버지 인품이 깎이는 것도 아니잖니. 네 할아버진 내가 아는 사람 중 가장 훌륭한 사람이었단다.

비스킷 좋아해요? 감사합니다. 다행이었지. 이틀 전에 뮐로 씨네 가게에서 피낭씨에 과자를 사놓은 게 있었거든. 거기서 파는 게 제일 맛있잖니. 너도 그렇지? 아무튼 그 사람도 그렇게 생각하더구나. 시간이 있을 땐 자기도 뮐로 씨네 가게에 가서 산다고 말이야. 좋은 청년이다, 대단치 않은 일로 늙은이를 힘들게 할 사람이 아니다, 이런 생각이 들더구나. 하지만 일단은 그런 것 같지 않았다. 그 사람이 다시 어색한 표정을 지으면서 용건을 말했으니까. 공식적으로 알려드릴 일이 있어서 왔습니다. 빠리 시 소방구조대에서 부인을 고소하기로 했습니다.

덜컥 겁이 나서 그대로 앉아버렸단다(정확히 말하면 쓰러졌지). 정말로 심장이 쿵쿵거리더구나. 하지만, 그래도, 더듬거리며 말했지. 아파 보였을 거다(아니, 진짜로 아팠다). 괜찮으세요? 걱정스러운 눈으로 바라보면서 묻는데도 도저히 대답할 수가 없더구나. 이미 수갑을 차고 법정에 나가 있는 것 같았단다. 세상에, 그게 이 나이에 할 일은 아니잖니. 괜찮으세요? 괜찮으신가요? 진정하세요. 묻는 목소리가 점점 더 초초해졌고, 난 간신히 숨을 내쉬면서 대답했지. 커피 때문인가봐요. 하지만 커피 때문이 아니었단다. 텔레비전에서 본 장면들이 떠올랐기 때문이지. 수갑, 습기 찬 감옥, 이런 것 말이다. 정확히 뭔지는 잘 모르지만, 왜, 죽음의 복도[*]라고 불리는 것도 있잖니. 손자가 깊은 한숨을 내쉰다. 젊은 이는 정신없이 가방을 뒤지더구나. 진정제 드릴까요? 난 결국 이렇게 말했다. 감옥 가기 싫어요. 그렇게 큰일도 아니잖아요.

그 사람이 가방을 뒤지다 말고 고개를 들더구나. 감옥엔 안 가십니다. 겨우 한숨 돌렸지. 혈압을 재도 좋겠냐고 하기에, 아주 조그맣게 중얼거렸다. 감옥에 가는 게 아니면 괜찮아요. 조금 전 내가 그랬던 것처럼, 그 사람도 한숨을 쉬더구나. 하지만 그건 마음이 놓여서 쉬는 한숨이었을 거다. 그런 걱정은 안하셔도 됩니다. 하지만 법을 어기셨다는 건 아셔

---

[*] 사형수 감방 또는 사형을 기다리는 상태를 일컫는 말.

야 해요. 전화 걸면 안된다는 법도 있나요? 아무 때나 전화하는 건 안되죠.

그땐 이미 나도 좀 정신을 수습한 후였으니까 젊은이한테 다시 물었다. 그렇다면 지붕 위에 쓰레기를 버리는 사람한테는 법이 없나요? 그래요? 그가 처음으로 웃음을 짓더구나. 있죠. 그것도 법에 걸립니다. 결국 난, 기소될 처지에 놓인 게 바로 나 자신이라는 것도 까맣게 잊은 채로 자신있게 말했다. 나도 고소하겠어요. 남한테 해를 끼치는 사람도 벌을 줘야죠. 이 말에 젊은이는 아주 난감한 표정이 되더구나. 그래서인지 더 사람이 좋아 보이기도 했다. 어쨌든 과자를 먹으면서 이렇게 대답하더구나. 헌데 누구를 고소해야 할지 모르겠네요. 생각해보니 맞는 말이었다. 솔직히 말하면 나도 모르겠네요. 그렇게 우린 같이 웃었단다.

착한 젊은이라는 생각이 들었다. 정말이에요. 도대체 누가 저런 나쁜 짓을 했는지 모르겠어요. 이 건물에 사는 사람일까요? 아니면 안마당을 같이 쓰는 저쪽 건물에서 그랬을까요? 내가 아는 사람들은 다 친절하고 저런 짓을 할 리가 없는데. 참, 저쪽 건물에 정신나간 사람이 하나 있긴 해요. 벌써 몇주째 아파트 안에 틀어박혀서 뭘 하는지 모르겠어요. 한번 조사해봐야 할 것 같아요. 조사요? 그래요. 일단 누가 한 건지 알아보고, 그런 다음 좀 치웠으면 좋겠어요. 아무도 하려는 사람이 없네요. 진심이세요? 젊은이는 놀라면서도 재미있어하는 표정이었다. 난 웃으면서 대답했다. 꼭 그렇다는 건 아니고요. 우리는 커피를 더 마셨단다. 어쨌든 저게 아무렇지도 않다고 말할 수는 없잖아요. 한번 직접 봐요. 하지만. 그가 곤란한 표정을 짓더구나. 아니에요, 한번 와서 보라니까요. 금방 알 거예요. 결국 그 사람은 자리에서 일어나 창가로 다가가서는 건너편 지붕 위에 있는 신발을 보았다. 그래요, 그다지 유쾌한 일은 아니네요. 하지만. 커피 더 마실래요? 그 사람은 그냥 돌아보면서 손에 찬 시계를 보더구나. 그러고 싶지만 가야겠네요. 문제를 해결해야죠.

　나는 아주 불쌍한 표정을 지었단다. 그 사람은 다시 한번 신발을 뚫어져라 바라보았지. 조금 망설이는 것 같기도 했고. 좋아요, 방법이 없는지 한번 생각해볼게요. 문득 양 볼에 키스를 해주고 싶더구나. 정말로 그렇게 했다. 그랬더니 정말 깜짝 놀라더구나. 어린애처럼 얼굴이 빨개지면서 말이다. 약속드리진 못해요. 가능한한 애써볼게요. 젊은이는 서둘러 가방을 챙기더니, 어느새 현관으로 나섰단다. 내일 들러요. 과자도 남아 있으니까. 잘 모르겠습니다. 일을 해야 하거든요. 그렇게 더듬거리듯 대답하면서 나갔다. 알겠니? 이렇게 해서 뱅쌍을 알게 된 거란다.

　손자는 찻잔을 밀어낸다. 감동적이네요. 난 저런 말투가 싫다. 샘낼 건 없단다. 샘낸다고요? 그래, 샘내는 거지. 너무 얕잡아볼 것도 없고, 그렇다고 걱정할 일도 없어. 손자 자리에 소방구조대원을 들여놓을 생각은 없으니까 말이다. 왜요, 이미 그런 것 같은데요. 역시다. 손자는 발끈하고 있다.

그 젊은이는 다음날 거의 같은 시각에 다시 찾아왔단다. 여전히 수줍은 얼굴, 마음을 짠하게 만드는 얼굴로 말이다. 안녕하세요. 들어와요, 들어와. 커피를 내리는 중이었어요. 그렇게 해서 남아 있던 피낭씨에를 그날 아침 다 먹었다. 오래 있을 수는 없어요. 본부로 돌아가야 하거든요. 하지만 좋은 소식이 있습니다. 대장님께 말씀드렸습니다. 상황을 설명했고요. 이제 다시 그런 일을 하지 않으실 거라고 했습니다. 고소도 취하될 겁니다.

난 다시 한번, 참을 수가 없어서, 두 뺨에 키스를 해주었단다. 젊은이는 내가 아는 사람 중에서 가장 친절하군요. 그렇게 불만스러운 얼굴 하지 마라. 너도 마찬가지란다. 내가 아는 가장 친절한 젊은이지. 하지만 넌 다르잖니. 내 손자니까. 손자는 이 말을 별로 좋게 해석하지 않는 것 같다. 내가 다시 맞은편 의자에 앉고 나니까 청년이 묻더구나. 이제 또 그러지 않으신다고 약속하죠? 약속해요. 다신 방해하지 않을게요. 신발은 우리 손자한테 해결하라고 할게요. 손자는 찻잔에 코를 박고 있다. 그날 아침, 마침 그 사람도 좀 시간 여유가 있었고 나도 한시름 던 터라, 우리는 이런저런 얘기를 나눌 수 있었단다. 참, 저 신발을 보더니 자기가 지금 읽고 있는 책 생각이 난다고 하더구나. 재미있지? (손자는 재미있어하는 것 같지 않다.) 정말 좋은 분이네요. 직업도 훌륭하고요. 난 해마다 소방구조대에서 나오는 달력을 산답니다. 작년엔 복제 그림을 실었더군요. 꼭 우리 남편이 그린 것 같았어요. 정말 별로더군요. 우리는 큰 소리로 웃었다. 아, 그렇게 웃으니까 참 좋더구나. 세상에, 나뿔르 만 같은 걸, 그렇게 비슷비슷한 그림을 열두 번 넘겨야 하다니. 사실 우리 남편은 더없이 좋은 사람이었답니다. 하지만 화가로는 삐까쏘도 아니고 벨라스께스도 아니었죠. 전 벨라스께스를 좋아합니다. 내가 하고 싶은 말이 바로 그거에요. 남편은 벨라스께스하곤 거리가 멀었다니까요. 그렇게 우리는 미술에 대해 얘기하기 시작했단다. 그 사람이 소방구조대에 들어가기 전에 미대에 다녔다는 것도 알게 됐지. 신기하지 않니? 손자는 대답이 없다. 불만 가득한 얼굴이다.

그렇게 나하고 얘기하느라, 글쎄, 근무시간도 잊을 뻔했단다. 나도 그가 좀더 있다 갔으면 했고. 막 나서려는 걸 붙잡고 이름을 물었단다. 그런 다음 인사를 했고. 뱅쌍, 이렇게 알게 돼서 정말 기뻐요. 저도 그렇습니다. 뱅쌍은 수줍게 대답하고는 계단으로 내려갔단다.

막상 그 사람이 가고 나니까 왠지 기분이 우울하더구나. 며칠 동안 계속 그랬다. 혹시나 해서 피낭씨에도 더 사놓았는데, 결국 혼자서 다 먹었지 뭐니. 그땐, 뭐랄까, 스스로 참 바보처럼 느껴지더구나. 카데르 씨와 얘기하는 것도 재미가 없고. 하기야 혼자 사는 늙은이의 삶이란 게 재미있을 게 뭐가 있겠니. 할 수만 있다면 제가 더 자주 왔을 거예요. 일이 많아서. 나도 안다. 너한테 뭐라고 하려는 게 아니야. 네가 착한 아이라는 건 나도 잘 안단다. 하지만 하루가 이렇게 길다는 건 정말 처음 알았구나. 손자가 내 손을 잡는다.

그런데 어느날 뱅쌍한테서 전화가 왔단다. 밑도 끝도 없이 묻더구나. 너무도 간단하게 말이야. 오늘 비번이에요. 같이 산책하실래요? 자끄마르 앙드레 미술관에 가요. 그림도 보고 점심도 먹어요. 나갈 채비를 할 시간도 빠듯했지.

알고 있니? 내가 자끄마르 앙드레 미술관에 가본 지 삼십 년이 넘었다는 것 말이다. 많이 변했더구나. 마지막으로 간 게 네 할아버지하고 같이였는데, 그때 왜 그렇게 옆에서 투덜대던지. 허접해, 순 허접한 그림들뿐이야. 나띠에의 그림 앞에서도, 부세의 그림 앞에서도 계속 그러더구나. 이딸리아 화가들의 그림을 모아놓은 전시실에서도 마찬가지였지. 그래, 완전 말도 안되는 억지였단다. 그저 질투가 났던 거지. 정말 감동적인 그림들이었으니까. 하지만 옆에서 듣고 있자니까 정말 피곤하더구나. 보띠첼리의 그림들이 가짜라는 둥(그건 맞는 말이었다), 우첼로의 그림이 너무 거칠고 미숙하다는 둥, 만떼냐의 그림은 너무 작다는 둥 끝이 없었다. 그나마 벨리니의 그림을 볼 때는 잠시 말이 없었지만, 이내 다시 시끄러워졌지. 자꾸 그러니까 나도 좀 심술이 나더구나. 그림 감상하는 즐거움이 엉망이 되어버렸잖니. 그래서 이렇게 말했단다. 당신 말이 맞아. 나뽈르 만 그림보다 못해. 그랬더니, 그 이후로 말이 없었다. 미술관을 다 돌아볼 때까지 말이다. 뱅쌍하고 전시실을 돌아보면서 이 얘기를 해주었더니 너와 달리 막 웃더구나. 어쨌든 그날 아침은 너무 좋았단다. 조금 피곤하긴 했지만 정말 멋진 시간이었지. 뱅쌍은 미술에 무척 조예가 깊더구나. 테라스에 앉아 끝없이 얘기를 나눴고, 점심도 같이 먹었다. 날씨도 무척 좋았고. 그래, 크리스마스에 네 집에 가느라고 나간 것 말고는, 정말 몇백년 만에 아파트 밖으로 나간 것 같더구나. 카데르 씨 가게에 가는 거야 별로 기분도 안 나니까 말이다.

나오는 길에 기념품 가게에서 엽서도 샀단다. 저기 냉장고에 붙어 있는 벨리니의 동정녀 그림 보이지? 저게 맘에 들었지. 정말 아름다운 그림이잖니. 그런데 점원이, 그래, 아주 지쳐 보이는 젊은이였는데, 우첼로의 용이 그려진 책갈피 장식도 사지 않겠냐고 묻더구나. 미안하지만 너무 비싸네요. 더구나 어차피 이런 물건은 잘 쓰지도 않고 결국 서랍 어디엔가 처박아두게 되잖아요. 맞습니다. 그렇긴 하죠. 하지만 동화 속 얘기를 정말로 믿을 땐 아주 좋답니다. 글쎄다. 그 두 가지가 어떤 관계인진 잘 모르겠지만, 어쨌든 그 사람은 돈도 안 받고 그 책갈피 장식을 내가 고른 엽서들하고 같이 봉투에 넣어주었단다. 재미있지 않니? 오스만 가(街)로 나오면서 뱅쌍한테도 물어보았단다. 아까 그 점원, 정말 재밌지 않아요? 기운이 좀 없어 보이지만 풍채는 좋던데. 제가 보기도 그랬어요. 그래도 뱅쌍 당신이 훨씬 더 잘생겼어요. 정말이에요(내가 좀 들떠 있었나보다). 뱅쌍이 어린애처럼 얼굴을 붉히더구나. 그게 재미있어서, 창피한 것도 잊고 계속 말했지. 아가씨들이 아주 많이 따라다니겠어요. 그렇죠?

아니라면 내 손에 장을 지지겠어요. 소방관은 젊은 여자들이 동경하는 직업이잖아요. 뱅쌍은 거북한지 살짝 웃으면서 어깨만 으쓱하더구나. 더이상 다른 말은 없이 말이다. 어떠니? 정말 요새도 젊은 여자들이 소방관을 동경하니? 그걸 제가 어떻게 알아요? 전 부동산 중개인이에요. 손자는 점점 더 공격적이 된다. 부동산 중개인도 여자애들이 좋아하겠구나. 특히 부동산이 아주 비싼 빠리에서는 말이다. 손자는 웃지 않는다. 난 잠시 생각하다가 계속 말했다. 그렇구나. 너하고 뱅쌍은 직업이 상호보완적이야. 뱅쌍도 부동산 안에서 일하니까. 내가 생각해도 좀 지나쳤다. 손자가 일어서는 시늉을 한다. 이제 가봐야 할 것 같아요. 아니야, 아니야, 농담이다. 좀더 있으렴. 차도 남았잖니. 피낭씨에 좋아하지? 더 남아 있을 거다.

그렇게 해서 우린 함께 산책을 하게 되었단다. 일주일에 한두 번은 뱅쌍이 출근길에 들러 아침을 먹고 가기도 했지. 그런데 말이다, 가까이서 지켜보니까 근무시간도 일정하지 않고 상당히 고돼 보이더구나. 어떨 땐 낮에 자고 밤새 일해야 하고. 정말 힘든 직업이더구나. 너도 알고 있었니? 내가 이런 말까지 했단다. 소방관들이 이렇게 힘든 줄 알았으면 그때 그렇게 방해하지 않았을 거예요. 어쨌든 참 힘들겠어요. 가정을 꾸미기도 쉽지 않겠네요. 근무시간도 그렇고, 위험하기도 하고. 그렇죠? 맞습니다. 정말 그래요. 그렇게 대답하고는 더이상은 얘기하지 않더구나. 사실 뱅쌍은 이런 유의 문제나 자기 인생에 대해선 무척 말을 아끼는 편이란다. 내가 막 물어볼 수도 없는 일이고.

시간이 나면 같이 장을 보러 가기도 했단다. 카데르 씨도 알게 됐고. 무척 즐거웠지. 그러다가, 결국, 내가 묻고 말았다. 젊은 사람이 여가시간을 나하고 보낸다는 게 어쨌든 놀라웠으니까 말이다. 물론 나야 좋지만, 그렇게 젊은 청년의 인생에는 당연히 다른 관심사들이 있지 않겠니? 뱅쌍, 이렇게 늙은이 따라 동네 야채가게 가는 거 말고 다른 일이 많지 않아요? 그랬더니 뱅쌍이 살짝 웃으면서 대답하더구나. 제가 좋아서 하는 건데요. 하지만 그 나이엔 할 일이 끝도 없이 많은 법 아닌가요? 친구도 만나야 하고, 데이트도 해야 하고, 놀러도 가야 하고. 예쁜 여자들도 따라다닐 테고. 뱅쌍은 왠지 말이 없더구나. 난 궁금해 죽겠는데. 그래, 내 나이가 되면 원래 그런 법이란다. 결국 이렇게 물었다. 애인 없어요? 이렇게 매력적인 사람한테 어울리는 멋진 아가씨 말이에요.

바로 이 질문에, 그날, 뱅쌍이 말했지. 자기는 여자를 좋아하지 않는다고.

그렇죠. 손자는 무척 거북스러워한다. 나도 처음엔 굉장히 놀랐단다. 정말이다. 아무래도 너무 낯선 일이잖니. 꿈에도 생각지 못했던 일이었지. 당황스러웠단다. 이런 얘기를 하면 어떠실지 모르겠지만, 그런 사람들은 겉으로 봐도 금방 알 수 있어요. 손자의 말에는 경멸이 담겨 있다. 그런 식으로 말하는 건 정말 싫구나. 내가 젊었을 땐 유대인이나 프리메이슨 단원들한테 그런 식으로 말했단다. 무슨 얘긴지 알겠니? 아무리 그러셔도 사실인걸요. 사람들이 하는 얘기를 그냥 무시하면 안돼요. 뭐가 어떤데? 좀 섬세한 사람이라고? 그래, 남보다 좀 여성적이라고? 손자는 할머니가 동성애자와 친하게 지낸다는 사실이 충격적인가보다(난 이 동성애자라는 표현이 별로 맘에 들지 않는다. 하지만 요즘 사람들이 사용하는 호모란 말도 별로 듣기 좋지 않다. 어떤 말을 사용하는 게 좋을지 잘 모르겠다). 정말이다. 난 재미있더구나. 뭐라 대답할지 몰라서 그냥 더듬거렸단다. 아! 그래요? 그러니까, 말하자면 좋은 남자 애인이 있는 거군요? 뱅쌍이 살짝 웃더구나. 아마 좋은 남자 애인이란 말 때문이었을 거다. 그러더니 그냥 아니라고 대답했지. 우리의 대화는 그렇게 끝났단다. 정말 그렇다면 다행이게요? 손자는 다시 천장을 쳐다보면서 한숨을 쉰다.

그다음에도 한 이주일쯤 피낭씨에를 먹으면서 같이 얘기를 나눴는데, 뭐랄까, 왠지 자꾸 어색해지더구나. 거리감이 생겼다거나 차갑게 느껴지는 건 전혀 아닌데, 괜스레 난처한 기분이 들기도 했고. 한참 동안 서로 말없이 앉아 있기도 했단다. 그 얘기를 다시 꺼내야 하는 걸까 망설였지. 막상 뱅쌍이 심문당하는 것처럼 느낄까봐 걱정도 됐고. 특히, 난 말이다, 뱅쌍이 불편해하는 게 싫었다. 그것 때문에. 그러니까 자기가. 자신의. 무슨 말을 하려는 건지 알겠지? 처음 얘기 듣던 날 그 자리에서 바로 아무 상관 없다고, 당신과 만나는 게 무척 즐겁다고 했어야 했는데. 정작 내 입에서 나온 말은 괜찮아요, 걱정하지 말아요, 겨우 이런 거였으니. 그게 무슨 병이라도 되는 것처럼 말이다. 그날 이후 뱅쌍은 나하고 그런 얘기를 한 적이 없었다는 듯 행동하더구나. 하지만 분명 이전처럼 편안해하지는 않았다. 자기 때문에 방해되지 않느냐고, 정말로 아침을 먹으러 와도 되냐고, 수줍은 듯 여러번 묻곤 했지. 다른 일이 있으신 건 아닌가요? 내가 다른 할 일이 뭐가 있겠니. 난 그가 와 있는 게 좋단다. 그가 여자가 아니라 남자를 좋아한다 해도, 나야 그저 여자들이 안됐다는 생각이 들 뿐이다. 정말 그뿐이다.

그래서, 어느날 아침, 드디어 벼르던 말을 꺼냈다. 그냥 불쑥 말해버렸지. 알아요? 난 아무렇지도 않아요. 뱅쌍이 깜짝 놀라 더듬거리더구나. 무슨 말씀이세요? 난 당신이 동성애자 소방관이라는 게 아무렇지도 않다고요. 여전히 당신은 좋은 청년이고, 당신하고 같이 아침을 먹는 게 좋답니다. 내 말에 뱅쌍은 눈물까지 흘리더구나.

그날 이후 우리는 좀더 자유롭게 많은 얘기를 나눌 수 있었단다. 물론 난 시시콜콜 다 알려고 하지는 않았다. 나처럼 나이 먹은 사람들은 이해할 수 없는 게 있을 테니까. 술집, 싸우나, 인터넷 채팅. 뭐 이런 얘긴 별로 듣고 싶지 않았다. 혹시라도 내가 거북해할까봐 뱅쌍도 조심스러워했고. 하지만 나머지 문제들이야 말 못할 게 없고, 정말 자유롭게 얘기했단다. 무슨 말인지 알겠니? 알아요, 알아요. 손자가 대답한다. 하지만 손자는 알지 못한다. 이 아이는 절대 모른다. 짐작도 하지 못한다. 그것이 나로선 도저히 알 수 없는 무슨 불결한 관계가 아니라, 그것 역시 사랑일 수 있다는 걸 말이다.

그래, 사랑 얘기도 했단다. 난 손자가 짜증내는 걸 보고 싶다. 당연히 아주 조심스럽게, 신중하게 얘기했지. 뱅쌍은 좀 내성적이고 섬세한 사람이니까 말이다(강한 가장인 손자가 무슨 생각을 할지는 뻔하다). 그렇게 조금씩 얘기를 계속했지. 그런데 뱅쌍의 사랑 얘기는 그다지 즐겁지만은 않더구나. 그래, 그 사람은 이상주의자인 것 같았다. 그래서 힘들고. 너무 민감한 거지. 결국, 언젠가 행복해질 날이 올 거라는 기대조차 불가능해 보일 정도로 말이다. 영혼의 동반자를 구하지만 결국 찾을 수 없을 테니 얼마나 외로울까. 마음이 아팠다. 사실 난 그런 문제는 잘 모른단다. 네 할아버지하고 서로 첫눈에 반했으니까. 그런 시간이 지나고 나면 그저 함께 사는 생활인 거고. 별다른 게 없었단다. 한데 뱅쌍은 그런 게 제대로 안되는 거잖니. 정말 잘생기고 다정하고 예의바른 청년인데. 믿을 수가 없더구나. 아직 너무 젊다고, 앞날이 창창하다고, 이런 진부한 얘기들을 해봤지만, 당연히 별로 도움이 되지 않았다. 그 나이에 얼마나 힘들까 싶었고 뭔가 도움을 주고 싶었다. 그런데 이런 상황에서 나 같은 늙은이가 뭘 할 수 있겠니? 아무것도 없죠. 손자의 목소리가 단호하다.

그렇지 않단다. 넌 맘에 들지 않겠지만 말이다. 아무리 생각해도 매일같이 사람들의 목숨을 구하면서 사는 사람이 정작 자기를 구해줄 사람은 없다는 건 너무 불공평하잖니.

모든 게 일사천리로 진행됐단다. 어느날 저녁에 갑자기 벨이 울리는데, 몇시쯤 됐는지도 잘 모르겠더구나. 너도 알다시피 난 일찍 자기 때문에 그 시간에 찾아오는 사람이 없잖니. 옆집에 뭔가 문제가 생겼나보다 했다. 약간 긴장하며 문을 열었지. 그런데 문 앞에 뱅쌍이 서 있더구나. 어디서 두들겨맞고 온 개처럼, 온 얼굴에 슬픔이 가득한 채로 말이다. 가슴이 찢어지는 것 같았단다. 난 아무것도 묻지 않았다. 뱅쌍, 들어와요. 그렇게 서 있지 말고 들어와요. 뱅쌍은 문을 닫고 안으로 들어서더니 그대로 쓰러져 내 팔에 안기더구나. 그리고 팔을 잡고 조용히 울었지. 하염없이 울고 또 울었단다. 난 그냥 아무 말 없이 안아주기만 했다. 무슨 말을 할 수 있겠니. 아무것도 묻지 않고 그냥 부엌으로 데려가서는 네 할아버지가 드시던 독주를 꺼내서 두 잔 따랐다. 병을 열지 않은 지 몇백년쯤 되는 것 같았는데, 아직까지 맛이 괜찮더구나. 그렇게 우린 말없이 술을 마셨단다. 왜 왔는지, 왜 우는지 묻지도 않고, 그냥 보고만 있었다. 어차피 이유를 알고 있었으니까 말이다. 난 알 수 있단다. 그런 고독을 나도 겪어봤으니까.

이리 와요. 그렇게 한 시간쯤 지난 다음 뱅쌍을 손님방으로 데려갔다. 이리 와요. 오늘은 여기서 자요. 불쌍하게도 너무 기운이 없는지 미안하다는 말도 고맙다는 인사도 제대로 못하더구나. 고독에 지쳐서 기운이 하나도 남지 않은 거지. 외로움 때문에 탈진한 것 같았다. 뱅쌍을 침대에 눕히고 나도 자러 갔단다. 재미있지? 왠지, 마음이 슬프면서도 행복하더구나.

그래서 결과적으로, 그는 계속 여기 있죠. 손자가 말했다.

그래, 계속 여기 있다. 나도 이젠 혼자 아침을 먹지 않고.

손자가 일어서며 한숨을 쉰다. 이제 갈 것이다. 더이상 얘기하고 싶지 않은 것 같다. 손자는 부엌을 나서면서 고개를 돌려 묻는다. 그래서 신발을 어떻게 해요? 제가 치워드려요? 아니다, 절대 그럴 필요 없다.

미학적 요소

　친애하는 장관님, 국장님, 전시회를 맡아주신 간사님, 신사숙녀 여러분, 나의 벗들, 그리고 나의 소중한 올가.

　이럴 땐 원래 길게 얘기하는 법이 아니죠. 그저 오늘 이 자리에 참석해주신 데 대해 감사드립니다. 제 초대에 이토록 뜨겁게 호응해주셔서 정말 감사합니다. 작년 저의 레지옹도뇌르 훈장 수여식에서도 마찬가지였지만, 무엇보다 저에게 베풀어주신 신뢰에 감사드립니다. 오늘은 특히 여러분의 신뢰가 큰 힘이 되는 날입니다. 짧지 않은 작품생활에서 지금이 저에겐 가장 결정적인 순간이기 때문입니다.

　제 작업에서 지금이 왜 그토록 중요한지, 아주 짧게 그것만 말씀드리겠습니다. 예술가에게 삶이란 곧 자신의 예술과

동의어라는 점에서, 결국 제 삶에서 가장 중요한 순간이기도 하겠군요.

사실 예술가가 굳이 자기의 작품이 뭘 의도했는지를 설명한다는 건 별로 좋은 징조는 아닙니다. 그건 원하는 것을 제대로 얻지 못했다는 뜻이고, 자신의 작품이 그 자체로 존재하지 못하기 때문에 설명이라는 버팀대를 필요로 한다는 뜻이 되니까요. 저 역시 그런 설명을 해본 적이 있습니다. 대단치 않은 글들을 써서 후세에 남기게 된 겁니다(모두 두 권의 책으로 묶였습니다). 하지만 하나의 작품에 대해서 설명을 해본 적은 없습니다. 그러니까 늘 제 작품 전체에 대해 얘기했죠. 그걸 전세계 사람들이 읽고 얘기해주었고요. 하지만 오늘 이 원칙을 깨보려고 합니다. 아마도 처음이자 마지막이 될 겁니다.

하지만, 정확히 말하자면, 말 그대로 설명을 하려는 건 아닙니다. 그렇진 않습니다. 이 자리를 빛내주신 장관님, 신사숙녀 여러분, 그러니까 전 여러분이 지금 이곳에서 보시게 될 것이 어떤 이야기에서 시작되었는지 말씀드리려는 겁니다. 그 과정을 보여주는 이야기를 통해서 여러분은 제 작품의 의미를 이해하시게 될 겁니다. 그리고 이번 전시회, 아주 특별한 이 전시회의 이름까지도 말입니다. "우리는 진리로 말미암아 파멸하지 않기 위해 예술을 가지고 있다." 우리가 잘 알고 있는 니체의 말이죠. '아름다움'에 열광하는 우리 모두가 마음속에 담고 있는 이 말이 여러분 가슴속에서 아주 특별하게 울려퍼지기를 바랍니다.

그런 다음 전 작품 뒤로 사라질 겁니다. 제 작품이 자기 운명의 길을 가게 하기 위해서 말입니다.

화가가 말을 멈췄다. 물론 아주 잠시 동안이었다. 모두 모여 있는 넓은 홀에선 여전히 웅성거리는 말소리가 들렸지만, 점차 뜸해지고 잦아들었다. 사람들은 멀리서 서로 다정한 인사를 건넸고 자기들만의 신호를 주고받았다. 미소를 짓고 눈썹을 치켜뜨기도 했다. 서로 다 아는 사람이고 또 알아본다. 연설이 끝나자마자 모두들 이야기를 나눌 것이다. 사람들이 각자 자기 수제 구두의 뾰족한 코를 내려보거나, 팔짱을 끼거나, 천장을 뚫어지게 쳐다보기 시작한다.

몇년 전 이 아파트를 구입할 때만 해도 전 그 일이 제 인생에 어떤 풍랑을 몰고 올지 전혀 알지 못했습니다. 하지만 사소하다고 할 수도 있을 그 일이 없었다면 지금 제 예술이 어떤 상태에 와 있을지, 어떤 막다른 난관에 빠져 있을지, 전 상상도 할 수 없습니다. 그저 같은 것만 되풀이하면서 점점 시들어가고 허우적거리고 있겠죠. 솔직히 말씀드리면, 전 당시 모든 것에 회의적이었고 아무것도 그릴 수 없었습니다. 물론 모두 아시다시피 예술가라면 한번쯤은 겪는 일이죠. 아마도, 역설적으로, 바로 전의 제네바 전시회가 성공을 거둔 것도 영향을 준 것 같습니다. 하지만 끝없이 문제를 제기하는 건 예술가라면 당연히 지녀야 하는 정신이 아닐까요? 그렇지 않은가요? 만족하지 못하고, 좌절하고, 의심하고, 고뇌하는 것 말입니다. 아마도 이런 위험은 우리 예술가들에게 주어진 조건일 겁니다.

저기 제일 앞줄에 앉아 있는 여인, 신중한 얼굴로 고개를 끄덕이고 있는 오십대 여인이 바로 올가입니다. 그 유명한 올가죠.「뒤집힌 두 폭화」에 등장하고,「올가 1에서 18까지」에 등장하는 올가 말입니다. 장관님은 다른 사람보다 커 보이는군요. 중요한 일을 하셔서 그런가봅니다.

그렇습니다. 위험이 문제입니다. 하지만 "위험이 있는 곳에 구원의 가능성은 더 크다"고 하지 않습니까. 아, 횔덜린이 한 말이죠. 티찌아노, 폴록, 몬드리안 같은 예술가들도 모두 의혹을 품지 않았나요? 진정한 예술가들은 아무리 성공을 거두었다 해도 마음을 놓지 못합니다. 천재라면 피할 수 없는 일이라고 해버리면 그만일까요? 우리가 해야 할 말을 포기하지 않는 한, 말하기를 멈추지 않는 한 언젠가 그 의혹으로부터 벗어나리라는 확신조차 없는데요? 결국 예술가는 고독할 수밖에 없습니다. 아무리 인정받고 격찬을 받은 작품이라 해도 결국 남겨두고 떠날 수밖에 없다는 걸 생각하면 정말 참혹한 기분이 듭니다. 그럴 때 우린 내가 그렇게 늙지는 않았어, 아직 붓을 잡을 수 있어,라고 말하곤 하죠.

그리고 미소를 지으며 우리 자신의 모습을 봅니다. 솔직하게 말입니다. 가슴이 뭉클할 정도로 솔직해지는 겁니다. 위대한 예술가들의 전유물이죠.

전 혼자 있으려고 애썼습니다. 나 자신을 되찾고, 내 안에 있는 창조의 근원을 되찾고 싶었습니다. 그래서 아뜰리에를 버리고 이곳으로 온 겁니다. 빠리에서, 또 다른 곳에서도 마찬가지로 제 결정에 놀라워한 사람들이 있다는 걸 잘 알고 있습니다. 어쩌면 여기 계신 분들도, 저의 훌륭한 벗인 여러분도 걱정을 하셨을 겁니다. 여러분이 옳습니다. 정말 걱정할 만했습니다.

식사 시중 드는 남자는 음식이 차려진 테이블 뒤에 서서 안절부절못했다. 괜히 빈 잔들을 이리저리 옮기고 음식 접시들을 계속 정리했다.

올가, 나의 사랑하는 올가. 그대는 진정 놀라운 인내와 이해심을 보여주었소. 그리고 여기 있는 나의 친구들도 마찬가지입니다. 여러분이 보여준 그 애정어린 마음은 진정 흠잡을 데가 없습니다. 전 마치 동굴에 들어앉듯 이곳으로 옮겨왔습니다. 그러니까 예술가라면 자기 예술의 종말에 대해 혼자 생각하기 위해서 칩거해야 하는 곳에 온 겁니다. 혼자서 악령들을 만나고, 신들에게 직접 질문을 하고, 스스로 허물을 벗을 수 있는 곳, 자신의 영광을 잊고 마치 어린애처럼 그야말로 알몸으로 다시금 새 화폭 앞에 설 수 있는 곳 말입니다. 피할 수 없는 이 은둔의 시간을 거치지 않은 사람은 예술가라는 이름을 누릴 수 없지 않습니까. 우리는 바로 그렇게 큰 소리로 외쳐야 합니다. 그러므로 제가 지금부터 들려드릴 이야기는 그저 사소한 일화라고 할 수 없습니다. 그것은 나 자신에게 단 한번 찾아온 특별한 길이면서 모두에게 전범이 되는 훌륭한 길, 바로 그 길의 이야기입니다. 비극적으로 자기 자신의 길을 간 고흐처럼 말입니다. 그렇습니다. 고흐의 그림이 하나 떠오르죠. 너무도 훌륭하지만 불행히도 사라져버린 그림, 쌩레미에서 이글거리는 프로방스의 태양 아래 길을 가고 있는 고흐가 그려진 그림 말입니다. 그러니까 진짜로 길을 가고 있는 예술가를 그린 그림이죠. 그리고 나의 길은 날 이곳으로, 북역 근처로 데려왔습니다. 이곳의 철길은 여러 도시로 향합니다.

릴, 런던, 암스테르담, 브뤼셀, 브뤼헤로 가고, (수도권 고속전철 B선을 타면) 라꾸르뇌브로도 갑니다.

이쯤에서 여러분도 생각나는 게 있을 겁니다. 당연히 가는 곳이 또 있죠. 멤링크, 반 에이크, 렘브란트, 그리고 고흐, 몬드리안 같은 북쪽 지방의 대가들이 살던 곳 말입니다. 사실 제가 이 아파트로 오게 된 건 그저 우연이었습니다. 하지만 자기 자신의 예술을 찾아 헤매는 사람들에게 진정한 우연이란 게 있을까요? 우발적으로 일어난 일들이 정말로 우발적인 걸까요? 길을 가고 있는 예술은 우발적인 것과 필연적인 것 사이의 논리적 모순을 깨뜨리는 게 아닐까요? 별 상관 없는 얘기라고 하실지도 모르겠군요. 하지만 그렇지 않습니다. 분명 같은 얘기입니다. 오늘 제가 들려드릴 얘기도 그렇고요.

지금 이 자리에 계신 분들 중에 새 신발 때문에 계속 소리가 나는 분이 있군요. 물론 이 아파트 바닥이 좀 낡긴 했습니다. 삐걱거리기도 하죠. 철길이 가까워서 아파트 지반이 약해진 것 같습니다. 이따금 기차가 지나갈 때면 온 아파트가 떨리는 게 느껴지죠. 다행히 크게 얘기하면 다 들립니다. 저기 음식 차려진 곳에, 잔들을 바짝 붙여놓으셨군요. 그러면 좋지 않습니다. 기차가 지날 때마다 잔들이 부딪히니까요.

어쨌든 전 이렇게 해서 스스로 뭘 하고 있는지 알지도 못하는 상태로 나의 예술을 향해 다가갔습니다. 어쩌면 내 안에 무엇인가가 있고 그것이 나보다 더 잘 알고 있었던 건지도 모르겠습니다. 첫째 요소는 별로 중요하지 않을 수도 있습니다. 그러니까 이 아파트는, 여러분도 아시는지 잘 모르겠는데, 제가 오기 전부터 아주 특별한 사연을 지니고 있었습니다. 물론 저도 자세히는 모릅니다. 저 역시 나중에 알게된 일이지만, 그러니까 이 아파트는 텔레비전 프로를 진행하던 사람이 살던 곳이라고 합니다. 여러분도 기억하실지 모르겠지만 어느날 갑자기 사라져버리는 바람에 한동안 사람들의 입에 오르내렸던 사람입니다. 이름은 기억나지 않는군요. 하지만 제가 지금 누구 얘기를 하고 있는지는 모두 아실 겁니다. 문화 프로그램 같은 걸 진행했죠. 그 일이 무슨 상관이냐고 물으실지도 모르겠군요. 맞습니다. 조금도 중요해 보이지 않는 일입니다. 하지만 전 꼭 얘기해야 합니다. 이 아파트에 관련된 것은 이제 모두 중요한 일이 되었기 때문입니다. 잠시 겸손함을 버리고 말하자면, 그건 어느정도 저의 공입니다. 그러니까, 여러분도 곧 아시게 될 테지만, 이 아파트 안에 있는 것들이 어느정도 의미를 갖게 된 겁니다. 이 아파트에 대한 이야기도 마찬가지고요. 그래서 전 지금 지극히 사소하다고 할 수 있는 이 일을 굳이 언급하려는 겁니다. 그러니까 그 사람은 바로 이곳에서 사라졌습니다. 그렇다고 겁내진 마십시오. 귀신이 사는 아파트는 아니니까요.

이 말에 모두 웃음을 터뜨렸다. 이 화가의 전설적인 유머는 이미 모르는 사람이 없다. 그는 허물없이 말하는 데 타고난 재주를 가진 사람이다. 우리와 전혀 다른 재능을 가진, 하지만 우리가 다가갈 수 있는 곳에 머물 줄 아는 천재, 꾸밈없고 친숙한 태도를 지닌 천재인 것이다. 본받아야 할 점이다.

어쩌면 귀신이 살고 있을 수도 있겠군요. 사람들이 생각하는 것보다는 훨씬 많은 귀신이 있을지도 모릅니다.

사람들의 눈에 궁금증이 가득했다. 무슨 말을 하려는 걸까? 알 수 없다. 모두 기다린다.

자, 이제 핵심으로 가보겠습니다. 예술가가 자기 예술에 대해 이야기할 때면 언제나 말이 길어지고 또 서툰 법이죠. 그래서 차라리 다른 사람들이 얘기해주는 게 훨씬 좋습니다. 그렇습니다. 특히 로베르, 당신이 적임자였죠. 저에 대해, 그리고 제 작품에 대해 로베르가 쓴 전기는 널리 알려졌고 독자들의 사랑도 받았습니다. 충분히 그럴 만한 책이었습니다.

사람들이 모두 로베르 쪽으로 고개를 돌렸다. 로베르는 살며시 손짓으로 인사하고, 미소를 지으면서 자기 구두를 내려다보았다.

　전 붓, 그리고 다른 도구들을 들고 이 아파트로 들어왔습니다. 이곳에 와서 무엇을 할 건지, 무엇을 할 수 있는지는 별로 생각해보지 않았습니다. 그냥 휴식기 같은 거였죠. 예술가의 영혼이 휴식을 취하면서 동시에 집중하는 시기 말입니다. 예술가들은 그렇게 자기를 둘러싼 세계를 있는 그대로 버려두었다가 다시 사로잡습니다. 그러니까 비어 있는 시간이라고 할 수 있지만 또한 지하에서 작업하는 시간이기도 한 거죠. 작품이 잉태되고 준비되는 시간이고, 세상의 모습을 바꿔놓을 힘이 나타날 때까지 기다리는 시간이니까요. 전 그렇게 아무것도 안하면서 시간을 보냈습니다. 그냥 카탈로그들만 넘겨봤습니다. 그나마도 되도록 하지 않으려 했고, 마치 꿈을 꾸듯 그야말로 정신이 텅 빈 채로 지냈습니다. 『엘르』지를 구독했고, 다른 사람들과 똑같이 사소한 일들을 챙겼습니다. 길모퉁이의 야채가게, 그러니까 카데르 가게에 가서 장을 보았습니다(카데르는 가게 주인의 이름이죠. 인정 넘치는 순박한 사람입니다). 카데르 씨는 동네 사람들과 얘기를 나누고, 이웃집 개가 어떻게 됐는지 묻고(사실 개 소식까지 묻는 건 좀 특이한 일입니다), 맞은편에 사는 할머니와 날씨 얘기를 합니다. 그리고 양치질을 합니다. 그렇습니다. 무척 사소한 일들이지만 꼭 얘기해야 합니다. 그러니까 카데르 씨는 자신의 몸을 그 기관들이 일상적으로 행하는 일들에 맡겨두는 겁니다. 하지만 예술가에게 몸은 예술을 위한 가장 근본적 도구라는 걸 우린 잊을 수 없지 않습니까. 메를로 뽕띠의 말을 그대로 옮기자면, 화가는 자신의 몸을 들고 다니는 사람입니다. 날씨가 어떤가 창밖을 보는 사람이죠. 창밖을 보는 사람 말입니다.

화가가 말을 중단했다. 그의 시선은 갑자기 청중들 위쪽의 허공을 향했다. 기차가 지나가길 기다리는 것 같기도 했다. 하지만 아무것도 지나가지 않았다. 그의 눈은 지금 사람들에게 들려주고 있는 그 중요한 생각을 바라보고 있는 것이다. 잠시 후 화가는 꼼짝 않고 기다리고 있는 청중들 쪽으로 시선을 돌렸다. 그리고 말을 이었다.

그렇습니다. 창밖을 보는 사람입니다. 그런데 뭐가 보였을까요?

청중들은 애타게 답을 기다렸다. 무척 궁금하지 않겠는가. 그래, 뭘 본 걸까? 그게 바로 문제의 핵심이다. 분명하다. 결정적 순간이 온 것이다. 어서 말하길.

어느날 아침 전 바로 이 자리에 있었습니다. 마치 어제 일처럼 기억이 나는군요. 제대로 말하자면 어제라고도 할 수 없습니다. 사실상 여전히 오늘이니까요. 절대적 현재이고 영원한-오늘 말입니다. 전 창밖을 보고 있었습니다. 지금 제가 서 있는 바로 이 자리였죠. 그리고 바로 여기서, 창문 앞쪽으로, 저쪽 지붕 위에, 인상주의 화가들의 그림 속에 자주 등장하는 색깔의 지붕 위에, 신발이 있었습니다. 신발은 그야말로 아무렇지도 않게, 아무 의미 없이, 절대적인 우연에 의해, 그냥 그곳에 있었습니다. 그걸 발견하고 응시하는 화가와 아무 상관 없이 말입니다.

그렇게 해서 무언가가 일어난 겁니다. 그렇습니다. 의미 없음, 바로 그것에서 무언가가 생겨난 거죠. 신발의 존재라는 비(非)-사건에서 사건이 일어났습니다.

비-사건 속의 사건이라는 멋진 표현은 지난번 그의 작품 카탈로그에도 등장한 말이다. 체계적으로 이론을 밝힌 카탈로그였다. 또 최근 로스앤젤레스에서 열린 학회에서도 논의되었다.

헤겔 이후 우리는 모두 알고 있습니다. 예술의 종말을 생각하지 않고서는 예술에 대해 알 수 없다는 것을 말입니다. 모든 철학적 발전, 모든 사유는 서로 관련 없는 주제를 다루고 있는 것 같고 또 서로 달라 보일지라도 결국엔 모두 예술의 죽음 주변에서 이야기하고 있습니다. 이건 분명한 사실입니다. 발레리의 말을 뒤집어보자면, 우리는 이제 예술은 죽을 수밖에 없다는 것을 잘 알고 있습니다. 예술가 역시 일을 하고 작품을 창작하면서 예술의 죽음과 마주하지 않을 수 없습니다. 예술가의 생각과 창작은 바로 예술의 죽음에서 시작되는 겁니다. 예술의 죽음을 예술의 진실로 바꾼다 해도, 그러니까 단순한 방식으로든 복잡한 방식으로든 예술의 죽음 대신에 예술의 진실을 내세운다 해도 헤겔의 선고를 (선고라는 용어가 갖는 모든 의미에서) 부정할 수 없습니다(사실 헤겔은 이미 이 두 용어를 연결시켰죠). 여러분도 아시겠지만 전 이미 이 얘기를 몇번 했습니다. 그리고 바로 지금 제가 얘기하고 있는 것, 그러니까 사건을 일으키는 비-사건에서 그 답이 나타난 겁니다. 기억하시죠. 횔덜린의 말로 "위험이 있는 곳에 구원의 가능성은 더 크다"지 않습니까. 어쩌면 우린 구원된 겁니다.

음식을 맡은 사람은 드디어 체념한 듯 등뒤로 손을 깍지 끼었다.

전 스케치북을 찾아들었고, 연필을 손에 쥐었습니다. 그러곤 신발을 한 번, 두 번, 각도를 달리해서 그려보았죠. 그다음엔 같은 자리에서 계속 그리기로 했습니다. 그렇게 열 번, 스무 번 스케치했습니다. 이곳에 들어오실 때 보신 그림들, 그러니까 「비-사건 1부터 14까지」라는 제목의 그림들이 바로 그겁니다. 실패일까요? 전 그렇게 생각하지 않습니다. 그렇게 생각했다면 전시하지 않았을 겁니다. 전 오히려 그 그림들이 진실의 싹을 품고 있다고 생각합니다. 물론 완전히 만족한 건 아닙니다. 오히려 불만이 점점 더 커졌죠. 신발 안에서 무언가가 말을 하려고 했습니다. 그래서 전 미학적 요소에 다가가서 실재의 윤곽을 직접 그려보고 부각시키려고 했습니다. 한동안 그렇게 의혹의 시간을 보냈고 길을 잃고 헤맸습니다. 아무데도 이르지 못하는 불모의 길에 발을 들여놓은 거죠. 하지만 아무데도 이르지 못한다고 할 때의 그 아무데나 역시 의미가 있는 것 아닐까요? 전 처음 그림을 그리기 시작한 풋내기 때처럼 다시 모든 것에 서툴러

졌습니다. 아니, 저는 진짜 풋내기입니다. 저 신발 앞에서 그 사실을 고백하는 게 조금도 두렵지 않습니다. 그러니까 제가 제기했던 질문도 답도 다 틀렸던 겁니다. 재료, 방법, 도구를 이것저것 써보던 과정 역시 마찬가지였습니다. 사실 전 목탄화로 그렸다가 잉크로 그리고 또 분필로도 그려보았답니다. 이 얘기를 듣고 여러분이 웃으실지도 모르겠지만, 전 부끄럽지 않습니다. 심지어 수채화도 그려보았는걸요.

저 신발은 나의 예술이 그동안 입고 있던 옷을 다 벗겨버렸습니다. 그렇게 예술적 표현조건의 가능성을 빠짐없이 탐구했고, 결국 그동안 한번도 시도해보지 못한 일을 하게 되었습니다. 예술의 경계에까지 간 작업을 한 겁니다. 그러니까 사진을 찍었습니다. 이 결정이 무엇을 의미하는지 저도 잘 알고 있습니다. 저는 사진을 찍었고, 제 방 양쪽 벽에 가득 걸어놓았습니다. 지금 여러분이 무슨 생각을 하시는지 알 수 있습니다. 눈을 보면 다 나타나니까요. 걱정도 되고 슬프기도 하실 겁니다. 심지어 실망스러워하실지도 모르겠군요. 제 작품은 실패한 걸까요? 카메라를 들었다는 것 자체가 이미 실패일까요? 아찔한 순간이었죠.

청중 사이에서 전율이 일었다. 대담한 시도인가? 퇴보인가? 그렇게 생각할 순 없었다. 어쨌든 상당히 큰 위험인 건 분명하다. 무엇보다도 이런 극한의 체험을, 이런 시련을 기꺼이 겪어낸다는 것 자체가 이미 놀라운 용기가 아닌가. 모두들 생각했다. 시련=인화.* 그것 보라. 이 세상에 우연이란 없다.

이렇게 해서 방 안에 '위기'가, '중대한 위기'가 전시된 겁니다(작품의 제목도 「위기 1에서 65까지」입니다). 저기에 사진들을 걸어놓은 이후 전 매일 아침 눈을 뜰 때마다 위기를 응시하게 됩니다. 미술이 아닌 다른 예술 속에서 미술의 죽음을 보는 거죠. 아침마다 아주 의연하게 저는 그것을 바라보아야 합니다. 매일같이 미술의 죽음을 바라보는 겁니다. 예술가로서 절대적인 고독을 누리는 순간이죠. 저 사진들을 보십시오. 여러분도 틀림없이 두려워지실 겁니다. 예술을 이해하는 사람들에게, 예술이란 어떤 건지를 아는 사람들에게, 분명 마주하기 어려운 충격일 겁니다. 전 여러분이 저 작품들을 마음껏 느껴보시길 바랍니다.

저 사진들을 볼 때마다 전 깊은 심연 위를 지나가는 것처럼 떨립니다. 마치 짓누르는 태양 아래 길을 걷고 있는 고흐가 된 기분입니다. 사라진 고흐의 그림을 다시 옮겨놓은 베이컨의 그림에 등장하는 어두운 갓길, 아찔한 어두운 길도 떠오릅니다. 예술은 살아야 합니다. 이 시련에서 살아남아야 합니다. 예술의 진실은 반대를 극복하는 힘으로 이 위기를 이겨내야 합니다. 여러분은 바로 그런 작품들을 보고 계신 겁니다. 그러니까 저 작품들은 전체가 하나의 유기적 총체를 이룹니다. 얼핏 진부해 보일 수 있지만 사실은 끊임없

* 프랑스어에서 '시련'을 뜻하는 'épreuve'는 사진의 '인화, 프린트'라는 뜻도 있다.

이 탐구하고 질문함으로써 살아 있는 총체 말입니다. 결국 예술에 관해 송두리째 의문을 제기하는 거죠. '왜 이 신발인 가?' 왜 신발이 여기 있는가? 다시 말하면, 이 신발의 진실 은 무엇인가? 예술은 바로 이것을 얘기해야 합니다. 그것이 예술이 해야 할 일입니다.

여기서 꼭 짚고 넘어가야 하는 그림 하나가 떠오릅니다. 당연히 고흐의 그림 「구두」죠. 그 진실은 우리를 짓누를 정 도잖습니까. 그리고 하이데거의 설명도 저절로 따라옵니다. 저도 그렇게 그림을 그려서 신발의 진실을 알려주어야 할까 요? (하지만 어떻게?) 한 가지 문제가 있습니다. 바로 그 문 제가 몇주 동안, 몇달 동안 제 머릿속을 떠나지 않았습니다. 그러니까 이번엔 고흐의 그림처럼 구두 한 켤레가 아니라 한 짝만 있다는 겁니다. 더구나 또 한 가지 끔찍한 사실 때문 에 문제가 더욱 어려워지는데, 그러니까 신발이 고흐의 그 림에서처럼 어딘지 알 수 없는 바탕 위에 놓인 게 아니라(참 기 어려울 정도로 강렬한 바탕이죠) 지붕 위에 있다는 겁니 다. 결국 모든 게 달라져버립니다. 신발 한 켤레는 뭔가 분 명한 의미가 있습니다. 평범하지만 그 유용성으로 보아도 의미가 있죠. 하지만 지붕 위에 놓인 신발 한 짝은 아무 의 미가 없습니다. 정말 아무 의미가 없습니다. 아무것도 말해 주지 않으니까요. 저렇게 '지붕-위에-있기'는 참혹할 정도 로 아무것도 덧붙여지지 않은 상태입니다. 집요할 정도로 모든 설명을 거부합니다. 그 어떤 의미도 가질 수 없도록 모든 것을 벗어던진 상태인 겁니다. 유용성도 없고 기능도 없고 의미도 없습니다. 심지어 '땅'과도(신발은 지붕 위에 있으니까요), 신발의 본질과 연결된 '근원적 대지'와도 관계가 없습니다. 그러니 이제 있는 것을 보여줄 게 아니라 반대로 없는 것을 보여주어야 합니다. 그 의미없음을 보여주어야 하는 겁니다.

청중 사이로 깊은 정적이 흘렀다. 기차들도 모두 역 안에서 혹은 북쪽에서 오는 철길 위에서 숨을 멈추고 그대로 멈춰선 것 같았다. 주인의 목소리를 기다리고 있는 걸까. 모든 것이 정지한 이 순간을 깨뜨려줄, 최후의 계시를 통해 다시 움직이게 해줄 목소리를 말이다.

친애하는 장관님, 국장님, 간사님, 신사숙녀 여러분, 전 여러분이 이곳에서 바로 이 비어 있음을 만나기를 바랍니다. 다름아닌, 모든 것을 넘어서서 예술을 죽이고 다시 살아나게 해줄 비어 있음을 말입니다. 그게 바로 이 신발의 진실입니다. 어떻게 하는 건지 궁금하신가요? 최후의 행동이 필요합니다. 다 벗어버리고 포기하는 것, 말하자면 신도들이 신 앞에서 무릎을 꿇는 것과 같은 겁니다. 전 마침내 질문이 틀렸다는 걸 깨달았습니다. 우린 모두 질문이 틀렸던 겁니다. 진리는 왜라는 질문에 대한 답 안에 있지 않습니다. 붓칠에 맞서, 의미의 부재에 맞서서 결사적으로 왜라고 물어도 소용이 없는 거죠. 전 도대체 저 신발이 왜 저기 있는가,라는 질문에 결사적으로 답을 찾으려 했었지만, 사실 이유는 없습니다. 하이데거가 인용한 앙겔루스 질레지우스[*]의 시구처럼 "장미꽃이 피는 데는 이유가 없다. 피기 때문에 피는 것이다"인 거죠.

이제 우리는 예술의 진실에 대해 제대로 말할 수 있습니다. 지붕 위에 있는 저 신발은 아무 이유가 없습니다. 그리고 예술은 바로 그 사실을 보여주어야 합니다. 그러니까 우리로 하여금 저 신발을 보게 해야 합니다. 또 관객으로 하여금, 예술가가 자신의 예술을 통해서 모든 의미를 벗어던진 사물을 발견해내듯이, 신발을 보게 해야 합니다. 그렇게 해서 예술가와 관객이 하나가 되어야 합니다. 지금 이곳에 그동안의 작품들을 걸어놓은 이유는 오직 한 가지뿐입니다. 그러니까 이 지점으로, 지금 제가 서 있는 자리, 바닥 위에 흰색 ×표시를 해놓은 바로 이 자리로 여러분을 안내하기 위해서입니다. 제가 한 일은 그것뿐입니다. 여기 아파트 바닥 위에 흰색 ×자를 그려서 제가 신발을 쳐다본 자리, 신발이 진실로 모습을 드러내는 자리를 표시한 것 말입니다.

결국 신발이 보이는 창문이 그대로 제 작품이 되는 겁니다. 바닥에 흰색으로 작은 ×자 표시를 한 것 외에 제가 한 것이라곤 지붕과 신발이 보이는 이 창문을 교묘하게 액자처럼 만들어놓은 것뿐입니다. 그것이 바로 제 작품이고 그 진실입니다. 또한 인위적인 것이 두드러지지 않도록, 그러니

* Angelus Silesius, 17세기 폴란드의 시인.

까 창문이 액자 역할을 한다는 게 너무 노골적으로 드러나지 않도록, 창문 테두리에 테이프를 붙였습니다. 페인트칠 할 때 칠이 묻지 않게 붙이는 테이프 말입니다. 모노프리에서 샀죠. 가격표도 떼지 않았습니다. 그렇게 해서 창문 테두리가 막 새로 페인트칠한 것처럼 된 겁니다(물론 전 페인트칠을 하지 않았습니다).

이제 여러분을 이 아파트의 창가로 모시겠습니다. 문화부의 협조로 이 아파트는 전체가 하나의 예술품이 되었습니다. 문화부에서 이 아파트를 매입한 겁니다. 예술의 죽음이 극복된 거죠.

마지막으로 기술적인 문제를 한 가지 더 말씀드리겠습니다. 전 계속 이 아파트에서 살 생각입니다. 하지만 미리 약속을 하고 오시는 분들께는 얼마든지 보여드리겠습니다. 문화부에 문의하시거나 빠리 시의 문화 담당 부서에 문의하시면 됩니다. 관람료는 비싸지 않을 겁니다.

장관님, 국장님, 간사님, 그리고 나의 벗들, 제 말은 여기까지입니다. 이제 여러분이 직접 작품을 보십시오.

상당히 강렬한 마지막 문장은 효과가 좋았다. 우레와 같은 박수가 터졌다.

연설이 끝나자 손님들은 두 그룹으로 나뉘었다. 양쪽이 엇비슷한 수였다. 첫째 그룹은 화가에게 다가가서 축하인사를 건넸고, 다른 그룹은 음식이 있는 곳으로 몰려갔다. 샴페인 따는 소리가 울렸고, 여기저기서 하이데거와 고흐의 이름이 들려왔다.

나는 예술의 역사에 그토록 중요한 역할을 한 신발을 천천히 바라보기 위해 창가로 다가갔다. 무료로 볼 수 있는 기회를 얻은 특별한 사람들 틈에 끼여서 그 기쁨을 누리고 싶었다.

잠시 후 돌아보니 한 젊은이가 옆에 있었다. 삼십대쯤 되어 보였고, 멋을 낸 차림이었다. 그는 담배에 불을 붙였다. 그러곤 뭔가 깊이 생각하는 얼굴로 나와 같은 방향을, 그러니까 문제의 신발을 쳐다보았다. 이제 신발에 관심이 있는 사람은 우리 둘뿐이었다. 다른 사람들은 모두 화가에게 가서 인사를 하거나 음식이 차려진 곳에 모여 있었다.

남자는 상당히 부자연스런 태도로 담배를 물고 있었고, 역시 의도된 듯 천천히 연기를 내뿜었다. 내가 자기를 힐끔거리는 것을 알고 있었던 것이다. 한동안 침묵 후에 그는 고개는 돌리지 않은 채 이렇게 말했다. 저 사람은 완전히 틀렸어요. 그러더니 다시 한동안 입을 열지 않았다.

화가에게 축하인사를 하러 갈까 아니면 뭘 좀 먹기부터 할까 망설이고 있는데, 그가 말을 이었다. 신발의 진실은 절대 저기 없어요. 그는 아무도 관심을 갖지 않아서 그 어느 때보다 더 외로워 보이는 신발을 여전히 뚫어지게 쳐다보고 있었다. 신발의 진실을 말하고 싶다면 저렇게 하면 안돼요. 그럼 어떻게 해야 하는데요? 나도 모르게 되묻고 말았다. 당연히 거꾸로 해야죠. 그가 친절한 미소를 지으며 대답했다. 이성의 원칙을 없애버릴 게 아니라 오히려 가득 채워야 해요. 가득 채우라고요? 내가 못 알아듣는 것 같았는지 그는 다시 자세히 말했다. 설명을 피하지 말라는 거죠. 가능한 모든 설명을 다 해야 해요. 그는 담배를 천천히 들이마셨다. 난 마음속으로 말했다. 나도 저렇게 피워야겠군. 귀족적이야. 그가 다시 말을 이었다. 그러니까 어떻게 저 신발이 지붕 위에 가 있게 되었는지, 또 그로 인해 어떤 일이 일어났는지, 이걸 설명하는 이야기를 써야 해요. 가능한 이야기 전부를 말이에요. 그래요. 설명을 가득 채우는 거죠. 우리가 참석한 이 기괴한 파티도, 꼭 무슨 가장행렬 같은 이 기념비적인 오류도 전부 이야기에 포함시키는 게 좋겠네요. 난 그럴 수도 있겠다는 표정을 지었다.

그런 다음 시계를 보면서 생각했다. 곧 카데르 씨가 가게 문을 닫을 시간이다. 빨리 가서 케르베로스의 먹이를 사야 한다. 그렇지 않으면 그 빌어먹을 고양이가 우릴 그냥 두지 않을 것이다. 결국 난 음식이 있는 쪽으로 가기로 했다.

확실하진 않지만 이 잘난 척하는 남자가 말한 책을, 물론 모든 얘기가 다 들어간 건 아니지만, 나중에 정말로 쓴 사람이 있다는 말도 들었다.

천사의 추락 ─ 이 이야기에 관한 진실

　지금부터 땅에 닿는 순간까지, 그사이 어떤 일이 일어날까? 일초, 이초? 생각해보았다. 미처 겁을 먹을 틈도 없겠다. 오히려 지금 겁이 난다. 그뿐이다. 잘 모르겠다. 다행히도 밤이다. 이유는 모르겠지만 좀 안심이 된다. 모두 잠들어 있다.

　아니, 거의 모두가 잠들어 있다. 여자아이 하나가 잠옷바람으로 창문에 서서 날 쳐다보고 있다. 이렇게 늦은 시간까지 자지 않고 창문에 기대서서 도대체 뭘 하고 있는 걸까. 다른 사람들은 모두 잠들어 있는데 저렇게 깨서 날 쳐다보고 있다니. 웃어주었다. 내 모습을 보는 게 저 아이 하나뿐이었으면 좋겠다. 아마도 꿈을 꾸었다고 생각할 것이다. 참 예쁘다. 잠옷을 입고서 창문에 이마를 대고 있는 모습이 무척 예쁘다. 너에게 은총이 있으리라. 틀림없이.

자, 이제 일을 시작하자. 밤새 이러고 있을 수는 없지 않은가. 밤에 우는 새들하고 놀려고 온 건 아니니까. 자, 애야. 이제 가서 자렴. 걱정할 것 없다. 나는 할 일이 있어서 왔단다. 하지만 알아둬라. 나 혼자 좋자고 이 일을 하는 건 아니란다. 이건 사람들 모두와 관계된 일이지. 그러니까 내가 이유 없이 이렇게 허공 끝에 서 있는 건 아니란다.

그럼에도 불구하고 조금 겁이 났다. 저 밑에 기찻길이 보인다. 무척 높다. 차라리 정신없이 취해버리는 게 나을지도 모른다. 그러면 아무것도 모를 테니까. 용기가 없을 때는 그렇게라도 하는 게 도움이 될 것 같다. 이런 순간엔 무엇을 생각해야 하는 걸까? 진짜 날 수 있을 거라고? 마지막 순간에 힘센 손이 나타나 기적처럼 우리를 붙잡아줄 거라고? 그렇게 해서 땅의 중력으로부터 우리를 끌어내서 원래 자리로 돌려놓을 거라고? 뭐라도 잔뜩 마시든가 아니면 담배라도 한 대 피워야 할 것 같다. 정말이다. 요즘엔 자기들이 새인 줄 아는지 창문으로 들락거리는 사람들이 있다. 정말 우스운 일이다. 죽으려고 하는 마당에 제대로 알지도 못하다니. 저 위에 정말로 하느님이 있다면(사실 난 하느님이 어떻게 공중에 떠 있을 수 있는지 궁금하다) 부드러운 미소로 환영해줄 것 같은가? 아니면? 하늘로 도망이라도 가려고? 자기가 무슨 홍학인 줄 아는 거야? 날개를 잊고 있기라도 했다는 걸까? 기괴한 일이다. 어쨌든 내 어깨엔 너무나 많은 것이 올라앉아 있어서 중력의 법칙을 벗어날 확률은 거의 없다.

땅으로 떨어지고 나면 어떤 모습일까 궁금하다. (머리는 생각하지 않는 게 나을 테고) 팔과 다리는 어떻게 될까? 그리고 어디로 떨어지게 될까?

자, 조금만 용기를 내자. 마음속으로 생각했다. 치과에서 치료를 받기 전에 늘 듣는 말처럼, 금방 끝날 거다. 지금 난 여기 있지만, 자, 한번만 움직이면 다른 곳으로 가는 거다. 딱 이초면 된다. 그거면 충분하다.

어쩌면 한마디쯤 남겨야 할지도 모르겠다.

아니, 그래봐야 무슨 말을 하겠는가. 괜히 다 망쳐버릴지도 모른다. 더이상 살고 싶지 않다고? 우스운 일이다. 더이상 살고 싶지 않은 사람들은 꽤 많다. 하지만 그 사람들 모두가 지붕 끝에 아슬아슬하게 서 있는 건 아니지 않은가. 이제 판단을 해보자. 그건 이유가 될 수 없다. 조금만 노력하면 되지 않는가. 불행한 사람은 얼마든지 있다. 게다가 내가 정말 불행하긴 한가? 산다는 건 어차피 조금 불편한 법이 아닌가. 예를 들면 언제나 혼자여서 불편한 것처럼 말이다. 굳이 울고불고 과장할 필요는 없지 않은가.

물론이다. 그럴 필요가 있다. 난 그렇게 생각했다. 이건 심각한 사건이어야 한다. 그러기 위해서 내가 지금 여기 와 있는 것이다. 이 사건은 아마도 희비극이 될 것이다. 그러니까 난 천사의 추락을 그려냄으로써 한 편의 희비극을 보여주고 싶은 거다. 사실 지붕 끝에 아슬아슬하게 서 있다는 것 자체가 뭔가 희극적이지 않은가. 유머와 아이러니를 보여줄 수도 있을 것이다. 물론 박장대소할 만한 건 없지만 그래도 살짝 미소지을 만하지 않은가. 그러니까 아주 조금 희극적 요소가 있는 것이다. 물론 지금으로선 그 희극적 요소가 잘 느껴지지 않는다. 하지만 진실에서 동떨어진 것 같진 않다. 가능한한 빨리 떨어지기 위해 필사적으로 올라간다는 것, 그 자체가 이미 희극적이니까. 이런 일을 직업으로 삼는 멍청이들도 있다. 예를 들면 스키 선수들 말이다. 아무리 봐도 그들이 하는 일은 좀 희극적이다. 하지만 어쩌면 심오한 그 무엇에 응답하는 것일지도 모르겠다. 너무 높이 올라가고 싶은 교만과 싸우는 겸허한 고백, 태곳적부터의 고백 같은 것 말이다. 잘 모르겠다. 어쨌든 꼭대기까지 올라와놓고 뭣 때문에 내려가야 한단 말인가?

물론 이런 걸 따지려고 지금 여기 와 있는 건 아니다. 난 다른 일을 해야 한다.

이 세상을 위해서 울어야 한다.

몇시간 후면 날이 밝고 세상이 깨어날 것이다. 난 그 세상을 위해 울고 싶다. 나의 연민으로 이 세상을 적시고 싶다. 그리고 아침의 차가운 고독 속에서 잠이 깨는 사람들에게 나의 작은 애정을 건네주고 싶다. 그들을 위해 나 자신을 희생하고 싶다. 그들에겐 정말 필요한 일이다. 오늘밤 난 당신들을 위해 울 것이다. 당신들의 고독이라는 주름 틈새에 숨어서 울 것이다. 세상이라는 극장은 문을 닫았고, 당신들은 모두 집으로 돌아갔고, 관람석에는 불이 꺼졌다. 하지만 나는 잠들지 않고 당신들을 위해서 울 것이다. 내 눈물이 당신들의 얼굴을, 평온한 듯 잠들어 있지만 사실은 비참함과 슬픔을 감추고 있는 당신들의 얼굴을 부드럽게 매만질 수 있기를.

물론 난 나 자신을 위해서도 운다. 내가 아주 잘하는 일이기도 하다. 얼마 전부터 실제 그러고 있다. 내 마지막 친구가 해준 말이기도 하다(지금은 친구가 하나도 없다). 네가 할 줄 아는 건 오직 너 자신을 불쌍해하며 우는 것뿐이야(그의 말이 이렇게 끝났던 것 같다). 하지만 지금 나는 세상을 위해서도 울고 있다. 그것이 나에게 주어진 일이기 때문이다. 세상을 위해 운다는 게 상당히 이상한 일이라는 건 나도 인정한다. 나 역시 납득이 가지 않는다. 정확히 기억나지는 않지만 어디선가 읽은 적이 있는 문장이 생각난다. "개인은 세대를 위해 희생해야 한다"는 것이었다. 그러니까 그저 운이 없을 뿐이다(적어도 난 그렇다). 그래서 이 일이 내 몫이 된 것이다. 사실 왜 군이 개인이 희생해야 한다는 건지는 잘 모르겠다. 개인이 희생해서 세대가 도대체 뭘 얻을 수 있단 말인가?

보기에 따라, 나에게 주어진 운명은 짧기는 했지만 무척 특별한 것이었다. 누구든 요즘 내가 어떻게 살아왔는지를 알면 쉽게 수긍할 것이다. 그러니까 난 이 세상의 모든 고독을 어깨에 짊어졌다. 송두리째 다 짊어졌다. 이 지구상 구석 구석에 숨어 있는 가장 작은 부스러기까지 긁어모아 내 짐 속에 넣은 것 같다. 그걸 다 짊어졌으니 다시 올라갈 수 없을 테고, 날아오를 수는 더더욱 없으리라. 내가 지고 있는 것은 세상의 죄(罪)가 아니다. 그 일은 이미 끝났다. 난 세상의 죄가 아니라 세상의 고독을 짊어진 것이다. 그렇다면 물어보자. 난 도대체 어떤 복음을 가져왔는가? 분명 복음이 있어야 한다. 결국 말도 안되는 온갖 생각 속을 헤매게 된다.

그렇다. 오늘밤 이렇게 모든 것이 분명해지기 전까진 갈 피를 잡지 못했다. 나에게 주어진 기이한 소명을 너무 늦게 깨달은 것이다. 아니 조금씩 깨달아서 이제야 드디어 분명 해진 것이다. 모든 게 지극히 체계적이다. 내가 겪은 일 중 정말로 우연인 것은 없다. 사실 난 나의 세계가 텅 비어가는 것을 무력하게 바라보기만 했다. 운이 없는 거라고, 나쁜 일 은 연이어 오는 법이라고 생각하기도 했다. 정말이다. 그런 법칙은 진짜 존재한다. 직장을 잃고, 부인이 떠나고, 암에 걸 렸다는 걸 알게 되고, 할부로 산 자동차를 들이박고, 심지어 얼마 남지 않은 돈으로 슈퍼마켓에서 장을 보고 있는데 꼬 맹이들이 슬그머니 허벅지를 걷어찬다. 내 운명도 별로 나을 게 없었다. 아마도 세대를 위해서는 여러 명이 희생해야 하나보다. 물론 목적은 매번 다르겠지만.

당신들한테 한번 물어보자. 진정 지속적으로 돌이킬 수 없이 쇠퇴하면서 점점 더 고독해져본 적이 있는가? 점점 더

부패하며 주위가 텅 비어가는 것을 겪어본 적이 있는가? 난 큰 소리로 외쳤다. 당신들은 친구도 많고 아는 사람도 많다. 그렇다면 세상은 익숙한 곳이고 언제나 당신들을 다정하게 맞아주었을 것이다. 세상이란 원래 주소 몇개, 전화번호 몇개, 혼자 먹은 게 아닌 계산서 몇장을 증명해 보일 수 있는 사람에겐 친절한 법이다. 하지만 그 계산서가 점점 줄어들거나 계산서의 사람 수가 점점 줄어들수록, 세상은 점점 더 냉혹해지고 원래의 모습을 드러낸다. 세상은 진짜 얼굴을 드러낼 것이고, 당신은 "이 세대의 얼굴은 바로 개의 낯짝이다"라는 구절을 떠올리게 될 것이다.

당신들 모두가 날 버렸고 나한테서 얼굴을 돌렸지만, 결국 그 얼굴이 세대의 얼굴이라면 어쩔 수 없는 일이다. 하지만 너무나 무겁다. 맙소사. 정말 무겁다. 도대체 누가 이걸 짊어질 수 있단 말인가? 부재(不在)처럼 무거운 게 또 있을까. 그리고 왜 하필 나여야 하는가? 어째서 내가 이 세상의 고독을 다 감내해야 하는가? 나도 살고 싶었다. 나도 당신들과 똑같이 권리가 있다. 도대체 내가 무슨 잘못을 했다고 모두들 외면하는가. 어째서 친구들이 하나씩 사라져가는가? 내가 그들을 실망시킨 걸까? 지치게 했을까? 그렇게 인내심이 없다니. 당신들은 왜 나를 버렸는가? 다른 할 일이 있었던 걸까? 난 당신들을 사랑했다. 내가 얼마나 사랑했는지 당신들도 잘 알 것이다. 정말로 내 얼굴에 희생의 징표가 찍혀 있기라도 한 걸까? 내가 무슨 수도자의 소명을 지닌 것도 아닌데. 그리고 당신들은, 날 이렇게 버리고 나니까 정말 마음이 편해지긴 했는가?

드디어 때가 왔다. 지금이 바로 중요한 순간이다. 나는 지붕에 오르면서 스스로에게 말했다. 이제 난 당신들의 고독을 모두 안은 채로 저 심연의 구덩이 속으로 떨어질 것이다. 걱정할 것 없다. 다시 올라오진 않을 테니까. 나는 당신들의 악(惡)으로 인해 고통받는 자이다. 그걸 내 몫으로 받아들였다. 친구도 다 잃었고, 아무도 내 걱정을 하지 않는다. 난 이 세대의 얼굴을 하고 있다.

사실 지붕에 기어오르기 전까지 한참 시간을 보냈다. 며칠 동안 창문에서 바라보았다. 당신들 모두를 보았다. 아이들, 외로운 노년을 보내는 부인들, 절망에 빠진 젊은 여인들, 광기에 사로잡힌 사람들, 버림받은 연인들, 편집증을 가진 사람들, 우울한 성격의 사람들, 친구에게 배반당한 사람들, 그리고 우스꽝스러운 예술가들을 보았다. 심지어 증인이 되어줄 개와 고양이도 보았다. 난 당신들을 보았다. 엄청난 동정심을 느끼며 지켜보았다. 당신들은 내 친구가 될 수도 있었다. 난 나 자신을 위해 운 것만큼 당신들을 위해 울었다. 두 팔을 벌리고 울었다(이 지붕 위에선 그런 동작이 왠지 어울리는 것 같다). 지붕을 기어오르는 데도 한참 걸렸다. 이 세상의 모든 고독이 내 어깨 위에 얹힐 때까지 기다렸다. 이제 나는 큰 소리로 외친다. 이제 내가 왔다. 내가 왔다.

맹세할 수 있다. 진정 맹세할 수 있다. 난 희생을 할 준비가 되어 있다.

하지만 마지막 순간에 한 가지 의혹이 일었다. 내 희생이 아무도 모르게 그대로 묻혀버린다면 어찌 되는가? 꼭 나의 순교를 널리 알려야겠다는 생각은 아니다. 중요한 건 그 효과이다. 땅에 떨어져 내 몸이 부스러지는 건 상관없다. 하지만 생각과 달리 고통스럽다면? 맹세코 비겁해서가 아니고, 효과가 걱정돼서 하는 말이다. 나 같은 일을 할 사람이 또 있겠는가? 그러니 무슨 징표를, 적어도 희생의 표시를 남겨야 하지 않겠는가. 십자가는 이미 사용되었으니까(더구나 생각했던 것처럼 효과가 있지도 않았다) 다른 게 뭐가 있을까? 좋다. 사실 난 상상력이 좀 부족하다. 나도 인정한다. 하지만 내가 선택한 해결책이 우스워 보이는 사람이 있으면 한번 지붕 위로 올라와보라. 더 좋은 생각이 드는지 금방 알 수 있을 테니까 말이다. 한참 동안 지붕 끝에 아슬아슬하게 발을 딛고 서 있다보니 한 가지 생각이 떠올랐다. 내 신발을 좀더 형이상학적 각도에서 보기로 한 것이다. 내 희생은 내가 생각하는 것만큼 필요한 게 아닐지도 모른다. 난 마음속으로 생각했다. 넌 뭘 원하는 거야? 네가 원하는 게 도대체 어떤 건데? 너로 인해 저들이 고독을 벗어나기를 원해? 고독을 비켜가길 원해? 저들이 고독을 가지고 즐기게 하려는 거야?

시대의 특성도 고려해야 한다. 이제는 더이상 그리스도의 시대가 아니다. 이 시대는 경제적 합리성의 시대이다. 작은 비용으로 큰 이익을 얻는 것이 중요하단 말이다. 한 생명을 희생한다는 건, 설사 그것이 내 생명이라 하더라도, 별로 대단할 게 없다. 오히려 쓸데없는 짓일지도 모른다. 훨씬 덜 중요한 걸 희생하면서도 같은 이익을 얻을 수 있지 않은가. 그렇다면 훨씬 더 효과적이지 않은가. 저들이 고독을 잊어버릴 수 있게 해주고 싶은가? 아니면 고독에 이름을 붙일 수 있게 해주고 싶은가? 인간들이란 원래 지극히 경박하다. 아무것도 아닌 것이 기분을 결정하고, 아무것도 아닌 것이 구원을 결정한다. 아무것도 아닌 것이 주의를 돌려버리고 고통을 외면하면서 다른 곳을 보게 해준다. 그러므로 아무거나 하나 쥐여주면 된다. 인간들은 거기다 이 세상의 모든 불행과 우스꽝스러움을 옮겨놓을 것이다. 그렇다면 신발 한 짝이 제격이다. 난 큰 소리로 말했다. 이 시대에는 신발 한 짝의 희생이 곧 한 생명의 희생과 마찬가지가 아니겠는가? 이제 집에 돌아가는 게 낫겠다.

　나는 신발 끈을 풀었다. 신발을 벗어 빗물받이 홈통 가장자리에 놓았다. 흔적이 남도록, 징표가 남도록, 사람들이 모두 알도록 말이다. 오늘밤 누군가가 자지 않고 자기들을 지켜보았다는 걸, 매일매일 그랬다는 걸 알아야 한다. 아침에 일어나 신발을 보고는 각기 마음대로 이야기를 만들고, 그러면서 자신들의 고독을 잊을 수 있어야 한다. 사람들은 그렇게 만들어낸 이야기를 통해 (비록 잠시만이라도) 자신들이 그렇게 외롭진 않다고 믿게 될 것이다. 적어도 그 이야기 속에선 자기들의 고독에 대해 얘기할 수 있을 것이다.

집으로 돌아가려고 하는데 갑자기 창문이 열리면서 누군가가 목청이 터질 듯 소리를 질렀다. 지붕 위에서 웬 난리야! 작작 좀 하지?

소리를 지르는 사람이 있을 줄은 몰랐다. 정말이다. 내 목소리가 그렇게 큰 줄도 몰랐다. 난 모두 깊이 잠든 줄 알았다. 덜컥 겁이 났다. 나는 펄쩍 뛰었고, 그러다 미끄러졌다. 그리고 멍청이처럼 지붕에서 떨어졌다. 이것이 바로 만일 내가 아직도 살아 있다면 여러분에게 들려주었을 이야기 중 가장 멍청한 이야기이다.[*]

[*] 저자 주—아무리 실망스럽더라도 결국 이 설명이 진짜 설명이라면, 한가지만 묻고 싶다. 솔직히 말해, 그렇다면 왜 시체를 찾지 못했는가?

| 옮긴이의 말 |

　『지붕 위의 신발』은 빠리 북역 근처 서민아파트를 중심으로 벌어지는 열 편의 이야기를 일종의 옴니버스 형식으로 담고 있다. 소설 속 인물들은 모두 슬픔을 안고 있다. 어린 딸이 보는 '헛것'과 복사기를 팔아야 하는 가장의 현실 사이에서 갈팡질팡하는 남자의 냉소적 슬픔도 있고(「진리는 아이들 입에서 나오는가?」), 응급구조를 요청한 할머니에게 오히려 위로를 구하는 젊은 소방대원의 외로움처럼 삶을 소진시키는 슬픔도 있다(「응급구조」). 불법체류자로 추방된 연인을 그리워하며 하염없이 창밖을 바라보는 여자의 슬픔은 현실 자체를 파괴하는 슬픔이며(「기다림의 노래」), 함께 은행을 털던 동료들에게 버림받고 지붕위에서 죽어가는 남자의 슬픔은 썩어가는 상처만큼이나 잔혹하다(「비극적 요소」). 세상 사람들이 천재라 부르는 화가 역시 '진정한 예술가'라면 피할 수 없는 고독 속에 칩거하면서 시련을 겪는다(「미학적 요소」). 내면 깊숙이 자리잡은 슬픔은 기이한 행동으로 드러나기도 한다. 자기를 버린 여자가 새 연인과 함께

잠들어 있는 아파트에 강도처럼 몰래 들어가는 남자(「복수심」),
'운명의 여인'에 대한 환상으로 스스로 현실을 망치는 남자(「동
화 증후군」), 그리스 비극의 세계에 빠져들어 삶을 비극으로 바
꿔버리는 남자(「개 같은 성격」), 어느날 갑자기 철학적 소명을 깨
닫고 스스로 세상과 인연을 끊는 남자(「나는 왜 사라졌는가」)까지
…… 편집증적 양상을 드러내는 이들의 어처구니없는 행동은
모두 슬프면서도 우습다. 에필로그에서 세상의 슬픔을 모두
안고 지붕에서 뛰어내리려는 남자(「천사의 추락」)의 말대로, 삶
의 모든 노력은 힘겨울수록 더욱 우스꽝스러운 희비극인 것
이다.

　열 편의 이야기는 모두 인간 삶의 근본조건으로서의 고독에
관한 이야기이다. 그래서 이야기 속 인물들은, 각기 다른 삶을
살고 있음에도 불구하고, 서로가 서로의 분신이라 할 정도로
모두 닮아 있다. 이러한 관계는 한 인물이 다른 이야기에 다시
등장하는 기법을 통해 더욱 강조된다. 예를 들어 「미학적 요
소」의 천재 화가가 예술의 의미를 추구하며 송두리째 하나의
작품으로 만든 아파트는 철학적 소명으로 세상을 버린 「나는
왜 사라졌는가」의 남자가 칩거하던 집이고, 그 가짜 철학자가
자기 집을 밖에서 잠그고 그 열쇠를 맡긴 것이 바로 '운명의 여
인'을 찾아헤매는 「동화 증후군」의 남자의 친구이며, 그렇게
동화적 세계에 빠져 꿈과 현실을 바꿔버린 남자가 미술관에서
만난 사람이 「응급구조」의 할머니와 구조대원이고, 그 할머니
가 아끼는 위층의 '꼬마아가씨'가 「기다림의 노래」에서 사랑을

잃고 '산 채로 죽어가는' 여자이다. 마찬가지로 「진리는 아이들 입에서 나오는가?」의 여자아이가 본 '셔츠를 입고 신발을 신은 천사'는 「천사의 추락」에서 세상의 외로움을 안고 뛰어내리는 남자이고, 「개 같은 성격」의 개 플록과 다투는 고양이는 「복수심」의 여자가 키우는 고양이이며, 플록의 주인이 그리스비극을 각색한 소설이 바로 지붕 위에서 벌어지는 강도들의 이야기인 「비극적 요소」이다. 여기서 중요한 것은 이러한 인물들의 반복등장 기법이, 발자끄와 졸라의 소설에서와는 달리 사회 속에서의 개인이라는 인물들의 전체성을 부각시키는 것이 아니라, 오히려 함께 살아가면서도 각자 외로운 인간들의 모습을 그려낸다는 것이다. 실존의 '고통스러운 고독감'은 치유될 수 없을 뿐 아니라 그 누구와도 나눌 수 없다. 각자에게 타인의 삶은, 지붕 위에서 죽어가는 필록테테스를 쳐다보는 아파트 사람들의 태도가 보여주듯, 관객의 자리에서 바라보는 '공연'일 뿐이다.

고리처럼 연결된 열 편의 이야기는 또한 '지붕 위에 놓인 신발 한 짝'이라는 모티프로 수렴된다. 그것은 「진리는 아이들 입에서 나오는가?」의 여자아이가 본 천사의 신발이고, 「복수심」의 남자가 창밖으로 던져버린 연적의 신발이며, 「기다림의 노래」의 연인이 지붕 위에 벗어놓고 간 신발, 「동화 증후군」의 남자가 화가 나서 창밖으로 던져버린 신발이다. 또한 「비극적 요소」에서 필록테테스가 다리의 상처 때문에 벗어놓은 신발이며, 「개 같은 성격」의 플록이 지붕에 물어다놓은 주인의 신발이고, 「천사의 추락」의 남자가 '세대를 위해' 희생시키기로 한 신발이다. 「나는 왜 사라졌는가」의 남자는 지붕 위의 신발을 보고 '에트나 화산이 뱉어낸' 엠페도클레스의 샌들을 떠올리며, 「응급구조」의 할머니는 자기가 죽은 후에도 지붕 위에 놓여 있을 신발 때문에 견딜 수 없이 화가 나고, 「미학적 요소」의 화가는 '유용성도 기능도 의미도 없는' 신발의 존재에서 영감과 성찰을 얻는다.

결국 지붕 위의 신발을 둘러싼 열 편의 이야기는 「미학적 요소」의 한 손님이 말한 것처럼 신발에 대한 '가능한 이야기'들이며, 다시 말하면 우리 삶에 대한 가능한 이야기들이다. 태어남의 고통과 죽음의 두려움 사이에서 서성거리며 마음 쓰다가는 우리의 삶은, 지붕 위에 덩그러니 놓인 신발처럼, 불확실성과 우연이라는 그물 속에 놓여 있는 것이다. '분노로 찌푸린' 얼굴 같은 모습으로 지붕 위에 놓인 신발의 이야기는 그렇게 해서 키에르케고르적인 실존적 불안의 이야기가 된다. 더구나 어째서 신발은 한 짝인가? 의미란 관계에서 태어난다고 할 때, 신발 한 짝의 이야기는 관계맺기에 실패한 외로움의 이야기라고 할 수 있다. 신발은 스펀지에 스며드는 액체처럼 삶을 초라하고 무겁게 만드는 외로움을 안고 살아가는 우리 실존의 메타포인 것이다. 하지만 이 소설은 신발 한 짝에 얽힌 삶을 베케트 식의 음울한 색조가 아니라 스토아적인 관조와 디오게네스의 여유가 어우러진 시선으로, 때론 애절하고 때론 유쾌한 어조로 그려낸다. 대부분 일인칭으로 서술되는 이야기들에서 '나-화자'가 '나-주인공'의 서글픈 삶에 대해 취하는 냉소적 거리는 이야기 속에 내포된 저자의 목소리를 통해 한 번 더 굴절되면서 이 소설 특유의 시선, 즉 삶이라는 부조리극을 바라보는 따뜻한 시선을 낳는다. 그렇게 해서 이 소설은 신발 한 짝의 비극성과 엄숙성을 뒤집어 유쾌하게 비틀 수 있는 것이 바로 이야기의 힘임을 보여준다. 진실은 비극적이지만 비극의 진실은 그렇게 비극적이지 않다는 또다른 진실이 바로 허구가 드러내는 힘이자 매력인 것이다.

뱅쌍 들르크루아는 우리나라 독자들에게는 처음 소개되는 프랑스 소설가이다. 첫 소설인 『브뤼셀로 돌아가기』(Retour à Bruxelles, 2003) 이후 『문에서』(À la porte, 2004), 『잃어버린 것』(Ce qui est perdu, 2006) 등 사랑과 외로움을 주제로 한 소설들을 발표해왔고, 『지붕 위의 신발』 역시 그 연장선 위에 있다. 여기서 우리는 뱅쌍 들르크루아가 소설가인 동시에 철학자라는 사실에 주목할 수 있다. (철학자로서 그가 가장 심취한 것은 키에르케고르의 실존철학이다!) 『지붕 위의 신발』이 우리 존재를 파고드는 외로움이라는 주제를 평범한 일상을 통해 드러내는 것처럼 보이면서도 만만치 않은 철학적 두께를 깔고 있는 것은 그 때문일 것이다. 하지만 이 소설은 결코 철학을 위한 소설이 아니며, 오히려 철학이 치유하지 못하는 외로움을 허구를 통해 그려낸다고 말해야 할 것이다. 철학적 소명으로 광기에 빠진 남자의 이야기나 자신이 추구한 미학적 탐구의 여정을 자신만만하게 들려주는 예술가의 이야기가 보여주듯이, 이 소설은 철학을 비틀고 그 관념의 유희를 오히려 비웃는다. 이 점에서, 「미학적 요소」의 끝부분에서 별로 중요하지 않은 듯 짧게 등장하는 두 남자의 대화는 이 소설의 의미를 함축하고 있다고 말할 수 있다. '이성의 원칙을 가득 채워 가능한 모든 설명을 다 해야 한다'고 주장하는 남자는(갑자기 등장한 이 남자가 누구인지는 전혀 알 수 없다) 바로 저자의 분신이며, 그와의 대화를 심드렁하게 마치고 상점이 닫히기 전에 고양이밥을 사기 위해 일상으로 돌아가는 남자(아마도 「복수심」의 주인공이 증오하던 여자의 새 애인, 자신의 연적이 문밖에 와 있는 줄도 모르고 평화롭게 잠들어 있던 '멍청이'일 것이다)는 이 책을 읽는 독자들의 분신이 아닐까. 그리고 신발 한 짝을 둘러싼 기발한 이야기들은 모두가 우리의 삶이 선택할 수 있는, 우리에게 열려 있는 무수한 가능성들이다. 우리는 가지 못한 혹은 가지 않은 길을 때로 회한 어린 시선으로, 때로 그리움에 찬 시선으로 바라보며, 타인들과 함께, 외롭게, 한 가지 이야기—삶을 살아간다. 우리는 그렇게 계속 살아갈 것이고, 신발의 이야기는 계속 만들어질 것이다.

2008년 12월
윤진